苏联乡村小说的生态主题研究

孙婷 著

黑龍江大學出版社
HEILONGJIANG UNIVERSITY PRESS
哈尔滨

图书在版编目（CIP）数据

苏联乡村小说的生态主题研究 / 孙婷著. -- 哈尔滨：黑龙江大学出版社，2022.11
ISBN 978-7-5686-0742-1

Ⅰ. ①苏… Ⅱ. ①孙… Ⅲ. ①乡土小说－小说研究－苏联 Ⅳ. ①I512.074

中国版本图书馆 CIP 数据核字（2022）第 214865 号

苏联乡村小说的生态主题研究
SULIAN XIANGCUN XIAOSHUO DE SHENGTAI ZHUTI YANJIU
孙 婷 著

责任编辑 杨琳琳 徐晓华
出版发行 黑龙江大学出版社
地　　址 哈尔滨市南岗区学府三道街 36 号
印　　刷 三河市佳星印装有限公司
开　　本 720 毫米 ×1000 毫米 1/16
印　　张 13.25
字　　数 204 千
版　　次 2022 年 11 月第 1 版
印　　次 2022 年 11 月第 1 次印刷
书　　号 ISBN 978-7-5686-0742-1
定　　价 52.00 元

前　言

21 世纪初，俄罗斯文学界围绕苏联乡村小说（деревенская проза）再次展开激烈争论，结果依然是褒贬不一。这是因为文评者的立场不同，角度不同，关键是文化语境不同。21 世纪生态危机下的反思文化语境令重读苏联乡村小说成为一种必要。本书以苏联乡村小说代表作家维克托·彼得罗维奇·阿斯塔菲耶夫（Виктор Петрович Астафьев）、瓦西里·伊万诺维奇·别洛夫（Василий Иванович Белов）、瓦连京·格里戈里耶维奇·拉斯普京（Валентин Григорьевич Распутин）和瓦西里·马卡罗维奇·舒克申（Василий Макарович Шукшин）的作品为研究对象，尝试在我国著名生态哲学家余谋昌与生态美学家曾繁仁和鲁枢元提出的自然生态、社会生态与精神生态理论框架中，运用俄罗斯著名美学家尤里·鲍里索维奇·博列夫（Юрий Борисович Борев）的关系美学论、美国认知心理学家乌尔里克·奈塞尔（Ulric Gustav Neisser）的“自我认知”（the self perceived）论、荷兰心理学家赫伯特·赫尔曼斯（Hubert J. M. Hermans）的“对话自我”（dialogical self）论和美国生态语言学家里欧·范·利尔（Leo van Lier）的生态四层论，以及俄罗斯著名哲学家尼古拉·奥努弗利耶维奇·洛斯基（Николай Онуфриевич Лосский）的认识论，借助美国心理学家威廉·詹姆斯（William James）的“自我”概念构建基于个体“我”的同心关系圈，并以此为据从人与自然、人与他人/社会、人与自我之间的关系着手，分析苏联乡村小说的生态主题，论述生态主题创作在揭露问题与催人反思之余，实现了传统与创新的结合。苏联乡村小说家继承了 19 世纪“根基派”思想家提出的“世界是个有机整体”的学说；在 20 世纪 60 年代的作品中勾勒生态理想图景，通过追溯往昔乡村生活来抗拒面向未来的乌托邦；20 世纪 70 年代创作生态预警小说，革新乡村小说创作模式，抗议唯理性科技至上的发展观，呼吁责任与良知，号召人们承担起对自然、他人与自身的责任;20 世纪 80 年代末创作生态末日小说,描述安置个体身心的世界破碎瓦解,个体丧失自我意识。总之,借助生态主题创作,苏联乡村作家描写了衰败的乡村文明、消失的乡村、瓦解的乡村社群、混乱失序的城市社会、疏离的人际关系、身心无处安置的个体,以及日渐消失的个体自我意识等,同时也勾勒了理想生态社会图景:人与自然和谐、人与他人/社会和睦、人与自我和解。尝试运用个体"我"的同心关系圈阐释乡村小说文本,发掘生态主题的内在价值是本书研究的主要目的。

本书在梳理国内外有关苏联乡村小说研究现状的基础上,明确具体研究对象,结合苏联乡村小说发展的文化语境,从文本出发,采用文化批评、文本细读法、交叉研究法和分析归纳等方法阐释苏联乡村小说中的生态主题流变。20 世纪 60 年代中期至 70 年代初期,维·阿斯塔菲耶夫的叙事短篇小说集《最后的问候》(«Последний поклон»)(第一部)和短篇小说《俄罗斯菜园颂》(«Ода русскому огороду»),瓦·别洛夫的中篇小说《凡人琐事》(«Привычное дело»)和中篇小说《木匠的故事》(«Плотницкие рассказы»)为读者勾勒了"共生、共处、共存"的生态理想图景:人与自然和谐共生,人与他人/社会和睦共处,人与自我和解共存。乡村作家们借助同一主题的短篇叙事手法和动物视角叙事,以及"自然人"形象描写"天人合一"图景,透过人与自然和谐共生关系,表现"生命共同体"意识,以及人作为理性动物守护其他生命的责任。个体"我"在创造性劳动中以爱人利物之举和宽容忍耐之品性与他人、家庭和社群建立和睦友好的关系。个体与世界建立的完整合一关系,即"天人合一"与和谐社群关系,离不开个体"我"身心的同一性存在。为了保证"身心同一"的个体精神完整性,自我宽恕成为个体自我修复的必要环节。20 世纪 70 年代中期,瓦·拉斯普京的短篇小说《最后期限》(«Последний срок»)和中篇小说《告别马焦拉》(«Прощание с Матерой»)、维·阿斯塔菲耶夫的长篇小说《鱼王》(«Царь-рыба»)、瓦·别洛夫的家庭小说系列,以及瓦·舒克申的短篇小说集重点叙述"背离、疏离、游离"的生态危机。作家们从不同角度描述科技革命和工业现代化引发的分离、疏离性、分裂性和对立性,说明背离故土、遗忘传统后,"无根"个体的社会身份模糊不清,定位自我身份时困惑迷茫。个体"我"精神漂浮游离,其生活降格为一种焦虑性存在。20 世纪 80 年代中期之后,作家们开始进行无根、无家、无

“我”的生态性反思。维·阿斯塔菲耶夫的中篇小说《悲哀的侦探》(«Печальный детектив»)和短篇小说《柳达奇卡》(«Людочка»)、瓦·拉斯普京的中篇小说《火灾》(«Пожар»)和瓦·别洛夫的长篇小说《一切在前方》(«Все впереди»)描写了个体赖以生存的家园被毁,庇护心灵的家庭破碎,个体的自我意识完全丧失。世界在毁灭,各种关系在破碎,与世界建立联系的个体消亡了。而个体自我感知和自我意识的恢复、个体与世界关系的重建成为俄罗斯新现实主义作家的书写任务。生态主题创作令苏联乡村小说在当代俄罗斯文学中发挥承上启下的作用;令乡村小说家们有可能真实地反映现实生活,温和地揭露社会问题;吸引不同时代和文化背景的读者思考个体存在方式和生命的意义。

本书力求补足和充实国内的“苏联乡村小说”研究,并对丰富当代俄罗斯文学研究发挥助推之功效,希望对中国乡村小说研究与中俄比较文学研究多角度、客观地评价“乡村小说”作品具有借鉴和启发的意义。

目　　录

绪 论

苏联乡村小说(деревенская проза)是20世纪后半叶俄罗斯文坛重要的文学流派之一。它主要叙述苏联工业现代化和城市化进程中乡村居民传统生活方式和道德伦理观的变化,以此来反映乡村文明衰落和传统价值体系瓦解的情况,通过描述脱离土地的个体与世界和自身之间的疏离、对抗来表现个体“我”的存在状态,反思科技理性至上发展模式中个体与世界的关系,寻找与世界和谐共存的途径,探索赋予个体生命意义的存在方式。苏联乡村小说通过文学创作审视个体“我”与世界和自身的相互作用,反思个体“我”的存在方式和社会发展模式,尝试为俄罗斯民族寻回精神根基,为苏联寻找摆脱困境之路,为个体寻求安置身心的诗意栖息地。

术语 деревенская проза 在我国俄罗斯文学界有多种翻译名称,如“农村散文”“乡村散文”“乡村小说”“乡土小说”。作为文学术语,проза 可以翻译成“散文”或“小说”。在我国文学类型二分法中,проза(prose)指除“韵文”(verse/poetry)之外的文字表现形式,被翻译成“散文”,但在现代文学类型四分法中,“散文”与“小说”“戏剧”“诗歌”并列。在西方现代文学类型三分法中,проза(novel)被翻译成“小说”,以区别于“诗歌”(poetry)和“戏剧”(drama)。俄罗斯文学类型(литературный род)采用西方文学三分法,即诗歌(поэзия)、戏剧(драматургия)和小说(проза),这种方法取代了最初的三分法:эпос(叙事文学)、лирика(抒情文学)和 драма(戏剧文学)[①]。проза 或 эпос 包括很多类体裁,如长、中、短篇小说(роман,повесть и рассказ),童话(сказка),寓言(басня),特写(очерк),杂文或随笔(эссе/essay)等。此处

① 参阅 Николюкин А Н. Литературная энциклопедия терминов и понятий[M]. Москва: НПК «Интелвак», 2001: 812 – 813, 450.

проза 是一种文体,指不受韵律表达限制的叙事类文学形式,被翻译为"小说"。小说是作者运用非韵文体文字塑造不同类型的人物形象,讲述具体时空中发生的一系列事件,反映生活、思考人生,同时邀请读者判断人物、评价事件,实现审视现实的修辞目的,即俄文 риторика 所表达的意味。

术语 деревенская проза 出现于 20 世纪 60 年代后半叶,正是苏联社会加速发展和文化转型时期。当时在人际关系、社会行为和道德规范等方面萌芽了新的态度和评价体系,于是反映现实、表现问题的中、短篇小说成为理想体裁,而且标志该流派最高艺术成就的作品都是中、短篇小说。此外,20 世纪 60 年代末—80 年代末苏联文坛主要以小说创作为主,"乡村小说"既能显示出其不同于 20 世纪 50—60 年代的乡村特写和抒情散文,表现体裁上的不断创新,也能表达当时苏联文坛小说创作的盛况:乡村小说与城市小说(городская проза)、青年小说(молодежная проза)和战争小说(военная проза)并存。再就是,20 世纪 60—80 年代"乡村"题材的小说创作重点讲述工业文明对乡村文化传统的冲击和两种文明(乡村文明与城市文明)的对立。在俄罗斯历史文化空间中"乡村"不仅是俄罗斯文学的表现客体,还是关涉俄罗斯民族发展和历史命运的文化元素。无论是 19 世纪 60—70 年代的改革,还是 20 世纪 20—80 年代的工业现代化,"乡村"都成为解决社会问题和重塑民族精神的希望。"乡村"是俄罗斯民族文化特色的基石,是突出"聚合性"(соборность)村社文化的时空载体。"乡村"孕育和承载着俄罗斯的传统价值观。鉴于此,笔者倾向于把 деревенская проза 翻译成"乡村小说"。

苏联乡村小说在 20 世纪俄罗斯文学史上留下了不可磨灭的痕迹。它延续了俄罗斯文学关注普通人、反映现实的传统,以文学文本方式记述了苏联历史,为俄罗斯民族性格研究提供了材料。"它的存在证明了苏联停滞时期依然保留着俄罗斯文学传统……国外研究者们在乡村小说中寻找方法,探究俄罗斯心灵之谜,即个体如何以追求理想的方式抗拒自身的非完整性。"①苏联乡村小说是当代俄罗斯文学(1950—1990)的重要组成部分,它参与了

---

① Большакова А Ю. Феномен деревенской прозы [J]. Русская словесность, 1999 (3): 15 – 19.

“解冻文学”(1953—1968)、“70 年代文学”(1968—1986)和“世纪末文学”(1986—1990)创作。与青年小说和城市小说等非主流文学流派相比,苏联乡村小说存在时间长久、影响深远。20 世纪 80 年代中期,文艺批评家利利娅·沙里福夫娜·维利钦科(Лилия Шарифовна Вильчек)就指出,“乡村小说是一个影响深远且规模庞大的现象。当代苏联文学中唯有它引发了诸多争论,产生众多自相矛盾的见解、论述和阐释”[①]。的确,苏联乡村小说的出现和发展始终伴随着文坛辩论[②],这令它成为当代俄罗斯文学中最具争议的文学流派之一。一些评论家称赞乡村小说是“后苏联文学创作中最有才华、实至名归的流派”[③],而另一些评论家则否定、批驳它,“德米特里·利沃维奇·贝科夫(Дмитрий Львович Быков)揭露乡村小说”[④]的反文化性[⑤]。关于乡村作家的评价也存在截然对立的两种观点:俄罗斯民族特征的传承者、

① Вильчек Л Ш. Вниз по течению деревенской прозы[J]. Вопросы литературы, 1985(6): 34.

② 1964 年 12 月 3 日《文学报》刊登了弗拉基米尔·阿列克谢耶维奇·索洛乌欣(Владимир Алексеевич Солоухин, 1924. 06—1997. 04)的著名文章《对话》(«Диалог с воображаемым собеседником»),12 月 24 日《文学报》同时刊登了两篇驳斥弗·索洛乌欣的文章:鲍里斯·安德烈耶维奇·马扎耶夫(Борис Андреевич Можаев,1923. 06—1996. 03)的《继续对话》和亚历山大·米哈伊罗维奇·博尔夏戈夫斯基(Александр Михайлович Борщаговский,1913. 10—2006. 05)的《论圆圈舞和如今的日子》。争论的焦点是:人民的精神生活是否如科技进步带来的物质生活一般丰富?精神生活存在于何处?20 世纪 60 年代中期苏联文坛出现大量索洛乌欣式“抒情散文”,即题材自由,反映符合时代精神的生活观,摒弃计划性和富有自传性的散文,诱发了关于农村文学发展趋势的第二次争论;1967—1968 年文坛,其中包括《文学报》和《文学问题》,围绕术语“乡村小说”展开激烈辩论。20 世纪 70 年代苏联官方组织讨论,《文学报》和《文学观察报》开设“讨论栏目”或“评论家的评论”栏目。其中,1972 年第 7 期《文学问题》上刊登的叶卡捷琳娜·瓦西里耶夫娜·斯塔里科娃的一篇文章《当代“乡村小说”的社会观》引发关于乡村小说任务的争论,1973 年第 3 期《文学问题》刊登同标题文章,文章收录多位评论家的言论,讨论乡村小说的问题和任务,即反映现实、思考过去和关注当下,为未来探求发展之路。20 世纪 90 年代初,苏联解体后,俄罗斯文坛以米哈伊尔·尤里耶维奇·贝格(Михаил Юрьевич Берг, 1952. 06—)、瓦西里·帕夫罗维奇·阿克肖诺夫(Василий Павлович Аксенов,1932. 08—2009. 07)和德米特里·利沃维奇·贝科夫(1967. 12—)为首的自由派与以弗拉基米尔·格里戈里耶维奇·邦达连科(Владимир Григорьевич Бондаренко,1946. 02—)为首的保守派围绕乡村小说及其作家的社会作用展开激烈争论。

③ Разувалова А И. Писатели-«деревенщики»: литература и консервативная идеология 1970-х годов[M]. Москва: Новое литературное обозрение, 2015: 8.

④ Разувалова А И. Писатели-«деревенщики»: литература и консервативная идеология 1970-х годов[M]. Москва: Новое литературное обозрение, 2015: 16.

⑤ 参阅 Быков Д Л. ТЕЛЕГИЯ. Русское почвенничество как антикультурный проект[M/OL]//Советская литература. Краткий курс. Москва: ПРОЗиК, 2012. [2020 - 01 - 20]. https://e - libra. ru/read/419990 - sovetskaya - literatura - kratiy - kurs. html.

捍卫者;出卖天赋的见风使舵者、无力革新政权的支持者①。

作为苏联文坛独一无二的文学现象,乡村小说囊括了社会历史、哲学、心理学、伦理学和美学等方面的内容。20 世纪 50 年代中期,苏联社会人道主义和价值观哲学思潮涌动,受"解冻"社会思潮影响,乡村小说在反对"无冲突论"、追求真实和关注人性的创作实践中得以发展。自 1952 年起,作家瓦连京·弗拉基米罗维奇·奥维奇金(Валентин Владимирович Овечкин)的特写《区里的日常生活》(«Районные будни»,1956)②陆续发表,随后很快涌现出大量揭露农村现实问题的特写小说,形成了"奥维奇金流派"。20 世纪 50 年代后期,奥维奇金流派的乡村作家们把关注的重心由农业生产与管理转向农民的生活方式、乡俗规约和乡村文化。随着苏联文坛反对"无冲突论",要求"积极干预生活""写真实""关注人"的文学思潮转化为文学创作活动,乡村特写逐渐完成了主题和体裁转型,即由揭露农村官僚主义作风和农业生产问题转向描写现代乡村的日常生活和风俗习惯,思考新旧之间的相互关系、农民的命运与传统文化的未来等。如叶菲姆·雅科夫列维奇·多罗什(Ефим Яковлевич Дорош)的记叙性乡村特写《乡村日记》(«Деревенский дневник», 1958)和亚历山大·雅科夫列维奇·雅申(Александр Яковлевич Яшин)的短篇小说«沃洛格达婚礼»(«Вологодская свадьба»,1962)。20 世纪 60 年代初,亚历山大·伊萨耶维奇·索尔仁尼琴(Александр Исаевич Солженицын)的短篇小说《马特廖娜的院子》(«Матренин двор»,1963)③标志着乡村小说创作进入了一个新阶段。"到 60 年代中期体裁术语'乡村特写'已被'乡村小说'取而代之。"④以瓦·别洛夫、维·阿斯塔菲耶夫、瓦·舒克申和瓦·拉斯普京为代表的乡村作家开始以短篇小说形式书写乡村故事,悼念逝去的乡村文明,追忆消失的传统文化,反思历史,思索未来。维·阿斯塔菲耶夫曾承认"我们的乡村小说源自

---

① 参阅 Разувалова А И. Писатели-«деревенщики»: литература и консервативная идеология 1970-х годов[M]. Москва: Новое литературное обозрение, 2015: 17.

② 首次发表于《新世界》(«Новый мир»)1952 年第 9 期。

③ 首次发表于《新世界》1963 年第 1 期。

④ Партэ Катлин. Русская деревенская проза: светлое прошлое[M]. Томск: Издательство Томского университета, 2004: 108.

《马特廖娜的院子》”[①]。20 世纪 60 年代末，逐渐成为苏联文坛主力军的乡村小说流派描写乡村日常生活，揭露城乡社会问题，通过怀乡思旧主题反思苏联历史进程，缅怀逝去的乡村文明和乡村传统文化，哲理性思考人生和民族命运，探索俄罗斯民族的未来发展之路。20 世纪 70 年代中期，乡村小说创作出现了“模式化”趋势。离家多年后返乡、童年记忆中的美好乡村生活、饥寒难耐的战争岁月、渴望快乐生活而背井离乡的年轻人，以及等待死亡的垂暮者成为必要的叙事元素，体裁多是由回忆片段或短篇叙事组成的中篇小说。“70 年代中期前，就有批评指出，最初抗拒社会主义现实主义创作公式与陈规陋习的乡村小说，现如今自身已成为创作模板。新作品不过是重复性书写，毫无新意。”[②]在这种情况下，瓦·拉斯普京的中篇小说《告别马焦拉》(1976)以生态预警方式开启了一个崭新的创作阶段。城市文明与乡村文明、人类发展与自然保护、自我与他人和社会之间的矛盾冲突成为叙述重点。20 世纪 80 年代后期，苏联国内出现了一些新情况。1986 年切尔诺贝利核泄漏事故推进了苏联国内“生态运动”的发展。这个时期的乡村小说创作由生态预警转为悲观无望的生态“末世”书写，故事空间由乡村转向城市或城郊，代表性作品是瓦·拉斯普京的中篇小说《火灾》(1985)、维·阿斯塔菲耶夫的中篇小说《悲哀的侦探》(1986)和瓦·别洛夫的长篇小说《一切在前方》(1986)。20 世纪 80 年代末—90 年代初，瓦·拉斯普京、维·阿斯塔菲耶夫和瓦·别洛夫等人积极投身政治运动，发表了大量关于治国救民的政论文。苏联解体后，这几位作家虽然依然创作小说，但不再描写乡村题材，如维·阿斯塔菲耶夫创作了一系列战争小说：长篇小说《该诅咒和该杀的》(«Прокляты и убиты»,1992—1994)、中篇小说《真想活啊!》(«Так хочется жить»,1994—1995)、中篇小说《泛音》(«Обертон»,1995—1996)和长篇小说《快乐士兵》(«Веселый солдат»,1997)。20 世纪 90 年代，瓦·拉斯普京创作了几部记录苏联解体后俄罗斯人悲苦生活的短篇小说，如《下葬》(«В ту же землю»,1995)、《谢尼亚上访》(«Сеня едет»,1994)等。瓦·别洛夫创

① Астафьев В П. Собрание сочинений в 15 томах. Том 12: Публицистика. Дорога домой [M]. Красноярск: Офсет, 1998: 570.

② Партэ Катлин. Русская деревенская проза: светлое прошлое [M]. Томск: Издательство Томского университета, 2004: 113.

作了描写20世纪20—30年代农业集体化的历史小说:《伟大的转折年》(«Год великого перелома»,1994)和《六点晨祷》(«Час шестый»,1998)。

选择研究苏联乡村小说是笔者学术研究的自然延伸,笔者多年来一直研究乡村小说代表作家维·阿斯塔菲耶夫及其创作,在研究过程中产生很多疑问:维·阿斯塔菲耶夫之外的其他苏联乡村作家的道德主题创作以怎样的方式呈现?以道德主题创作为主的苏联乡村小说流派是如何形成的?乡村小说家如何书写现实问题?带着这些疑问,笔者梳理了国内外有关苏联乡村小说的文献材料。

一、俄罗斯学界关于苏联乡村小说的研究现状

作为一个揭露社会问题和直面现实困境的文学流派,苏联乡村小说始终伴有文坛争论:20世纪50年代中期苏联文学评论家围绕作品中的意识形态展开争论①;60年代末—70年代末,文学评论家围绕术语"乡村小说"及其创作手法等问题展开辩论②;70年代末—80年代初,苏联文评家针对能否用其他术语取代"乡村小说"展开讨论;80年代末—90年代初,苏联文坛围绕"本体论"抑或"乡村小说"再次展开激烈争论;20世纪末—21世纪初,俄罗斯文坛自由派与斯拉夫派评论家针对乡村小说的社会功效争论不休,再次掀起乡村小说研究热潮。这些辩论不仅推动了苏联乡村小说的创作,而且产生了许多研究方法,成就了诸多研究者,如费利克斯·菲奥多西耶维奇·库兹涅佐夫(Феликс Феодосьевич Кузнецов)、利利娅·沙里福夫娜·维利钦科、加琳娜·安德烈耶夫娜·别拉雅(Галина Андреевна Белая)、瓦连京·雅科夫列维奇·库尔巴托夫(Валентин Яковлевич Курбатов)、瓦季姆·瓦列里安诺维奇·科日诺夫(Вадим Валерианович Кожинов)、尤里·伊万诺维奇·谢列兹尼奥夫(Юрий Иванович Селезнев)、弗拉基米尔·格

---

① 《新世界》1954年第4期上刊登了菲奥多尔·亚历山德罗维奇·阿勃拉莫夫(Федор Александрович Абрамов, 1920.02—1983.05)的评论文章《战后小说中集体农庄的人们》(«Люди колхозной деревни в послевоенной прозе. Литературные заметки»)。这篇文章反对苏联文坛粉饰现实的创作之风,后来被视为乡村小说流派的纲领性宣言。

② 1967—1968年《文学报》刊登关于"乡村小说"的争论。转引自 Старикова Е. Социологический аспект современной «деревенской прозы»[J]. Вопросы литературы, 1972(7): 11.

里戈里耶维奇·邦达连科和阿拉·尤里耶夫娜·博利莎卡娃（Алла Юрьевна Большакова）。有关乡村小说的学术研究成果主要集中于20世纪70—80年代，其中包括该流派的个案作家研究，内容涉及主题、体裁、风格和语言等[①]。此外，还包括把乡村小说作为文学现象来研究的学术成果[②]。20世纪90年代，由于"乡村小说家们的威望有所动摇，对其作品的研究兴趣也明显降低"[③]，这个时期的研究成果逐渐减少。21世纪后现代文化反思语境下，俄罗斯哲学家、文艺学家、心理学家和文化学家在研究70年代文学作品时，再次把乡村小说作为研究对象，而且多以维·阿斯塔菲耶夫、瓦·拉斯普京、瓦·别洛夫和瓦·舒克申的作品为主。这个时期的代表性成果是阿·博利莎卡娃的5部专著[④]，以及其他研究者的专著和数十篇博士论文[⑤]。

苏联乡村小说研究经历了半个世纪的发展，仅俄罗斯文学学术界现有的相关研究成果就数以千计。进入21世纪后，关于乡村小说的研究成果依然层出不穷，每年都有专著[⑥]、数篇博士论文[⑦]和大量期刊论文[⑧]问世。如此海量的研究成果按照研究角度可以分为：社会历史研究、哲学本体论和自然哲学研究、民族意识和民族性格研究、道德伦理和心理学研究、神话原型研究、文化研究、符号学研究和生态主义研究等。这也是进入21世纪后，俄罗斯文学界有越来越多的学者，尤其是阿·博利莎卡娃更愿意把乡村小说看作是一种文化现象而不仅仅是文学流派的原因。

传统认识依然把苏联乡村小说看作是19世纪经典文学中"乡村"母题

---

① Курбатов В Я. Миг и вечность: Размышления о творчестве В. Астафьева［М］. Красноярск：Красноярское книжное издательство，1983；Семенова С Г. Валентин Распутин［М］. Москва：Советская Россия，1987；Ланщиков А П. Виктор Астафьев［М］. Москва：Просвещение，1992；Петров И. Проза Василия Шукшина［М］. Шумен：Аксиос，1997.

② Белая Г А. Художественный мир современной прозы［М］. Москва：Наука，1983；Вильчек Л Ш. Деревенская проза［М］//Белая Г А，Бочаров А Г，Оскоцкий В Д，и др. Современная русская советская литература. В 2 ч. Ч. 2. Темы. Проблемы. Стиль. Москва：Просвещение，1987.

③ Разувалова А И. Писатели-«деревенщики»：литература и консервативная идеология 1970-х годов［М］. Москва：Новое литературное обозрение，2015：8.

④ 详见附录中的第1条。

⑤ 详见附录中的第2条。

⑥ 详见附录中的第3条。

⑦ 详见附录中的第4条。

⑧ 少数刊登在权威杂志《当代人》（«Наш современник»）上，详见附录中的第5条。

的延续。例如，苏联和俄罗斯著名文艺理论家、文学评论家和小说家尤里·鲍里索维奇·博列夫（Юрий Борисович Борев）在其主编的《文学理论》第四卷《文学进程》中这样写道："农民现实主义（乡村小说）是俄罗斯小说的一个流派（20 世纪 60 年代末—80 年代）。中心主题是当代农村，主要人物是从土地上被剥离的农民。"①正是因此，20 世纪 70 年代初，社会历史分析法成为研究苏联乡村小说的主要方法。文评家利·维利钦科、米哈伊尔·米哈伊罗维奇·戈卢布科夫（Михаил Михайлович Голубков）和叶卡捷琳娜·瓦西里耶夫娜·斯塔里科娃（Екатерина Васильевна Старикова）结合社会历史背景研究乡村小说。1972 年，叶·斯塔里科娃在《当代"乡村小说"的社会观》②[«Социологический аспект современной "деревенской прозы"»，见«Вопросы литературы»（《文学问题》），1972. №7]一文中从社会经济发展、农村社会结构变化、农村教育水平提高和乡村居民生活方式变化等一系列社会因素着手，逐一论述了 20 世纪中后期的苏联乡村文学应该反映农村所发生的变化，应该关注城乡居民的物质生活和精神生活等。利·维利钦科在研究"乡村小说"时③结合农业生产劳动中的机械化、工业化和乡村居民社会结构的变化，解释乡村小说流派出现的社会历史背景，并指出随着奥维奇金流派的发展，即由反映社会经济问题转向反映社会心理和道德问题，有关乡村世界的描写不再局限于生产领域，乡村被描写成一个以特有方式存在的世界，它储备并传承着数个世纪农耕文明积淀而成的道德价值观和文化传统。社会历史分析法客观地分析了乡村小说的出现和演变，却很难形成

---

① Борев Ю Б, Гей Н К, Михайлов А В, и др. Теория литературы в 4-х томах. Том 4: Литературный процесс[М]. Москва：ИМЛИ РАН, 2001：418.

② 叶·斯塔里科娃的这篇文章引发苏联文坛围绕乡村小说展开了新一轮的辩论。此次辩论内容涉及范围很广，甚至从文学作品中关于社会内容的争论转向农民在俄罗斯命运变迁中发挥的作用等问题。为此，《文学问题》杂志 1973 年第 3 期再次刊登同名文章《当代"乡村小说"的社会观》，与之前不同的是，这篇充满辩论色彩的文章收录了四位文评者的论文。这些文章主要围绕苏联文坛如何看待和反映乡村发生的巨大变化，譬如农村青壮劳动力涌入城市，乡村小说的创作任务，以及创作中存在的问题展开论述。《文学问题》连续两年刊登同名不同性的文章本身已经表明了社会历史研究方法是苏联时期文学研究的常用方法之一，同时也体现了苏联文学评论工作服务于社会的文化宗旨。

③ 参阅 Вильчек Л Ш. Вниз по течению деревенской прозы[J]. Вопросы литературы，1985(6)：34－72；Белая Г А, Бочаров А Г, Оскоцкий В Д, и др. Современная русская советская литература. В 2 ч. Ч. 2. Темы. Проблемы. Стиль[М]. Москва：Просвещение，1987：51－88.

全面的认识。因为此类研究集中于20世纪70—80年代,而此时恰是乡村小说创作的巅峰期。

数量惊人又层出不穷的乡村小说研究当属道德伦理、民族性格和精神气质角度的研究。早在20世纪60—70年代,著名评论家亚历山大·尼古拉耶维奇·马卡罗夫(Александр Николаевич Макаров)和费利克斯·菲奥多西耶维奇·库兹涅佐夫便著书立传①,研究乡村作家(如维·阿斯塔菲耶夫、亚·雅申、瓦·别洛夫等人)作品中的民族性格和道德伦理。时至今日,道德伦理、民族心理和性格方面的研究方兴未艾②,并将长存。因为道德伦理探求、民族性格和民族心理探究是乡村小说的创作主题。文评家彼得·阿列克谢耶维奇·尼古拉耶夫(Петр Алексеевич Николаев)指出,苏联乡村小说家们遵循人类的永恒道德真理进行艺术创作,主要以拉斯普京、阿斯塔菲耶夫和别洛夫的作品为代表。亚·索尔仁尼琴把乡村小说家"称作道德劝诫者,因为他们文学创作革新的本质是复兴传统道德,而破败的乡村不过是自然又明显的现象"③。尤·博列夫认为乡村小说的主要成就是"新话语、新人物和崇高的传统道德价值"④。20世纪90年代末,有关乡村小说民族精神气质的研究成为热点,其代表是研究成果丰硕⑤的阿·博利莎卡娃。她在《20世纪俄罗斯乡村小说:阅读符码》(«Русская деревенская проза XX века: код прочтения»,2002)中从人物类型、作者形象、作家创作心理和乡村小说变体等角度具体解读乡村小说代表作家瓦·拉斯普京、瓦·舒克申、维·阿斯塔菲耶夫等人的作品。她把苏联乡村小说置于20世纪俄罗斯文学框架内,作为一个独特文学现象,甚至是文化现象来研究。从20世纪50年代的乡村特写到60—70年代的经典之作,再到80年代转型时期的作品,最后到90年代维·阿斯塔菲耶夫等人的新作,她逐步论述被压抑的集体无意

---

① 亚历山大·尼古拉耶维奇·马卡罗夫创作了《在俄罗斯深处》(«Во глубине России»),费·库兹涅佐夫创作了《骨肉相连》(«Самая кровная связь»)。

② 详见附录中的第6条。

③ Солженицын А. Слово при вручении премии Солженицына Валентину Распутину 4 мая 2000[J]. Новый мир, 2000(5): 186.

④ Борев Ю Б, Гей Н К, Михайлов А В, и др. Теория литературы в 4-х томах. Том 4: Литературный процесс[M]. Москва: ИМЛИ РАН, 2001: 418.

⑤ 详见附录中的第7条。

识以及民族自我意识是如何被唤醒的。最后，学者阿·博利莎卡娃得出结论：乡村小说展示并保存着重要的俄罗斯民族精神特质、民族心理特征、伦理学和美学特征，以及独特的哲学体系等。作为文学流派，苏联乡村小说在确认和保存民族意识类型方面曾发挥过作用。

20 世纪 80 年代苏联著名文学评论家加·别拉雅从哲学本体论角度研究了乡村小说中的世界存在方式，人与周围世界的关系，以及各种社会关系的本质。借助分析文本中描述的时代、存在方式和人际关系，她阐述了乡村小说家的哲学伦理观："世界通过存在被认识，而不是通过有限的时间，哪怕是重大历史事件被认识。"①这位学者认为，乡村小说中的"大地母亲"意象具有本体意义。"人与自然之间的联系一旦断裂，引发的问题不能简单地归结为环境保护问题。因为这个问题是问题中的问题，是问题的中心，是诸多问题的本质。"②除了本体论研究，乡村小说的自然哲学研究③令人耳目一新。文评者阿尔菲娅·伊斯拉莫夫娜·斯米尔诺娃（Альфия Исламовна Смирнова）运用类型学知识对讲述自然的小说进行归类后，把 20 世纪 70—90 年代的乡村小说称为自然哲学小说。这位学者主要从自然哲学、自然神话和诗学三个角度论述人与自然的相互关系，人对自然节奏的作用及其在世界中的地位。作者借助弗拉基米尔·伊万诺维奇·维尔纳茨基（Владимир Иванович Вернадский）④、亚历山大·列昂尼多维奇·奇热夫斯基（Александр Леонидович Чижевский）⑤、尼古拉·费奥多罗维奇·费奥多

---

① Белая Г А. Художественный мир современной прозы[M]. Москва：Наука，1983：143.

② Белая Г А. Всечеловеческое бытие：Материалы международного «круглого стола»[J]. Вопросы литературы，1981(3)：50.

③ Смирнова А И. Русская натурфилософская проза второй половины XX века[M]. Москва：Наука，2009；Бондаренко Е Н. Натурфилософская проза второй половины XX века：концепция личности[D]. Брянск：Брянский государственный университет，2010.

④ 弗拉基米尔·伊万诺维奇·维尔纳茨基(1863.03 — 1945.01)是著名自然科学家、思想家和社会活动家。曾任圣彼得堡科学院院士、俄罗斯科学院院士、苏联科学院院士和乌克兰科学院院长。他是俄罗斯自然科学宇宙论代表之一，是生物地球化学学科创始人。"维尔纳茨基是著名的生物圈和智慧圈学说的创立者。生物圈是生命存在的范围，这是个统一的发展着的整体，通过人类智慧的力量，生物圈最终向智慧圈转化，智慧圈在所有方面都比生物圈更加完善。"（转引自张百春：《当代东正教神学思想》，上海三联书店 2006 年版，第 506 页。）

⑤ 亚历山大·列昂尼多维奇·奇热夫斯基(1897.01—1964.12)是苏联著名学者、生物物理学家（日光生物学奠基者）、哲学家、诗人和画家，还是俄罗斯自然科学宇宙论创始人之一。

罗夫(Николай Федорович Федоров)[1]等人的宇宙论思想和阿列克谢·费奥多罗维奇·洛谢夫(Алексей Федорович Лосев)[2]、梅拉布·康斯坦丁诺维奇·马马尔达什维利(Мераб Константинович Мамардашвили)[3]等人的哲学思想,勾勒自然哲学小说所塑造的世界模式。通过分析瓦·拉斯普京、维·阿斯塔菲耶夫、瓦·别洛夫、钦吉斯·托列库拉维奇·艾特玛托夫(Чингиз Торекулович Айтматов)和阿纳托利·安德烈耶维奇·金[4](Анатолий Андреевич Ким)等人的作品,论述文学在探索理想世界机制时诉诸自然,呼吁人们以理性和负责的态度对待当下和未来。学者阿·斯米尔诺娃指出,自然哲学小说试图"探寻某种伦理规范独一无二、包罗万象的存在模式,这种模式与当前人与自然的分裂及不和谐截然相反"[5]。为了阐明这种伦理规范,她分析当代作家的自然哲学观,指明这些作家的伦理价值观,阐述他们试图通过预警未来灾难,即丧失根基和遗忘传统将会招致生态灾难,来唤起读者的责任意识。

进入21世纪后,很多学者开始研究乡村小说中的神话原型[6],它成为当前研究热点之一。研究者们借助乌托邦概念把原型研究,尤其是神话原型深化为俄罗斯思想研究。这是俄罗斯乡村小说研究的新方向,此类研究中颇有建树的学者是纳塔利娅·瓦季莫夫娜·科夫通(Наталья Вадимовна Ковтун)[7]。这位学者分析了乡村小说中"祖屋""家宅""炉炕"形象所蕴藏的父权制神话原型,并指出这种神话的基础是中世纪美学标准,"按照神话

---

① 尼古拉·费奥多罗维奇·费奥多罗夫(1829.05—1903.12)是俄罗斯著名宗教思想家、哲学家、未来学家、图书管理员和教育革新者,是俄罗斯宇宙论的创始人。

② 阿列克谢·费奥多罗维奇·洛谢夫(1893.09—1988.05)是苏联著名哲学家、古希腊学家、翻译家、作家和著名苏联文化活动家。

③ 梅拉布·康斯坦丁诺维奇·马马尔达什维利(1930.09—1990.11)格鲁吉亚人,是苏联哲学家,曾经执教于莫斯科国立大学哲学系。

④ 阿纳托利·安德烈耶维奇·金(1939.06—)是俄罗斯小说家、戏剧家、翻译家和剧作家,主要作品有《向蒲公英致敬》(«Поклон одуванчику», 1975)、《莲花》(«Лотос», 1980)、《葱地》(«Луковое поле», 1978)、《松鼠》(«Белка», 1985)、《森林之父》(«Отец-лес», 1989)、《半人马村》(«Поселок кентавров», 1992)等。

⑤ Смирнова А И. Русская натурфилософская проза второй половины XX века[M]. Москва: Наука, 2009: 123.

⑥ 详见附录中的第8条。

⑦ 详见附录中的第9条。

逻辑，遵循统一秩序的家宅生活被纳入自然循环中，在这个循环里开始即是结束，而结束又是开端。在这个世界里人与自然、生与死相融合”①。老屋里农民家庭沿袭父权制，作为一家之主的父亲是上帝在尘世间的“继承者”，而老屋则是尘世间最小的“殿堂”。在“老屋－世界－殿堂”空间意象里学者纳·科夫通发现了乡村小说家描绘的“宗法制乌托邦”。它是作家们表达失望情绪的特殊方式，乡村小说家把目标由神秘未来转向昔日福地，试图通过回归古老文化源头，寻找被断送的“和谐”，把复兴传统价值看作是一种解决问题的方案。这位学者在专著《乌托邦镜像中的“乡村小说”》(«“Деревенская проза” в зеркале утопии»,2009)中指出乡村小说家描绘的“宗法制乌托邦”既是对工业现代化的抗拒，也是对建构理想社会的探究。

除了神话原型研究，乡村作家群研究也是一个新趋势。学者安娜·伊万诺夫娜·拉祖瓦洛娃(Анна Ивановна Разувалова)研究勃列日涅夫时期乡村小说家的价值观和保守主义文化观。通过解读弗拉基米尔·阿列克谢耶维奇·索洛乌欣(Владимир Алексеевич Солоухин)、瓦·舒克申、瓦·别洛夫、维·阿斯塔菲耶夫和瓦·拉斯普京等人的作品，研究影响作家自我意识与宣传言论的环境，研究作家们的自我书写与自我认知方式。她以瓦·别洛夫、瓦·舒克申和维·阿斯塔菲耶夫等人为例，阐述这些低学历的“民间天才”如何意识到“被边缘化”的现实，这些农民出身的乡村作家又是如何借助传统在一个崭新的文化空间里实现自我肯定。他们认识到经典文学与民间文化之间的相互作用，通过模仿并改写19世纪经典小说实现了传统与创新的结合。正是借助19世纪俄罗斯经典文学，乡村小说家们建构了自我认同。除了研究乡村小说家及作品中人物的自我认同主题，学者安·拉祖瓦洛娃还研究了乡村小说的自然生态和精神生态主题。在研究这些主题的过程中她始终突出既定文化语境中作家的思想观念和思维方式。当学界争论应该把乡村小说定义为“自然哲学小说”(натурфилософская проза)还是“生态小说”(экологическая проза)时，她明确地说道：“我感兴趣的是文化环境，在这些文化环境中形成了乡村小说家特有的、认识自然与人的思维方

① Ковтун Н В. Патриархальный миф в традиционалистской прозе рубежа XX－XXI веков [J]. Сибирский филологический журнал, 2013(1): 80.

式……我完全接受术语‘生态小说’和‘生态主义’(экологизм)。”①

苏联乡村小说的生态主题研究并不是新话题，因为“人与自然”②、“自然与良心”③、“自然与道德”或“生态问题与道德冲突”④研究被俄罗斯学者(如安·拉祖瓦洛娃)视作生态主题研究的组成部分。自20世纪70年代起与“生态”相关的术语，如生态学(экология)、生态主义、生态问题(экологические проблемы)、生态危机(экологический кризис)等，频繁地出现在苏联报刊媒体上。20世纪70年代末，术语“生态小说”⑤开始在苏联文评界出现，但当时的文评者更愿意把乡村小说称作“自然哲学小说”。因为很多学者，如斯韦特兰娜·伊里伊尼奇娜·皮斯库诺娃(Светлана Ильинична Пискунова)和弗拉基米尔·马克西莫维奇·皮斯库诺夫(Владимир Максимович Пискунов)认为“生态小说”这一概念过于突出自然与社会间相互作用的实用性，而非艺术性。与之相比，体现哲理性思考的“自然哲学小说”就具有独特艺术性，因为“‘自然哲学’一词中就包含了特殊艺术目的，即领悟人与周围世界生命体关系中所包含的奥秘”⑥。苏联乡村小说的生态主题研究之所以被冠以“人与自然”主题研究之名，是因为“生态小说”被看作是“人与自然”主题创作的分支，是科技革命激化社会与自然间的冲突后形成的探求解决矛盾的小说流派。学者维塔利·阿法纳西耶维奇·卡尔片科(Виталий Афанасьевич Карпенко)认为，20世纪70年代“人与自然”主题小说的分析说明，科技革命激化了“生态”问题，这些问题为苏

---

① Разувалова А И. Писатели-«деревенщики»: литература и консервативная идеология 1970-х годов[M]. Москва: Новое литературное обозрение, 2015: 277.

② Белая Г А. Вечное и преходящее: человек и природа в интерпретации современной прозы[J]. Литературное обозрение, 1979(2): 11-16.

③ Перцовский В С. Природа и совесть[J]. Литературное обозрение, 1986(3): 37-43.

④ Карпенко В А. Природа и нравственность в современной советской романистике[C]// Проблемы нравственного воспитания личности в современной советской литературе. Москва: Мысль, 1979: 98-122.

⑤ Карпенко В А. Природа и нравственность в современной советской романистике[C]// Проблемы нравственного воспитания личности в современной советской литературе. Москва: Мысль, 1979: 110.

⑥ Пискунова С, Пискунов В. В пространствах новых... Миры и антимиры натурфилософской прозы[J]. Литературное обозрение, 1986(11): 13.

联文学中的道德探索提供了良好素材①。他认为20世纪70年代苏联文学中“人与自然”主题的小说描述了生态冲突，而这些冲突反映了人的本质及整个社会的精神面貌。这说明生态仅被理解为人与自然的关系。20世纪90年代，随着“生态文化”（экологическая культура）和“生态美学”（экологическая эстетика）②理论的形成，尤其近年来俄罗斯学者斯韦特兰娜·维克托罗夫娜·格列奇什金娜（Светлана Викторовна Гречишкина）③积极推介美国“生态文学”（экологическая литература），我国学者梁坤和芬兰著名女性主义批评家阿里娅·罗森霍利姆（Арья Розенхольм）在俄罗斯发表有关生态批评的学术论文，苏联乡村小说的生态研究得到了推动。其中，学者安·拉祖瓦洛娃在专著《乡村作家：20世纪70年代文学和保守思想》（«Писатели-“деревенщики”: литература и консервативная идеология 1970-х годов»,2015）中另辟章节论述乡村小说中的生态主义。她梳理了关于乡村小说中生态思想的研究成果④，阐述了苏联文学中生态主义思想的发展演变过程与乡村小说家的生态思想；但所有这些都是为了论证苏联停滞时期（период застоя, 1964—1986）⑤乡村作家的地方主义和文化保守思想。这位学者把生态主义看作是自然哲学的变体，将生态理解为人与自然的关系。

---

① Карпенко В А. Экологические проблемы и нравственные конфликты в современной советской романистике［C］//Формирование нравственного идеала личности в современной советской литературе. Москва: АОН, 1979: 110.

② Маньковская Н Б. Париж со змеями（Введение в эстетику постмодернизма）［M］. Москва:ИФ РАН, 1995; Эстетика постмодернизма［M］. СПб.:Алетейя, 2000.

③ Гречишкина С В. К вопросу исследования современной литературы о природе: аспекты изучения эколитературы［J］. Вестник Томского государственного университета, 2014(387): 8–14; Развитие поэзии о природе в США: становление экопоэзии［J］. Вестник Томского государственного университета, 2017(419): 32–44.

④ 参阅 Разувалова А И. Писатели-«деревенщики»: литература и консервативная идеология 1970-х годов［M］. Москва: Новое литературное обозрение, 2015: 274.

⑤ 参阅俄罗斯大百科词典网［Энциклопедия России（https://encyclopaedia-russia.ru）］上对 Эпоха застоя 的介绍。

伊琳娜·亚历山德罗夫娜·季申科①(Ирина Александровна Тищенко)全面研究了小说中的生态主题,她在专著《作为精神道德范畴的自然生态及其在俄罗斯小说中的艺术理解》(«Экология природы как духовно-нравственная категория и ее художественное осмысление в отечественной прозе»,2006)中梳理了俄罗斯文学中自《伊戈尔远征记》(«Слово о полку Игореве»)之后出现的、所有擅长借助自然描写来表现人物精神世界和社会精神面貌的作家,从18世纪的加甫里尔·罗曼诺维奇·杰尔查文(Гавриил Романович Державин)、安季奥赫·德米特里耶维奇·康捷米尔(Антиох Дмитриевич Кантемир)和米哈伊尔·瓦西里耶维奇·罗蒙诺索夫(Михаил Васильевич Ломоносов),19世纪的伊万·谢尔盖耶维奇·屠格涅夫(Иван Сергеевич Тургенев)、亚历山大·谢尔盖耶维奇·普希金(Александр Сергеевич Пушкин)、尼古拉·瓦西里耶维奇·果戈理(Николай Васильевич Гоголь)、米哈伊尔·尤里耶维奇·莱蒙托夫(Михаил Юрьевич Лермонтов)和列夫·尼古拉耶维奇·托尔斯泰(Лев Николаевич Толстой),20世纪早期的伊万·阿列克谢耶维奇·布宁(Иван Алексеевич Бунин)、亚历山大·伊万诺维奇·库普林(Александр Иванович Куприн)、米哈伊尔·米哈伊罗维奇·普里什文(Михаил Михайлович Пришвин)、康斯坦丁·格奥尔吉耶维奇·帕乌斯托夫斯基(Константин Георгиевич Паустовский),直到20世纪60年代的乡村小说家谢尔盖·帕夫罗维奇·扎雷金(Сергей Павлович Залыгин)、瓦·拉斯普京、瓦·别洛夫、维·阿斯塔菲耶夫、弗拉基米尔·尼古拉耶维奇·库鲁宾(Владимир Николаевич Крупин)和弗拉基米尔·弗拉基米罗维奇·利丘金(Владимир Владимирович Личутин)等,并在此基础上论证:俄罗斯文学强调人对待自然的态度能折射其道德水准,因而环保举措具有崇高的道德性;俄罗斯文学

① Тищенко И А. Экология природы как объект художественного осмысления в современной русской прозе[J]. Вестник АГУ. Серия: Филология и искусствоведение, 2007(2): 177－181;Тищенко И А. Природа и проблемы экология как объект художественного осмысления в русской прозе и публицистике XX века и традиции их в адыгейской литературе[D]. Майкоп: Адыгейский государственный университет, 2007; Тищенко И А. Экология природы как духовно-нравственная категория и ее художественное осмысление в отечественной прозе[M]. Майкоп: Издательство МГТУ,2006.

中保护自然生态环境是捍卫俄罗斯与复兴俄罗斯民族的象征。这位学者重点论述了乡村小说家保护俄罗斯乡村与自然的生态观,阐释了作家关于人与自然和生命意义的哲理性思考等。学者伊·季申科虽然阐述了环保行为背后的道德伦理,但却没有深入展开介绍基于万物一体的生态伦理观。

二、西方学界关于苏联乡村小说的研究现状

西方文学界关于苏联乡村小说的研究成果主要集中于20世纪80—90年代。以英美为主的西方学者们在历史框架下从意识形态角度解读乡村小说,对苏联乡村小说作品评价不高。整体上讲,西方学界关于乡村小说的美学研究服务于文化研究。

20世纪70年代末,美国斯拉夫学者戴明·布朗(Deming Brown)在专著《斯大林逝世后的苏联文学》(*Soviet Russian literature since Stalin*)[①]中指出苏共二十大之后党和政府号召作家们描述现实,因而纪实性的乡村文学作品应时而生。其中艺术与新闻、抒情与实用相结合的特写成为最受欢迎的体裁形式。布朗阐释了乡村题材作品的特征:描绘乡村生活,揭示真实面貌。还阐明了乡村小说家们关注民族心灵和国民道德准则,并认为农村文明和传统道德准则是解决苏联问题的重要因素。他结合文化背景从社会学角度论述作家借助手中之笔真实描写现实,以抗议肆意破坏自然环境的举措;并指出城乡分裂是乡村小说的主要表现内容,它部分地体现为思旧怀乡和返乡主题。其中回归乡村故土的返乡主题的更深层意蕴是追溯俄罗斯文化源头,探求文化之根,其原因是农村保存着城市里早已消失的丰富民间传统和大量文化古迹。苏联解体后,他在专著《后苏联时期的俄罗斯文学(1975—1991)》[②]中结合合瓦·拉斯普京、维·阿斯塔菲耶夫和瓦·别洛夫等人的作品重点论述乡村小说的发展历程,揭示作家在作品中流露出的忧患意识。他指出乡村小说家们在作品中表达了一种复杂的情感,既有对乡村的依恋,也

---

① Brown Deming. Soviet Russian literature since Stalin[M]. Cambridge: Cambridge University Press,1978. 该书的部分内容请参阅:北京大学俄语系俄罗斯苏联文学研究室. 西方论苏联当代文学[M]. 北京:北京大学出版社,1982:82-140.

② Brown Deming. The last years of Soviet Russian literature: Prose fiction 1975-1991[M]. Cambridge: Cambridge University Press, 1993.

有对其未来的悲伤和忧虑。因而乡村小说主要描写农民生活方式和乡村传统遭到背弃;追忆童年时期的快乐田园生活,表现代际的对比和冲突,强调乡村老人身上所体现的俄罗斯农民的优秀传统文化元素,这些元素是俄罗斯古老精神价值的最后宝库。肯定之余,布朗批评维·阿斯塔菲耶夫的中篇小说《悲哀的侦探》是在谩骂同胞的道德缺陷;指责瓦·别洛夫在小说《前夕》(«Кануны»,1972—1987)中流露出民族主义情绪,而且毫不留情地批评长篇小说《一切在前方》逊色于作家本人创作的其他作品。戴明·布朗认为瓦·拉斯普京的中篇小说《火灾》、维·阿斯塔菲耶夫的中篇小说《悲哀的侦探》和瓦·别洛夫的长篇小说《一切在前方》都是以牺牲美学为代价的说教性作品。他认为只有描写乡村文化和农民生活的小说才是苏联乡村小说。

20 世纪 90 年代初,英国著名俄罗斯历史学家和斯拉夫研究者杰弗里·霍斯金(Geoffrey Hosking)①,指出乡村作家们以丰富的农民语言表现乡村生活,哀悼遭受破坏的俄罗斯文化。结合具体文本,霍斯金重点分析了瓦·拉斯普京和瓦·舒克申。他认为,拉斯普京以哲理性思考推进了乡村小说的发展,其写作手法与众不同,而其作品的独特魅力在于笔下人物能融入无所不包的自然节奏中。他指出"拉斯普京对于威胁乡村世界的探究令其产生了神秘看法:有种力量把人与自己内心和自然世界联系起来,一旦脱离这种联系,就会导致自我疏离,与自然分离,令自己陷入危险"②。结合瓦·舒克申的生平经历,这位研究者指出作家在城乡间徘徊、左右为难,并将这份踯躅不安表现在了自己的作品中。霍斯金站在历史学家的立场分析乡村小说出现和发展的原因,以及评价乡村作家。他通过分析文学作品的主题和隐喻,论述作家们如何开辟多元化局面:以瓦·别洛夫、瓦·拉斯普京和瓦·

---

① 杰弗里·霍斯金(1942.04 —)是英国著名历史学家,主要研究俄罗斯和苏联历史。他是伦敦大学斯拉夫和东欧研究学院的俄罗斯历史教授,著有:《超越社会主义现实主义:伊万·杰尼索维奇之后的苏联小说》(*Beyond Socialist Realism*: *Soviet Fiction since Ivan Denisovich*,1980)、《苏联历史》(*A History of the Soviet Union*,1985)、《苏联的觉醒》(*The Awakening of Soviet Union*,1991)、《俄罗斯和俄罗斯人》(*Russia and the Russians*,2001)、《统治者和牺牲者:苏联时期的俄罗斯人》(*Rulers and Victims*:*The Russians in the Soviet Union*,2005)、《1917—1991 苏联历史》(*A History of the USSR*: 1917 - 1991,1992)。

② Hosking Geoffrey. The twentieth century: in search of new ways,1953 - 1980[C]//Moser Charles A. The Cambridge history of Russian literature. Cambridge: Cambridge University Press, 1992: 565.

舒克申为代表的乡村小说与以尤里·瓦连京诺维奇·特里丰诺夫(Юрий Валентинович Трифонов)①为代表的城市小说。这些作家的作品中所表达的存在主义思想,以及对现代化的质疑形成一种"异质"符码。虽然霍斯金的研究涉及乡村小说的主题演变和叙事特征,以及代表性作家的创作特点,但这些都是为了证明意识形态在文学中的反映。

美国耶鲁大学斯拉夫语言文学教授卡特琳娜·克拉克(Katerina Clark)把乡村小说归为社会主义现实主义文学,认为它是集体农庄文学的延续。她指出苏联乡村小说是一种"拯救"社会的文化运动:一部分作家倡导通过重返乡村和恢复传统来解决当时的各种社会问题。"拯救"运动很早就出现了,20世纪50年代作家们的创作由城市主题转向集体农庄或修复古老建筑等主题,书写荒野和人烟罕见之地逐渐成为时尚。故事人物要么狩猎探险,要么去僻远荒芜之地度假或逗留,为的是接触到荒芜和纯粹的本质。这种与自然的原初接触更像是主人公的精神再生。此外,作家的作品中不断出现教堂、小村庄、菜园、森林、湖泊和澡堂等意象。这些也逐渐成为传统乡村的标志性符号。重返故乡,通过时间的象征性探索,人在早期乡村的老屋里、森林里找到宁静。她还指出,为了证明乡村是拯救社会和抗拒"异化"的灵丹妙药,作家们描绘"城市"生活的混乱和虚伪以凸显乡村生活的快乐。在乡村小说中城市代表着污染、腐败、丑陋、冷漠和异化,乡村则代表着真诚和谐、家庭和睦、人类团结、诚实劳作等能接近至善的东西。她还指出,"乡村作家们四处游说,说服政府保护环境、修复教堂和其他古老建筑、保存民族传统、关注乡村居民的生存困境等"②。这位学者指出暗喻是理解乡村小说的关键。她分析作为暗喻的"家庭",强调乡村小说的首要主题是"死亡"和"分离"。克拉克的研究不但说明了乡村小说家的创作目的,凸显了乡村小说创作的问题意识,而且解读了乡村小说中的暗喻,论证了其在揭示主题

---

① 尤里·瓦连京诺维奇·特里丰诺夫(1925.08—1981.03)是20世纪60—70年代苏联具有一定影响力的作家,是"城市小说"流派的代表作家,著有《大学生》(«Студент», 1950)、《交换》(«Обмен», 1969)、《久别》(«Долгое прощание», 1971)、《另一种生活》(«Другая жизнь», 1975)、《滨河街公寓》(«Дом набережной», 1976)、《老人》(«Старик», 1978)等,其作品主要揭露社会阴暗面和当代人的道德败坏、精神空虚等。

② Clark Katerina. The Soviet Novel: History as ritual[M]. Chicago: The University of Chicago press, 1981: 243.

方面的作用。

从文学审美角度研究乡村小说的是美国斯拉夫学者凯瑟琳·帕特(Kathleen F. Parthe),其研究重点是小说中的原型和时空问题。这位研究者基于乡村小说的"阅读符码",即"乡村""自然""老屋""时间"等阐述该流派主题演变、体裁变化、诗学特征和作家的世界观。她的专著《俄罗斯乡村小说的辉煌往昔》(*Russian village prose: the radiant past*,1992)对美国和其他国家的苏联乡村小说研究产生了深远影响。在这部专著中作者从社会语境与文本的创造、传播和接受等角度整体上阐释了乡村小说的美学特征。论述主要从作品的叙述因素、体裁类型、诗学手段、时空类型、语言风格、作家与文评者、发展趋势、重写和重读等八个层面展开。学者首先阐述了构成乡村小说"阅读符码"的概念,如乡村、自然、房屋、时间和乡音。然后,把这些帮助理解乡村小说美学特征和世界观的概念集中于三个层面:时间、空间和符号学。随后又从这三个层面阐述乡村小说文本的叙事元素、体裁变化、时空特征等,以此说明20世纪50—70年代乡村小说的发展变化。这些变化不仅与解冻时期政策和政治经济改革有关,而且与乡村小说美学回归现实主义有关。结合文本分析,她阐述了乡村小说的体裁变化和诗学特征,并指出:乡村小说有别于社会主义现实主义文学的关键是时间,即往昔和记忆。此外,她运用类型学研究乡村小说主题演变、风格变化、诗学手段、文评者与作家之间的相互作用。这位学者肯定了苏联乡村小说的价值:促使俄罗斯文学回归其根本,真实反映现实问题,探究解决方案;恢复了俄罗斯农民的价值观、民间传统和语言,唤醒了民族自我意识等。她认为具有内在价值的苏联乡村小说是俄罗斯文学得以延续的明证。这部专著全面、系统地研究了苏联乡村小说,厘清发展阶段,阐明文学特征,阐述主题演变,客观评价乡村小说,其中的"阅读符码"、时空类型、乡村、童年和祖屋原型为苏联乡村小说研究提供了新思路。2004年,耶鲁大学出版了学者凯瑟琳·帕特的另一部专著《俄罗斯的危险文本:路线间的政治》(*Russia's dangerous texts: politics between the lines*)。在第三章"乡村小说的危险叙事"中作者重新划分了乡村小说的发展阶段:"改革之路上的短暂停留"(1952—1959);"从苏联乡村到俄罗斯乡村"(1960—1984);"坦率地讲述农村生活"(1985—1987);"俄罗斯到哪里去了?要去哪里?谁之过?"(1988—1996);"乡村小说的遗产"

(1997—2002)。并运用读者接受理论分析了乡村小说的社会影响。

英国巴斯大学俄罗斯文学高级讲师大卫·吉莱斯皮(David Gillespie)结合西伯利亚的政治和文化地位,从生态角度研究西伯利亚乡村作家,如瓦·拉斯普京和维·阿斯塔菲耶夫的创作及其社会影响。他认为20世纪90年代苏联的瓦解与后苏联时期的文学,尤其是乡村小说中表现出的"去中心化"特征有关①。20世纪50年代末60年代初,很多乡村作家重返故乡体验生活,记录乡村居民的日常生活,书写童年记忆中的乡村。作家们以这种回溯性书写抗拒缺乏个性的城市文明,瓦·拉斯普京和维·阿斯塔菲耶夫作品中出现各种对立:城市与乡村之间的对立、工业发展与自然生态失衡之间的对立、无邪的童年与堕落的成年之间的对立、田园诗化的往昔与彷徨迷乱的当下之间的对立。他指出瓦·拉斯普京和维·阿斯塔菲耶夫描写西伯利亚生态问题,表达了对西伯利亚未来的忧虑;作家们强调人与自然间存在某种非理性的关联,一旦这种联系断裂就会导致道德败坏和精神损失。因此,对于瓦·拉斯普京而言,保护贝加尔湖的斗争是捍卫西伯利亚乃至俄罗斯灵魂的最后一战。

经过梳理不难发现,西方学者关于乡村小说的研究以意识形态研究为主,美学研究位居其次。上述几位学者的研究成果有一个共同之处:对于20世纪80年代中后期创作的乡村小说《火灾》《悲哀的侦探》《一切在前方》评价不高,但却愿意接受这些现实主义作品中描述的社会现实和暴露的社会问题。对此的合理解释是,这三部作品中表达了对西方文化的排斥,这令英美斯拉夫学者忽视这些作品的美学价值,武断地把苏联乡村小说的代表作《火灾》《悲哀的侦探》《一切在前方》归结为泄愤和宣传民族主义的作品。虽然,西方学者的研究有维护西方文化中心论的嫌疑,但多数研究者公正地评价了乡村小说:苏联社会危机时刻乡村小说关注道德伦理问题,从而改变了20世纪后半叶苏联文学的整体风貌。

---

① 参阅 Gillespie David. A Paradise Lost? Siberia and Its Writers, 1960 to 1990[C]//Diment Galya, Siezkine Vuri. Between heaven and hell. The myth of Siberia in Russian Culture. New York: St. Martin's Press, 1993: 255.

三、中国学界关于苏联乡村小说的研究现状

中国俄罗斯文学研究界有关苏联乡村小说的研究成果极其丰硕，大致可以归纳为三类：第一类是作为独立文学流派的乡村小说研究。此类研究主要集中在20世纪80年代—90年代初，多以梳理性研究为主。研究者们结合苏联历史、社会经济发展和文艺政策，在苏联农村文学发展框架下重点分析乡村小说。从20世纪50年代“奥维奇金”特写小说到60年代描写凡人琐事的中、短篇小说兴起，以及70年代表现乡村衰败的道德主题小说研究①；结合文本重点分析并概括“乡村小说”流派的发展阶段、主题演变和代表作家的创作主旨等②。这个时期的文评看重作品所表现的现实主义，以把文学描写等同于现实生活的批评态度，论述苏联农村经济发展类型与社会道德意识之间的非对等关系。③ 苏联解体后经过近20年的沉寂，我国学界关于苏联乡村小说的研究呈现出回暖趋势，出现了大量的期刊论文、博士论文和专著，其中既有以瓦·拉斯普京创作研究④为主的个案作家研究，也有流派研究⑤。研究者们重新梳理苏联乡村小说发展史⑥。学者侯玮红把乡村小说放置在俄罗斯民族和国家历史发展进程中进行研究。首先，她梳理了20世纪乡村小说的发展阶段：20世纪50年代初的“序曲”；20世纪50年代末的“形成”；20世纪60年代中期到80年代中后期的“繁盛”；20世纪80年代末到90年代中期的“沉寂”；20世纪90年代之后，尤其是21世纪初以来的“回暖并逐步复兴”。这位学者主要研究20世纪末苏联解体后新时期俄罗斯乡村小说。她指出寻找救世良方，即“拯救农村乃至拯救国家的济世良

---

① 参阅 林明虎. 苏联当代农村文学一瞥（上、下）[J]. 文艺评论，1987（1）：112－116，1987（2）：111－115；韦利切克. 苏联农村散文简介[J]. 罗宁，编译. 苏联文学联刊，1991（5）：88－92.

② 参阅 施渭澄，刘灼. 苏联当代乡村散文[J]. 江西师范大学学报（哲学社会科学版），1987（3）：44－49.

③ 许贤绪. 苏联当代农村文学中的吃饭问题和道德问题[J]. 苏联问题参考资料，1983（4）：7－12.

④ 详见附录中的第10条。

⑤ 陈新宇. 俄罗斯当代乡土小说研究[M]. 杭州：浙江大学出版社，2017.

⑥ 侯玮红. 启蒙与当代俄罗斯“乡村散文”[J]. 学习与探索，2014（10）：125－128；陈新宇. 二十世纪俄罗斯乡土小说的第三次浪潮[J]. 外国文学动态，2013（1）：8－10.

方”[①]是苏联20世纪60—80年代乡村小说和当代俄罗斯新时期乡村小说之间的历史发展主线。虽然,苏联乡村作家笔下的国家和民族振兴之路,即“回归乡村,回归自然,回归传统,回归东正教”,已成为“乡村之梦”[②],但珍爱自然、回归传统与信仰的精神内涵在新时期俄罗斯乡村小说中传承下来。通过分析新时期乡村小说作品,即描写苏联解体后农村完全衰败的现实之作,侯玮红教授肯定了新时期乡村小说在重构俄罗斯民族精神世界中的作用。与此同时,国内学界重新确定了 деревенская проза 概念。学者陈新宇梳理了围绕术语 деревенская проза 出现过的种种界定,包括本体论小说、道德小说、传统小说和记忆小说等,并将其定义为“乡土小说”。在以战争小说和城市小说为参照论述乡土小说定义的本质之后,以当代俄罗斯学界关于乡土小说研究的成果来确定乡土小说研究的现实意义。[③]

第二类是苏联文学主题研究框架下的乡村小说研究。国内涉及该类主题的研究同样集中于20世纪80—90年代。其中涉及苏联文学生态主题的研究多以维·阿斯塔菲耶夫的长篇小说《鱼王》与瓦·拉斯普京的中篇小说《告别马焦拉》和《火灾》为例证[④]。这些研究主要论述:人与自然之间和谐与否关系到人的精神道德水准和审美情感的盈缺;人对待自然的态度是判断其道德水准的标尺。有关人与土地和人与自然之间关系的主题研究,也是以分析苏联乡村小说家瓦·拉斯普京、瓦·舒克申、瓦·别洛夫和维·阿斯塔菲耶夫在作品中流露出的乡土意识和桑梓之情为例,阐述土地和自然是人存在于世的“根基”。几个世纪以来形成的人与自然之间和谐共生的关系是人类物质生产和精神道德净化的基础。一旦人与自然之间的和谐被打破,自然生态平衡被破坏,人就会失去生存发展的根本,丧失“善”的本源以

① 侯玮红. 当代俄罗斯的“乡村散文”[N]. 光明日报,2013-08-26(12).

② 侯玮红. 乡村梦醒,路在何方?——当代俄罗斯“乡村散文”探析[J]. 俄罗斯文艺,2015(4):4-9.

③ 陈新宇. “деревенская проза”概念辨析[J]. 俄罗斯文艺,2015(4):25-29.

④ 叶·康·涅隆斯卡娅. 苏联当代文学中的生态平衡题材[J]. 陈雪清,译. 求是学刊,1988(4):63-66;许贤绪. 当代苏联生态文学[J]. 中国俄语教学,1987(1):55-58.

及失落“人的价值之本”。[1] 这些研究成果说明了20世纪70年代苏联文学“寻根热”出现的原因。20世纪60年代中后期，随着“新经济体制”的推行和“科技革命”的推进，苏联人民的物质生活水平大幅度提高了，文化教育事业快速发展了，但是社会道德问题却日趋严峻。面对现实生活中的诸多问题，苏联作家继承了俄罗斯传统文学中的道德拯救使命。他们尝试回归土地、自然和上帝，通过修复人与自然、人与传统和人与上帝之间的关系来重建个人存在于世的根基。学者何云波与张铁夫认为，以瓦·别洛夫、瓦·舒克申、钦·艾特玛托夫、瓦·拉斯普京和维·阿斯塔菲耶夫为主的“寻根文学”作家，通过自己的文学创作寻求解决苏联社会问题的方法，力求改变世风日下的现状。这些作家认为，人只有回归土地、自然和对上帝的信仰才能恢复人之本真——“善的天性”[2]。而善良、仁爱、无私和劳动是拯救世人的“良方”。对于苏联“寻根文学”作家们开出的这剂“良方”，这两位研究者从变革时代的精神要求出发，批判性地指出作家们的道德使命感并未契合现实感，他们的“文学的寻根，不可避免地带有一种迷恋旧有的一切的倾向”[3]。国内苏联文学道德主题研究成果中也经常提到20世纪60—80年代乡村小说家及其作品。乡村小说代表作，如维·阿斯塔菲耶夫的长篇小说《鱼王》和中篇小说《悲哀的侦探》，瓦·舒克申的中篇小说《红莓》(«Калина красная»,1973)、短篇小说《我女婿偷了一车柴》(«Мой зять украл машину дров!»,1971)和《高超的司机》(«Классный водитель»,1962)，瓦·拉斯普京的短篇小说《为玛丽娅借钱》(«Деньги для Марии»,1967)、中篇小说《告别马焦拉》和《火灾》，以及瓦·别洛夫的长篇小说《一切在前方》等作品成为论证苏联作家道德伦理探索的依据。这些作品中有的赞颂道德高尚、有

① 刘亚丁. 人和大自然——前苏联文学的母题之一[J]. 四川大学学报(哲学社会科学版), 1994(3):49-55; 裴家勤. 当代苏联小说中的人与自然主题[J]. 小说评论,1989(3):84-89;何云波. 文学:人与土地——对前苏联文学中乡土意识的文化考察[J]. 外国文学评论,1993(1):86-93.

② 何云波,张铁夫. 寻根,回到人本身——对当代苏联文学“寻根热”的思考[J]. 外国文学研究,1989(3):51.

③ 何云波,张铁夫. 寻根,回到人本身——对当代苏联文学“寻根热”的思考[J]. 外国文学研究,1989(3):56.

思想追求的苏联人[①],有的揭露破坏社会道德风貌的人和现象,更多的是思考导致苏联社会道德滑坡的原因[②];在人与自然、人与社会的关系变化中思考引发社会道德沦丧的原因,探索提升社会道德水准和确立人的精神价值的途径与方式。反映自然界生态失衡问题的同时,作家指出自然生态问题与社会精神道德问题、国家民族甚至人类命运紧密相关。在苏联乡村作家眼中,“大自然不仅是人们生产活动中的一种对象和客体,还是一种生命主体,是人们道德、审美意识形成方面一个非常重要的因素”[③]。于是,对待自然的态度好坏,即善待自然还是掠夺自然,成为善恶之分的界限。在有关苏联社会道德危机的研究成果中,研究者们纷纷提及乡村小说的三部代表作《火灾》《悲哀的侦探》《一切在前方》。它们作为敲响苏联社会全面危机的“警钟”而长存于世界文坛,成为苏联文学道德主题研究的重点对象。学者张捷结合社会历史背景,即20世纪80年代苏联改革时期的政治氛围与文艺政策,论述这三部作品与其他同时期的作品共同构成了“新的批评浪潮”,它继续和发展了“解冻”文艺思潮所引发的批判浪潮[④]。学者周忠和立足于“新思维”社会思潮所强调的共存性和反思性,解读中篇小说《火灾》和《悲哀的侦探》,论述文本中的灾难预警描写试图警告人们:毁灭源自相互残杀。[⑤] 这两部作品流露出的反思性在学者刘亚丁眼中是苏联文学政论化和内省化的一种趋势。它们还是预告苏联社会解体的警钟[⑥]。这也是为什么学者余一中在论述20世纪俄罗斯文学中的“世纪末”意识时,多次提到了长篇小说

① 陈熙汉. 七十年代苏联文学中的青年道德题材[J]. 扬州师院学报(社会科学版),1988(1):65-70.

② 吴嘉佑. 苏联文学的道德探索历程[J]. 外国文学评论,2001(3):75-81; 潘桂珍. 当代苏联文学中的道德探索[J]. 社会科学战线,1985(4):100-107; 甘雨泽. 当代苏联作家与道德题材[J]. 文艺评论,1984(1):85-90.

③ 叶·康·涅隆斯卡娅. 苏联当代文学中的生态平衡题材[J]. 陈雪清,译. 求是学刊,1988(4):64.

④ 张捷. 改革时期的苏联小说[J]. 国外社会科学,1989(1):14-22.

⑤ 周忠和. 新思维与苏联文学一瞥[J]. 郑州大学学报(哲学社会科学版),1988(4):101-106.

⑥ 刘亚丁. 1985: 警钟为何而鸣——对几部苏联作品的沉思[J]. 四川外语学院学报,1995(3):7-12.

《一切在前方》与中篇小说《火灾》和《悲哀的侦探》。[①] 它们被学术界称为“世纪末小说”或“启示录小说”。

第三类是俄罗斯生态文学研究框架下的乡村小说文本研究。前面提到国内苏联乡村小说研究有回暖趋势,引发该趋势的因素之一是全球自然生态危机日益严峻的现实。自然生态危机语境下,自20世纪80年代末起我国欧美生态文学研究不断升温。在这种情况下,国内俄罗斯生态文学研究成果迭出,其中20世纪60—80年代的苏联乡村小说成为主要研究对象。学者许贤绪在《当代苏联生态文学》[②]一文中首次使用术语“生态文学”(экологическая литература)。作者认为“生态文学”是“当代苏联文学中的一个新名词,但所谈的却是一个老问题,即人和自然的关系问题”[③]。5年后,裴家勤教授在《苏联的生态文学》[④]中再次使用了“苏联生态文学”这一表述。在这篇文章中作者重点论述了表现人与自然关系的苏联文学,主要阐述了瓦·拉斯普京、维·阿斯塔菲耶夫和钦·艾特玛托夫小说中的生态主题。随后,“生态文学”被学者吴萍概括为“生态伦理学在文学中的反映”[⑤]。她以小说《鱼王》和《告别马焦拉》为例,重点论述了苏联生态题材小说中人与自然关系所折射出的道德伦理探索和忧患意识。2002年,学者杨素梅在《20世纪俄罗斯文坛上的生态文学》[⑥]一文中以社会科技发展程度为参照,梳理了20世纪俄罗斯生态题材作品中的传统主题——人与自然关系的变化,重点论述了当代俄罗斯作家在描写生态失衡的作品中流露出对人类未来的担忧,并概述20世纪80—90年代生态题材作品中的生态伦理观。学者闫吉青在《俄罗斯生态文学之特质探蕴》[⑦]一文中主要通过分析瓦·拉斯普京和维·阿斯塔菲耶夫的代表作《告别马焦拉》《最后期限》《火灾》《鱼王》来论述俄罗斯生态文学特质:源自民族传统;表现人与自然间的“亲情关

---

① 余一中. 20世纪80—90年代俄罗斯文学中的“世纪末”意识[J]. 南京大学学报(哲学·人文科学·社会科学),2002(3):209－218.

② 见《中国俄语教学》1987年第1期。

③ 许贤绪. 当代苏联生态文学[J]. 中国俄语教学,1987(1):55.

④ 见《苏联文学联刊》1992年第2期。

⑤ 吴萍. 大自然的呼唤——前苏联生态文学管窥[J]. 国外社会科学,1998(5):79.

⑥ 见《俄罗斯文艺》2002年第5期。

⑦ 见《俄罗斯文艺》2009年第4期。

系”;具有深刻的使命感和忧患意识;具有悲剧性。目前,国内关于俄罗斯生态文学研究的学术专著有:学者周湘鲁撰写的《俄罗斯生态文学》(学林出版社,2009)和杨素梅教授与闫吉青教授合著的《俄罗斯生态文学论》(人民文学出版社,2006)。两部专著都是从生态学角度历时性地梳理并解读了俄罗斯19—20世纪“人与自然”主题的经典作品。在《俄罗斯生态文学论》中有部分章节分析了20世纪60—80年代乡村小说代表作家瓦·拉斯普京和维·阿斯塔菲耶夫的生态题材小说。在文本分析的基础上作者详细地阐述了两位作家的生态意识和生态伦理观。学者周湘鲁则侧重于概括这两位作家的生态小说主题,并在此基础上论述作家解决生态问题的方案:回归自然和回归传统。

生态危机语境下,苏联乡村小说成为阐述当代俄罗斯生态文学中生态末世论和救赎观的有力依据。学者梁坤[①]主要以乡村小说代表作《鱼王》和《告别马焦拉》为例,重点论述了俄罗斯生态末世论和当代俄罗斯生态题材作品中的弥赛亚意识。俄罗斯文化中的生态末世论在20世纪文学中的表现为:向往人与自然和谐的神话怀乡病,预警生态灾难的现代启示录和人类文明救赎之路——依赖信仰、回归理性的道德自我完善。这种生态末世论与救赎说中体现了俄罗斯民族在全球性生态危机境况中表现出的弥赛亚意识:以拯救世界为使命,建立基于东正教伦理的生态伦理观。也就是,在复活祖先的“生态智慧”,即“人与世界、宇宙、家族融为一体的思想”[②]过程中重塑个人灵魂,重建人与万物相依共生的伦理观。进入21世纪后,伴随生态文艺学的发展,苏联乡村小说研究开始在生态文艺思潮研究框架下进行。2015年博士姜磊以维·阿斯塔菲耶夫的生态小说《鱼王》为例[③],阐述苏联作家在生态文艺思潮的影响下,通过作品揭示生态危机与道德危机之间的关系,阐述“生态中心”思想,试图重构人与自然间的和谐关系。此外,学者

---

① 梁坤. 末世与救赎: 20世纪俄罗斯文学主题的宗教文化阐释[M]. 北京: 中国人民大学出版社,2007;当代俄语生态文学中的弥赛亚意识[J]. 外国文学研究,2004(4):79-87;当代俄语生态哲学与生态文学中的末世论倾向[J]. 外国文学评论,2003(3):44-51;俄罗斯宇宙论——现代生态世界观的思想根源[J]. 俄罗斯文艺,2009(4):3-9.

② 梁坤. 当代俄语生态文学中的弥赛亚意识[J]. 外国文学研究,2004(4):83.

③ 姜磊. 苏联生态文艺思潮研究——兼论阿斯塔菲耶夫的生态伦理道德观[J]. 东北亚外语研究,2015(3):64-68.

韩捷进[①]从儒家“天人合一”学说着手研究苏联生态题材小说。这位学者对比了中国文化中的“天人合一”学说与苏联文学中的“天人合一”论，即现世关注和终极关怀，并在此基础上解读苏联文学生态题材所呈现的“天人合一”审美观念，以及这一观念所表现出的历史责任感和彼岸超越意识，论述了苏联生态题材作家们以全球意识观照生态危机，构建理想的“天人合一”生存模式。

梳理之后笔者决定以维·阿斯塔菲耶夫、瓦·拉斯普京、瓦·别洛夫和瓦·舒克申的创作为主，研究苏联乡村小说的生态主题，因为这方面留有较大研究空间，例如利用生态批评理论分析文本，揭示作家们如何以生态美学观审视、反思人的存在状态。虽然现有研究成果涉及乡村小说的生态思想，这里的“生态”更多被理解为人与自然之间的关系，并且把人与自然和谐与否作为判断个体和社会道德水准高低的标尺，但是它没有指明乡村作家借助文学创作表现出的生态思维方式，也没有阐明乡村小说重点表现的生态系统内在关系，即“人－自然－社会”之间是有机整体和相互依存的关系。这解释了为什么生态主义被俄罗斯学者安·拉祖瓦洛娃等人看作是自然哲学的一种变体，因为自然哲学探究的是能解释世界普遍存在的模式，而不是有机整体世界各部分间的相互关系。这也解释了为什么俄罗斯学界更愿意把乡村小说称作“自然哲学小说”，而不是“生态小说”。自20世纪80年代起，生态逐渐发展为一种思维方式，强调运用生态世界观探索人之存在的生态哲学应运而生，同时生态文艺理论也日益成熟，如生态存在美学的出现和生态批评理论的应用等。这为重新解读乡村小说和阐释乡村小说家的生态思想提供了条件。进入21世纪后，“生态”作为一种新型人类文明模式逐渐被世界所接受。生态文明需要生态思维潜移默化地深入国家层面的社会政治生活和个体层面的日常生活。实现国家和社会的绿色可持续发展，家庭和社群的和谐共荣，以及个人的自我和解与自我完善成为“人－自然－社会”复合生态系统中迫切需要解决的问题。这是重新解读苏联乡村小说、发掘其生态主题的主要原因。

---

① 韩捷进．当代苏联文学的“天人合一”[J]．海南师范学院学报（社会科学版），2004(3)：47－50．

四、写作缘由与研究意义

笔者在梳理苏联乡村小说研究文献过程中发现一些问题,如:国内对苏联乡村小说的研究成果中跨学科的交叉性研究有待丰富;在苏联文学研究框架下,乡村小说作为一种体裁形式,与同时期的其他文学体裁进行横向比较,故而表现为文学史横截面上的梳理性研究;在俄罗斯文学生态主题研究框架下,乡村小说是生态主题历时性研究的重要环节,故而表现为文学史纵截面的梳理性研究。总之,国内现有的苏联乡村小说研究以梳理性研究为主;研究成果集中于瓦·拉斯普京和维·阿斯塔菲耶夫的创作研究,关于瓦·舒克申和瓦·别洛夫的创作则是略有研究①。苏联乡村小说家的创作风格迥异,各有所长。瓦·拉斯普京擅长描述生死本能的神秘事物与神话传说,维·阿斯塔菲耶夫擅于哲理性抒情,瓦·舒克申长于描写精神创伤,而瓦·别洛夫则以描写和谐与非和谐见长。他们的创作在20世纪俄罗斯文学中发挥了继往开来的作用。他们继承了俄罗斯文学传统,即反映现实、揭露问题、关注人的价值,推动了社会主义现实主义文化向后现代文化的过渡。为了阐述苏联乡村小说的文学价值和社会功效,需要运用突出整体性与关联性的生态思维,从创作语境、文本阐释、主题探究和社会影响等角度建构苏联乡村小说的研究体系。

很多西方学者认为,乡村小说的主要叙事元素是乡村生活,而不应该是城市或城郊生活。因此,苏联乡村小说终结于20世纪80年代初或明显衰落于20世纪80年代初,如美国学者戴明·布朗这样写道:“实际上,乡村小说创作结束于20世纪80年代初。”②西方学者们否定20世纪80年代中后期乡村小说代表作《火灾》《悲哀的侦探》《一切在前方》的艺术价值与他们的西方文化背景和研究视角有关。可是,学者凯瑟琳·帕特也认为“乡村小说创作终止探究和描述已故的老人、被弃的老屋、被遗忘的乡间习俗与传统,

① 国内研究瓦·拉斯普京的学术论文共计126篇,研究者以王丽丹、孙玉华、王培英和赵杨等人为主,详见附录中的第11条。(本书中国内研究成果的相关文献源自知网,文献收录的截止时间为2018年5月7日)

② Brown Deming. The last years of Soviet Russian Literature: Prose fiction 1975 – 1991[M]. Cambridge: Cambridge University Press, 1993: 82.

以及被毁的自然环境。1985 年之后乡村小说渐渐衰败”①。20 年后,她在专著《俄罗斯的危险文本:路线间的政治》中重新确定了乡村小说的发展阶段,承认 1985 年之后创作的作品是乡村小说。但是她认为,“如果拉斯普京、阿斯塔菲耶夫、别洛夫和其他乡村作家没有选择表达民族主义观点,就不会有人将其早期作品与 1985 年后他们的政治立场联系起来”②。如果把民族主义看作是乡村小说存在与发展的必要条件,那么俄罗斯文学中乡村主题创作的延续性便被割裂了。倘若把俄罗斯文学视为一个完整的系统,它应该囊括文化语境、社会思潮、政治开明度、经济发展水平、社会文化程度、作家个人因素、读者接受能力和媒体传播能力等元素,那么 20 世纪 60—80 年代的苏联乡村小说根据其“生态位”(ecological niche/экологическая ниша),即个体或种群在种群或群落中的时空位置及其功能关系,发挥的是承上启下和协同消解的作用。首先,从历时纵截面上看,20 世纪 60—80 年代苏联乡村小说在思想理念上继承发扬了 19 世纪 60—70 年代“根基派”的思想,即世界是个有机体,自然、土地与传统是个体、民族和国家存在与发展的根基。为了突出这种思想,苏联乡村作家们结合具体文化语境,描绘回归土地、乡村、自然与传统的生态乌托邦,描述生态危机以抗拒科技理性和现代工业化,以及预言性的生态末世书写,警告世人关注自然、社会和个体的存在与发展。始终以不同的声音讲述苏联历史与现实生活、温和地揭露苏联社会各种问题的乡村小说作为苏联文化空间的异质性存在,在某种程度上发挥了“去中心化”的作用。其次,从共时横截面上看,乡村小说与城市小说、青年小说和观念主义文学(концептуализм)共同构成了 20 世纪 60—80 年代苏联文坛的多元性存在;虽然它的思想观念不像异见者那么激烈,表现手法不像青年小说、观念主义文学和反社会主义社会艺术(соц-арт)那样奇异突兀,但却以自己的方式回避各种不利于自身存在与发展的因素,抗议政治经济生活中的过度现代化之举。而这些暗藏于苏联乡村小说的“生态”主题创作中。

---

① Parthe Kathleen F. Russian village prose: The radiant past[M]. Princeton: Princeton university press, 1992: 80.

② Parthe Kathleen F. Russia's dangerous texts: Politics between the lines[M]. New Haven: Yale University Press, 2004: 98.

英美和我国的文学学术界使用术语“生态文学”（ecoliterature）概括表现20世纪生态危机问题和宣扬生态意识的文学作品，但在俄罗斯文学学术界没有术语 экологическая литература（生态文学）。笔者在梳理文献资料时发现俄罗斯学者经常使用的术语是 экологическая проза（生态小说）。俄罗斯文学学术界拒绝使用术语“生态文学”的原因之一，是“文学即人学”的观念扎根于文艺界，而且20世纪80年代苏联文坛提出文学是关于人类问题的学科。为了弄清楚关于人的问题的源头，文评家马克·雅科夫列维奇·波利亚科夫（Марк Яковлевич Поляков）和尤·博列夫运用方法论审视文学史，将其看作表现不同时期人类问题的体系。不同文学时代所表现的特有的人类问题模型彼此类似，又相互区别。苏联文评家把个体“我”放在时空轴线上，将与其相关的问题归列为：个体存在问题（人与自我）；沟通交流问题（人与其他人及人类环境）；自然－人类问题（作为自然特殊部分的人与自然的关系）。后来，文评者尤里·伊万诺维奇·苏罗夫采夫（Юрий Иванович Суровцев）增加了时间因素①，即时间轴线，人与时间，人与历史。20世纪出现的生态问题是关乎人类存亡的重大问题，自然成为文学反映的对象。术语“生态文学”在俄罗斯学者看来有降格文学地位的嫌疑，所以对于20世纪70年代中后期创作的表现自然生态危机的乡村小说，如瓦·拉斯普京的中篇小说《告别马焦拉》和维·阿斯塔菲耶夫的长篇小说《鱼王》等，俄罗斯文学学术界更愿意使用术语“生态小说”来表示，并且倾向于从“人与自然”“人与良心”“自然与道德”“生态问题与道德冲突”等角度研究作品中的生态主题。

苏联乡村小说生态主题的研究成果主要集中于20世纪70—80年代，多从人与土地、人与自然的关系和人对待传统文化的态度方面研究苏联社会的伦理道德。近年来，在西方生态文学研究框架下探究苏联乡村小说中人与自然和人与社会的关系，但忽略了以下内容：俄罗斯文化中固有的生态基质，如19世纪中叶“根基派”思想家推崇的“有机论”和该流派哲学家尼古拉·尼古拉耶维奇·斯特拉霍夫（Николай Николаевич Страхов）提出的

---

① Суровцев Ю И. Литературный процесс и его периодизация［J］. Вопросы литературы, 1983(10)：113－144.

“世界整体说”；20 世纪初俄罗斯的环保活动，如“城市花园”国家项目；苏联生态思想的发展，如 20 世纪 30 年代科学家弗拉基米尔·伊万诺维奇·维尔纳茨基提出包含大地和宇宙在内的智力圈（ноосфера）。1968 年，物理学家安德烈·德米特里耶维奇·萨哈罗夫（Андрей Дмитриевич Сахаров）在《关于进步、和平共存与精神自由的思考》（«Размышления о прогрессе, мирном сосуществовании и интеллектуальной свободе»）一文中首次提出生态责任概念，即人类对于世界其他生命的存在与发展负有责任。这些是苏联乡村小说顺利通过书报审查又很快被读者接受的主要原因。所以，苏联乡村小说生态主题创作的社会影响不可忽略。尤其是 20 世纪 70—80 年代创作的生态小说主张生命主体间的平等，反对“人类中心主义”，倡导“去中心化”的生态观和平等观。在这种情况下，有必要结合俄罗斯本土生态思想和西方生态文艺思潮，研读、阐释苏联乡村小说中的生态主题。

现有的关于乡村小说生态主题或生态思想的研究侧重于自然生态研究，主要是人与自然关系研究，以及此关系折射出的个体精神状态和社会道德水准等，如 2006 年伊琳娜·亚历山德罗夫娜·季申科的博士论文《作为精神道德范畴的自然生态及其在俄罗斯小说中的艺术理解》，但未能体现生态思维。其实，早在 20 世纪 80 年代初，俄罗斯著名思想家米哈伊尔·瑙莫维奇·爱普斯坦（Михаил Наумович Эпштейн）就把思维意识领域内对抗工具理性思维的“生态思维”（экологическое мышление）称作 экология мышления[①]（思维生态），并将其视为理性思维原则。俄罗斯著名文化学者德米特里·谢尔盖耶维奇·利哈乔夫（Дмитрий Сергеевич Лихачев）认为：“生态学是一门基于世界是有机整体认知的学科……生态是一种把世界视为家园的观点。自然是人类居住的家园。文化对于人而言也是家园，而且是人类自建的家园。其中包含各种各样的现象，既有物质现象，也有表现为思想和各种精神价值的现象。”[②]基于此，他提出“文化生态”（экология культуры）概念，并强调自然生态与文化生态相互关联。进入 21 世纪后，俄

---

① 参阅 Эпштейн М Н. Постмодерн в русской литературе［М］. Москва：Высшая книга, 2005：370 – 372.

② Лихачев Д С. Русская культура［М］. Москва：Искусство, 2000：91 – 92.

罗斯文化学者康斯坦丁·亚历山德罗维奇·米哈伊洛夫(Константин Александрович Михайлов)强调生态发展模式和生态思维的必要性。他指出:"如果近十几年不能成功地把西方发展模式转型为生态模式的话,那么等待我们所有人的将会是可怕的大灾难。对此西方国家很清楚,尝试重新定位个人价值体系,以兼顾生态维度……生态直接影响我们的生活……生态关系到个人的自我保护,与个人发展的动态系统直接相关。"①关乎人类存在和个体发展的动态系统是"人-自然-社会"复合生态系统。这个动态的复合生态系统中除了有涉及人与自然间关系的自然生态之外,还有涉及人与他人及社会间关系的社会生态,以及人与自我之间关系的个体精神生态。

推动"生态"由一门学科迅速发展为一种思维方式和世界观,是因为全球性生态危机迫使人们反思人类发展模式,尝试改变工具理性、唯科技和物质利益至上的发展观和文明模式。在这种情况下,突出有机整体性、开放性和动态平衡的"生态"成为一种观念和思维方式,而生态文明成为摆脱生存困境的新型文明模式。20 世纪 80 年代中期生态问题与核战争危险成为全球性热点问题。1986 年 8 月 25 日至 28 日,32 个国家的 88 位学者和 11 个国际组织的代表与观察员出席在瓦尔纳召开的"生态学与和平"国际理论研讨会。会议报告指出生态问题是全球性问题,号召全世界人民和各国政府把地球变成一个和平而清洁的家园。大会"强调普遍的核灾难威胁与生态退化的危险性之间的相互联系,指出这些相互联系的问题要求制订经济、科学和教育领域的新的行为规范,要求把生态方法引进人类的一切活动领域"②。如今,生态逐渐成为一种思维范式,生态美学理论发展成熟。这为拓展苏联乡村小说的生态主题研究和实现生态审美提供了可能性,即通过文学批评实现生态思维的实践价值。生态审美是考察人与世界关系的实践美学,通过挖掘文本中蕴藏的生态思想和揭示作家的生态伦理观,且以此为参照重新认识、发现和思考个体与世界和自我之间的关系。

---

① Михайлов К А. Без утопий[N]. Новая газета, 23 ноября 2008 г. №255: 9.

② 玉清. "生态学与和平"国际理论讨论会[J]. 国外社会科学,1987(6):78.

笔者在研究维·阿斯塔菲耶夫及其作品时[1]，曾在儒家哲学生态思想观照下阐释作家的生态伦理观：万物一体，人应以爱民利物之举标识自身德行。也曾运用西方生态伦理观论述作家的观点：人与自然界其他生命形式相互依存，唯有善待万物且用生命保护生命，人类自身方可重归精神家园。但这些研究不过是借用生态概念将人类社会的伦理观推延至自然界，即人伦道德观转向生态伦理观。研究过程中产生了诸多问题：维·阿斯塔菲耶夫之外的其他苏联乡村作家作品中蕴含何种生态思想？这些作家们如何在自己的创作中表现俄罗斯生态思想？苏联乡村作家如何结合现实问题表达自己的生态伦理观？苏联乡村小说文本中的生态美学思想如何呈现？生态美学体验和审美实践又是如何实现的？

为了解答这些问题，本书运用文献分析法和系统分析法梳理国内外关于苏联乡村小说的研究成果，归纳概括有关乡村小说生态主题的研究，运用文化批评法在20世纪50—80年代文化语境下研究苏联乡村小说的出现和发展，结合20世纪50—80年代苏联社会政治经济发展状况和社会文化思潮，运用史料实证法阐述乡村小说生态主题的出现和发展。研读苏联乡村小说代表作家的作品时运用类型研究法从叙事手法、情节设计和人物塑造等方面揭示文本中描述的自然生态、社会生态和精神生态。在归纳苏联乡村小说生态主题发展路径的基础上，运用文本细读法研读维·阿斯塔菲耶夫、瓦·拉斯普京、瓦·舒克申和瓦·别洛夫创作的乡村小说。为了发掘文本中蕴含的生态思想，笔者尝试基于俄罗斯文艺理论家和美学家尤里·博列夫的关系存在美学，运用心理学的“自我概念”与“自我认知”（the self perceived）理论和对话自我理论（dialogical self theory，DST）等构架基于个体“我”的同心关系圈，同时结合我国生态哲学家余谋昌与生态美学家鲁枢元和曾繁仁等人的相关理论，即自然生态、社会生态与精神生态，从人与自然、

① 悲切的真实：《迁徙的大雁》的叙事[J]. 西安外国语大学学报，2012(2)：96－99；自我叙事，疗治自我——以维·阿斯塔菲耶夫的战争三部曲为例[J]. 俄罗斯文艺，2015(1)：50－56；民胞物与，返己敦仁——维·阿斯塔菲耶夫作品中的儒家哲学生态观[J]. 安康学院学报，2016(2)：41－45；敬畏生命，用生命保护生命——维·阿斯塔菲耶夫作品中的生态伦理观[J]. 安康学院学报，2016(3)：67－70；大音希声：《迁徙的大雁》中阿斯塔菲耶夫的定夺之举[J]. 安康学院学报，2017(2)：37－41；生命是抗拒死亡的振作[J]. 名作欣赏，2017(15)：109－111.

人与他人/社会和人与自我之间的关系着手挖掘苏联乡村小说的生态主题演变及其社会功效,重点阐述文本中的生态伦理观。为了全面论述苏联乡村小说的生态主题,本书结合20世纪后半叶的文化语境从三个层面展开论述:60年代中期生态理想图景书写、70年代中后期生态预警和80年代中后期的生态末世书写。每个层面的生态主题论证都按照人与自然、人与社会、人与自我的关系逐一论述文本中的自然生态、社会生态和精神生态状况。发掘维·阿斯塔菲耶夫、瓦·拉斯普京、瓦·别洛夫和瓦·舒克申等人作品中的生态主题,为重新解读与评价苏联乡村小说提供新思路和新视角。

第一章　苏联乡村小说的文化语境和生态主题

“乡村”(деревня)作为文学母题，始终存在于俄罗斯文学中。19—20世纪俄罗斯作家以乡村为题创作了诗歌、抒情诗、特写[①]和小说。其中“关于乡村的小说”(проза о деревне)不但数量庞大，而且成就颇高[②]。不同历史时期、具有不同文化背景的作家借助最小叙述单位“乡村”揭露社会现实问题，表达不同的世界观和道德伦理，如19世纪70年代的“民粹派小说”[③](народническая проза/проза писателей-народников)、19世纪中后期的“庄园小说”[④](усадебная проза)、20世纪30年代的“集体农庄小说”[⑤](роман о

---

① 如亚历山大·谢尔盖耶维奇·普希金(Александр Сергеевич Пушкин,1799.05—1837.01)的诗歌《乡村》(«Деревня»),尼古拉·阿列克谢耶维奇·涅克拉索夫(Николай Алексеевич Некрасов)的抒情诗和19世纪70年代民粹派作家格·伊·乌斯宾斯基(Глеб Иванович Успенский,1843.10—1902.03)的乡村特写。

② 如亚·普希金的诗体小说《叶甫盖尼·奥涅金》(«Евгений Онегин»,1830),伊万·谢尔盖耶维奇·屠格涅夫(Иван Сергеевич Тургенев)的长篇小说《猎人笔记》(«Записки охотника»,1852),列夫·托尔斯泰的短篇小说《一个地主的早晨》(«Утро помещика»,1856),安东·帕夫罗维奇·契诃夫(Антон Павлович Чехов)的中篇小说《农民》(«Мужики»,1897),伊万·阿列克谢耶维奇·布宁(Иван Алексеевич Бунин)的小说《安东诺夫卡苹果》(«Антоновские яблоки»,1900)和《乡村》(«Деревня»,1909)。

③ 如帕维尔·弗拉基米罗维奇·扎索季姆斯基(Павел Владимирович Засодимский,1843.11—1912.05)的长篇小说《斯摩林村纪事》(«Хроника села Смурина»,1872);尼古拉·尼古拉耶维奇·兹拉托夫拉茨基(Николай Николаевич Златовратский,1845.12—1911.12)的长篇小说《根基》(«Устои»,1878—1883),特写集《农村的日常生活》(«Деревенские будни»,1882);格·伊·乌斯宾斯基的短篇小说《新的时代,新的忧虑》(«Новые времена, новые заботы»,1873),特写集《农民和农民劳动》(«Крестьянин и крестьянский труд»,1880)、《土地的威力》(«Власть земли»,1882)等。

④ 如《猎人笔记》《安东诺夫卡苹果》《乡村》等。

⑤ 如米哈伊尔·亚历山德罗维奇·肖洛霍夫(Михаил Александрович Шолохов,1905.05—1984.02)的长篇小说《新垦地》(«Поднятая целина»,1932)。

коллективизации)与20世纪60—80年代的乡村小说。不同文化语境中的书写者们观察和塑造带有时代影子的乡村形象,而那些描述乡村的文本作为记录俄罗斯乡村故事的文化符号保存下来,以供不同时代的读者研读。

20世纪50年代中期,与"解冻"思潮相伴出现了"奥维奇金流派"乡村特写。20世纪60年代末,在关注"普通人"和"人道主义"创作思想指导下,"奥维奇金流派"发展成乡村小说。20世纪70—80年代,乡村小说创作达到巅峰,但80年代末该流派逐渐退出主流创作圈。作为苏联文坛存在时间最长久和最具争议的文学流派,乡村小说以生态主题创作规避各种不利因素,并以特有方式讲述、记录现实生活,反映苏联社会问题,思考人类及个体生存问题,反思人类发展模式与个体存在意义。

第一节　乡村小说的文化语境

苏联乡村小说应时而生,顺势而成。20世纪50—80年代苏联社会经历了"解冻"思潮、科技革命、生态思潮和一系列改革,人际关系、道德伦理和社会行为随之变化,各种社会问题不断出现。此时,易于提出问题、表达不满和质疑的中、短篇小说成为反映现实生活的理想体裁形式。乡村小说与城市小说、青年小说和战争小说共同形成了20世纪60—80年代苏联小说创作之盛况。

20世纪后半叶,一些来自西伯利亚和北方外省乡村的作家,如瓦·拉斯普京、维·阿斯塔菲耶夫、瓦·舒克申和瓦·别洛夫等人创作乡村题材小说,描述乡村生活,讲述现代工业化和城市化引发的乡村剧变,悲叹乡村文明的崩溃,描写传统文化和原有社会价值体系被现代化力量摧毁,家庭、族群和村庄在工业化和城市化进程中纷纷瓦解消散。乡村小说不仅记述苏联乡村衰败过程、反思乡村文明陨落原因,而且寻找乡村文明复兴之路,探索摆脱社会危机的救世方案,求索实现个体生命价值的途径。由于既能关注普通人命运、反映现实生活、揭露社会问题,又能规避苏联社会主义现实主义创作原则的束缚,生态主题创作成为乡村作家们的最佳选择,而这种选择很大程度上是具体文化语境之使然。

一、“解冻”思潮中的“奥维奇金流派”

苏联历史上“解冻”（оттепель）时期又被称作“赫鲁晓夫的解冻”[①]（хрущевская оттепель），是指斯大林逝世之后尼基塔·谢尔盖耶维奇·赫鲁晓夫（Никита Сергеевич Хрущев）执政时期。其主要特点是社会政治生活相对民主、言论相对自由，文学艺术创作也享有一定自由度。此处的“解冻”一词源自俄罗斯著名作家伊利亚·格里戈里耶维奇·爱伦堡（Илья Григорьевич Эренбург）的中篇小说《解冻》（«Оттепель»，1954）。“解冻”是一种隐喻说法。1934 年 4 月，首届苏联作家代表大会明确规定作家的任务：以描写解决斗争的艺术创作参与社会主义建设，保卫工人阶级利益和巩固苏联政权，并规定社会主义现实主义是文学创作及文学批评的基本方法。20 世纪 40 年代初，苏联文艺界兴起“无冲突论”[②]（теория бесконфликтности），描写进步的现实主义和塑造“理想人物”成为文学的根本任务。于是，苏联文坛出现了很多粉饰性文学作品，如谢苗·彼得罗维奇·巴巴耶夫斯基[③]（Семен Петрович Бабаевский）的长篇小说《金星英雄》（«Кавалер Золотой Звезды»，1948）和《阳光普照大地》（«Свет над землей»，1950）、加琳娜·叶夫根耶夫娜·尼古拉耶娃（Галина Евгеньевна Николаева）的长篇小说《收获》（«Жатва»，1950）等。这种局面持续至 1952 年年初。1952 年 4 月 7 日《真理报》（«Правда»）刊登专论《克服戏剧创作的落后现象》（«Преодолеть отставание в драматургии»）批判戏剧家回避描写生活矛盾的现实，指出戏剧创作的“无冲突论”必然导致反现实主义的、歪曲

---

① 参阅 Александр Владимирович Пыжиков. Хрущевская «Оттепель» 1953 – 1964 гг. [M]. Москва: ОЛМА-ПРЕСС, 2002: 3 – 4; Виктор Васильевич Петелин. История русской литературы второй половины XX века. Том Ⅱ. 1953 – 1993. В авторской редакции [M]. Москва: Центрполиграф, 2013: 71.

② 参阅 吴元迈，邓蜀平. 五、六十年代的苏联文学[M]. 北京：外语教学与研究出版社，1984：1 – 34；李明滨，李毓榛 主编. 苏联当代文学概观[M]. 北京：北京大学出版社，1988：1 – 3；曹靖华 主编. 俄苏文学史（第三卷）[M]. 郑州：河南教育出版社，1993：1 – 2.

③ 参阅 Виктор Васильевич Петелин. История русской литературы второй половины XX века. Том Ⅱ. 1953 – 1993. В авторской редакции[M]. Москва: Центрполиграф, 2013: 33; 北京大学俄语系俄罗斯苏联文学研究室 编译. 关于《解冻》及其思潮[M]. 北京：北京大学出版社，1982：53；吴元迈，邓蜀平. 五、六十年代的苏联文学[M]. 北京：外语教学与研究出版社，1984：1 – 34.

片面的描写。[1] 1953 年斯大林去世之后，对于“无冲突论”的批判转变为“写活生生的人物”和“写真实”的倡导。同年 12 月《新世界》(«Новый мир», №12)上刊登了弗拉基米尔·米哈伊罗维奇·波梅兰采夫(Владимир Михайлович Померанцев)的文章《论文学的真诚》(«Об искренности в литературе»)。[2] 文章批评了粉饰文学作品中公式化和概念化的弊病，并提出将作家是否真诚地表现真实生活作为文学批评之标准。

1954 年伊·爱伦堡在杂志《旗》(«Знамя», №5)上发表中篇小说《解冻》(«Оттепель»)[3]。该小说结构简洁，着力写人，且以刻画人物内心世界和抒情性哲理思考为重。小说标题贴切地表达了当时文艺界渴望“解冻”的情绪，后来“解冻”被用来指苏联文学中 20 世纪 50 年代中期至 1964 年的“解冻”文学，也可以指社会生活的“解冻”。1956 年苏共二十大之后，苏联国内开始实行较为宽松的文化政策。苏联文学进入了一个新时期——突破创作模式化，很快文坛上涌现出很多构思巧妙、风格迥异的文学作品[4]。1961 年，苏共第二十二次代表大会提出“一切为了人，一切为了人的幸福”[5]的口号。于是，20 世纪 60 年代初苏联文坛兴起阐释“人道主义”的创作热潮。作家们开始关注普通人的命运，描写小人物的日常生活，刻画人物内心世界，抒发人物内心的各种感受，思考人生意义和存在价值。文艺界的“解冻”期曲折复杂，持续时间不长。1957 年初，苏联文艺界开始批评揭露性文学作品，如：亚历山大·雅科夫列维奇·雅申的小说《杠杆》(«Рычаги», 1955)和弗拉基米尔·德米特里耶维奇·杜金采夫(Владимир Дмитриевич Дудинцев)的小说《不是单靠面包》(«Не хлебом единым», 1956)。1958 年，苏联作协开除了鲍里斯·列奥尼多维奇·帕斯捷尔纳克(Борис Леонидович Пастернак)

---

① 参阅 吴元迈，邓蜀平. 五、六十年代的苏联文学[M]. 北京：外语教学与研究出版社，1984：1－34.

② 中国社会科学院外国文学研究所苏联文学研究室 编. 苏联文学纪事(1953—1976 年)[M]. 北京：生活·读书·新知三联书店，1979：14.

③ 小说第一部和第二部都发表在 1954 年第 5 期《旗》上。

④ Александр Владимирович Пыжиков. Хрущевская «Оттепель» 1953 – 1964 гг. [М]. Москва：ОЛМА-ПРЕСС, 2002：3－4，216－219.

⑤ 参阅 谭得伶. 解冻文学的发展进程[M]//谭得伶. 谭得伶自选集. 上海：上海人民出版社，2007：208.

的会籍，原因是作家的长篇小说《日瓦戈医生》（«Доктор Живаго»，1945—1955）在境外出版[①]，并成为西方世界的畅销书。1966 年“西尼亚夫斯基和丹尼尔”[②]事件标志苏联文学“解冻”时期彻底结束[③]。

美国学者凯瑟琳·帕特在研究苏联文学与苏联和苏联社会的关系时发现，“鼓励写作和阅读作为履行国家义务的方式，并在俄罗斯历史关键时刻发挥着作用”[④]。这位研究者结合社会历史进程，指出文学家尝试通过文学创作改变世界。这种希望改变世界的书写是俄罗斯文学的独特魅力，这样的写作需要勇气和策略。20 世纪 50 年代初，苏联文坛的特殊性决定介于观察报告和短篇小说之间且以描述现实问题为主的特写成为作家们首选的体裁形式。况且，19 世纪 60—70 年代“民粹派”作家创作的特写小说[⑤]提供了成功范例。美国学者戴明·布朗认为，苏共二十大之后优秀的乡村文学作品的“创作手法上倾向于纪实。起初，最受欢迎的体裁是特写，它综合了报道形式与作者的虚构和分析，是一种艺术与新闻、抒情与实用相结合的方案”[⑥]。作为一种体裁形式，“特写是一种在篇幅上及叙述的朴实上很近似短篇小说的叙事体裁。……特写再现直接的生活事实；这种事实被作家表达出来，就像它在生活中呈现在他面前一样。对这种事实的选择的主要要求在于：该个别事实对于当代生活必须是典型的、极现实的，并且是被作家准确地表达出来的。特写与短篇小说不同，经常可能没有明晰的情节（虽然不

---

① 参阅 谭得伶. 解冻文学的发展进程[M]//谭得伶. 谭得伶自选集. 上海：上海人民出版社，2007：207 - 208.

② 安德烈·多纳托维奇·西尼亚夫斯基（Андрей Донатович Синявский，1925. 10—1997. 02）和尤利·马尔科维奇·丹尼尔（Юлий Маркович Даниэль，1925. 11—1988. 12）受审事件。这两位作家把未通过审查的作品《开始审判》（«Искупление»）和《这是莫斯科讲话》（«Говорит Москва»）送至西方发表，结果苏联政府起诉了他们，并对其进行历时数月的庭审（1965 年 9 月—1966 年 2 月）。虽然苏联国内外抗议之声不断，但这两位作家最后依然被判入狱。

③ 北京大学俄语系俄罗斯苏联文学研究室 编译. 西方论苏联当代文学[M]. 北京：北京大学出版社，1982：91；谭得伶. 解冻文学的发展进程[M]//谭得伶. 谭得伶自选集. 上海：上海人民出版社，2007：223.

④ Parthe Kathleen F. Russia's dangerous texts：Politics between the lines[M]. New Haven：Yale University Press，2004：3.

⑤ 如格列布·伊万诺维奇·乌斯宾斯基的特写小说《土地的威力》（«Власть земли»，1882），其特征是以轻情节、重评论的叙述模式反映现实问题。

⑥ Brown Deming. Soviet Russian literature since Stalin[M]. Cambridge：Cambridge University Press，1978：218.

总是这样)”[①]。正是因为特写具有这些特征,所以它受到苏联乡村作家们的青睐,并于20世纪50年代中期发展成一个文学流派——“奥维奇金”乡村特写。

1952年9月《新世界》(«Новый мир», №9)刊登了瓦连京·弗拉基米罗维奇·奥维奇金的特写《区里的日常生活》(«Районные будни», 1952—1956),它成为首部反对“无冲突论”的文学作品。这部被赞誉为文学之“第一只春燕”的作品由五篇特写小说组成。瓦·奥维奇金的特写为乡村文学创作开创了新局面。苏联著名作家加夫里尔·尼古拉耶维奇·特罗耶波利斯基(Гавриил Николаевич Троепольский)曾这样评价瓦·奥维奇金:“仿佛他一下子推开一扇紧闭的大门,紧随其后的是整整一代杰出的作家,他们中的每一位都以自己特有的风格创作着、述说着。”[②]斯大林去世后,苏联国内迅速掀起的“解冻”社会思潮推动了“奥维奇金”特写的发展。20世纪50年代后期出现了大量揭露乡村问题、描写乡村生活的特写和特写小说,如叶菲姆·雅科夫列维奇·多罗什的《乡村日记》、加·特罗耶波利斯基的《一个农艺师的札记》(«Из записок агронома», 1952—1955)、弗拉基米尔·费奥多罗维奇·田德里亚科夫(Владимир Федорович Тендряков)的《阴雨天》(«Ненастье», 1954)、亚·雅申的《杠杆》、谢尔盖·阿列克谢耶维奇·沃罗宁(Сергей Алексеевич Воронин)的《不需要的荣誉》(«Ненужная слава», 1956)、阿纳托利·韦尼阿米诺维奇·卡里宁(Анатолий Вениаминович Калинин)的《中等水平》(«На среднем уровне», 1954)。这些作品强调农业生产管理中的官僚主义作风已经严重影响农业生产和农民的生产积极性;揭露那些影响人们性格及其家庭生活的社会问题。这些作品高度概括现实生活,内容具体真实,人物突出又典型。这些乡村特写作家具有一个共同的目标:借助文学创作干预生活。他们“积极干预生活、大胆揭露社会问题、有明显的批判精神,表现出作家们观察现实的敏锐性、深刻性和干预生活的积

① [苏]谢皮洛娃(Л. В. Щепилова). 文艺学概论[M]. 罗叶,等,译. 北京:人民文学出版社,1958:158-159.

② 参阅 Канторович Л В. Делать правду (Валентин Овечкин и современный очерк)[J]. Вопросы литературы, 1974(6): 154.

极态度”[①]。20 世纪 50 年代初,重大政治问题成为全社会的关注中心。于是,以事件为中心真实反映现实生活,且提出社会问题的特写小说成为当时苏联文坛的创作主流之一。20 世纪 50 年代末“奥维奇金流派”特写不再一味描写农业政策和农业生产,开始逐渐描述乡间文化和乡村习俗,以及个体的内心感悟和历史文化责任。

二、20 世纪 60 年代乡村小说的形成

无论是在体裁延续,还是主题延展方面,“奥维奇金”乡村特写为 20 世纪 60 年代乡村题材小说的出现奠定了基础。“奥维奇金流派”特写是一种介于小说和特写之间的短篇小说式特写。这种特写由情节上保持连贯性的短篇小说组成,但各篇又相互独立。文本中作者出场议论各种问题,并自由地从一个问题切换到另一个问题,这突出了文本的政论性;在发挥特写所特有的批评性和宣传性作用时,还突出小说的虚构性。“奥维奇金流派”特写中人物和情节都是虚构的,围绕集体农庄生产管理、家庭和道德等问题以对话方式展开情节,刻意突出争论性。这个时期的特写“把报告文学的时尚形式与作家的创造和分析结合起来,即允许艺术和新闻报导相结合、抒情和求实相结合的一种图解式作品。稍后,农村特写大都被短篇小说和长篇小说所代替”[②]。乡村小说取代乡村特写的过程并非一蹴而就,而是在叙事内容、人物设计和叙事时空上逐渐发生转向。这首先反映在叙事内容上:以反映农业生产管理问题为主的乡村特写,自 20 世纪 50 年代中期之后其叙述内容逐渐由揭露乡村问题转向思考引发问题的文化根源。尤其以叶・多罗什的乡村特写为代表。叶・多罗什在《乡村日记》中主要描写乌日博(Ужбол)村在农业生产和管理中遇到的各种问题,如:如何利用腐泥做肥料、如何耕地(拖拉机还是马耕地),以及各种不务实的会议和考察等。通过描述这些现象,作家揭露了农业生产中普遍存在的现实问题:忽视科学和实际情况,盲目行事。在没有弄清楚腐泥的化学成分的情况下,直接将其堆积在田里,致

① 谭得伶. 解冻文学的发展进程[M]//谭得伶. 谭得伶自选集. 上海:上海人民出版社,2007:198.

② 北京大学俄语系俄罗斯苏联文学研究室 编译. 西方论苏联当代文学[M]. 北京:北京大学出版社,1982:125.

使地里的秧苗开始死亡，农艺师们建议浇灌石灰水，结果秧苗死得更快；土地尚未干透便使用拖拉机耕地，结果是机器陷入田间，无法用马耕地。除了延续瓦·奥维奇金揭露乡村生产问题的方式之外，叶·多罗什在自己的特写中开始描写独具特色的乡间生活、乡村习俗、乡间道路和农舍门廊的木雕等，同时开始关注乡村凋零和败落。叙事者“我”与安德烈（Андрей）步行到美丽、封闭的小村庄扎沃龙尼科（Жавороник），那里仅有三户人家。其中一户是昔日农庄主席安东·伊万诺维奇·卡什尼科夫（Антон Иванович Кашников），安东家孩子不少，但除了上农业技术学校的小女儿待在父母身边，其他的孩子长大成人后纷纷离开乡村。离开小村庄时“我”不禁为它的未来担心：小村庄会很快消失，因为这些老人逝去后，哪会有年轻人想在此生活。在乡下，传统又热闹的三世同堂已经很少见了。此外，叶·多罗什以痛苦的心情描写摇摇欲坠、腐朽不堪的古老教堂。依山傍水而建的教堂是俄罗斯乡村风景中不可或缺的部分，可随着乡村教堂的破败和消失，俄罗斯乡间景色失去昔日风采，后代欣赏美景和享受文化的权利被剥夺了。乡村美景消失的背后，叶·多罗什看见了更为重要的问题：个体对历史文化的责任。“他不仅注意到农村的社会经济问题，还重视农村的历史文化。在他看来，农村中的主观主义与脱离历史、脱离文化传统有关。”[①]叶·多罗什表现了农村社会经济与历史文化之间，以及现实与传统之间的内在关联。这种关联通过个体“我”在文化空间的时空位所中表现出来，“我”在村庄目睹各种乡村衰败迹象：违背客观规律的农业生产、乡村人口萎缩、传统文化被弃和象征美好的事物被毁，这些唤醒“我”的责任意识和守护意识。因为文化与自然都是人类的家园，文化是人类创建的精神家园，守护精神家园是个体责任。这便是德·利哈乔夫在20世纪80年代提出的“文化生态”理念的核心思想。

20世纪50年代中期之后，乡村生活、乡间习俗、民间传统、农民生活方式和精神面貌，以及农民对待故乡、土地、自然、老屋和传统的态度成为乡村作家的描写对象，尤其在20世纪60年代的抒情散文中，如弗拉基米尔·阿

① 谭得伶. 解冻时期反映农村生活的小说[M]//谭得伶. 谭得伶自选集.[M]. 上海：上海人民出版社，2007：230.

列克谢耶维奇·索洛乌欣的代表作《弗拉基米尔的乡间道路》(«Владимирские проселки»,1957)。准确地说,这部半虚构的徒步旅行日记是弗·索洛乌欣的回乡记。1956 年 6 月,作家通过步行、乘马车和搭便车等方式周游弗拉基米尔地区大大小小的村落,记录旅途见闻。不但抒发了对故土和自然的热爱,也表达了担忧和痛心:农村人口减少、传统手工业消失、古老的乡村教堂被毁、森林被滥伐、工业污染和生态问题严重等。这篇抒情散文中的叙事者"我"以游记形式讲述自己 40 天里的乡村见闻,但不是简单记录旅途中经过的村庄或城镇以及当地居民的生活,也不仅是为了描述正在消失的传统手工艺和被毁的教堂建筑,而是追溯俄罗斯民族的起源,探求民族精神之根本。正如,叙事者"我"感叹自己的故乡弗拉基米尔州"那里,便是俄罗斯之根了"[①]。弗·索洛乌欣的抒情散文延续了乡村特写描述乡村生活的风格,但其叙述重点不再是农业生产管理,而是自然风景、乡间生活、乡村居民和乡村文化。20 世纪 60 年代中期文坛上涌现出大量弗·索洛乌欣式"抒情散文"。这类散文体裁自由,题材不受约束,具有明显的自传性。这类散文既在思乡怀旧中发现正在消失的、蕴藏于乡村文化中的精神财富和人的价值,又在不断变化的生活中发现新的处世态度和符合时代精神的生活观念。俄罗斯农民的传统生活方式、乡俗规约和道德伦理成为乡村作家的主要描述对象。其中农民与自然之间的和谐、村社族群中邻里之间的和睦、农民与传统之间的密切关联是乡村作家的关注中心。因为俄罗斯农村文明和道德准则在乡村作家看来是解决苏联社会问题、精神道德问题和自然生态问题的关键。为了揭露问题、催人思考,作家们选择叙述乡村故事,"随着作家们采用乡村情境和主题,长篇故事和短篇小说纷纷出现,奥维奇金特写和乡村散文不再适合"[②]。于是乡村小说出现了,而且集中出现在 20 世纪 60 年代中期的"柯西金"经济改革之后。为了推动苏联社会经济发展,1965 年部长会议主席阿列克谢·尼古拉耶维奇·柯西金(Алексей Николаевич Косыгин)推行"新经济体制改革"。此次改革在保留集中管理

---

① [苏]弗·索洛乌欣. 弗拉基米尔村路(选译)[M]. 白春仁,译//石南征. 苏联经典散文. 上海:上海文艺出版社,2005:317.

② Parthe Kathleen F. Russia's dangerous texts: Politics between the lines[M]. New Haven: Yale University Press, 2004: 79.

制的前提下，运用利润、奖金等经济核算手段和商品货币关系，发挥群众的主动精神。“柯西金”经济改革宣扬的“计划、利润和奖金”推动了经济发展，改变了社会结构，加大了城乡差距，也改变了人际关系。为了描述乡村变化，也为了响应20世纪60年代中期的文坛号召，即关注普通人的生存状态，描写人性之复杂，更是为了揭露社会弊端，以维·阿斯塔菲耶夫、瓦·别洛夫、瓦·舒克申和瓦·拉斯普京等为代表的乡村作家们带着关于乡村的美好回忆返回故乡，描写记忆中的乡村生活。创作了“返乡”“思旧怀乡”“忏悔”主题小说，如《最后的问候》(«Последний поклон»，1966)、《木匠的故事》(«Плотницкие рассказы»，1968)。

充满矛盾斗争和曲折变化的文化语境决定了苏联乡村小说的历史作用和独特之处：俄罗斯文学史上的承上启下环节，不动声色地描述现实生活，揭露各种社会问题，延续批判现实主义的创作风格。“乡村小说，即形成于后斯大林时期，并在随后历史时期得以发展的文学流派(无论从美学角度，还是意识形态角度看)，它是停滞时期俄罗斯文学得以保存的证明。”①它既不同于“生产题材”作品，也不同于“地下文学”作品。乡村小说没有粉饰文学的造作，也没有“地下文学”的躁动，而是以一种温和又独特的方式书写苏联乡村，悄无声息地记录着、诉说着。正如亚历山大·伊萨耶维奇·索尔仁尼琴所言：“(20世纪)60—70年代之交以及整个70年代，苏联文坛发生了一场不显眼的无声转折，没有躁动，没有持不同政见者的挑战身影。没有推翻什么，也没有爆炸性声明，多数作家开始写作，好似不存在什么社会主义现实主义创作规范，默默无声地应和着社会主义现实主义，这群作家只是简单地写作，不曾试图取悦苏联政权，好像忘记了它的存在。”②20世纪60—70年代，苏联文坛涌现出大量描写乡村风俗和日常生活的中、短篇小说。这些小说多讲述普通乡村居民的乡间劳作和日常琐事，如割草和修葺祖屋等。乡村作家通过描写乡村的“凡人琐事”来抗拒生产建设的恢宏叙事，借助小

---

① Parthe Kathleen F. Russian village prose：The radiant past[M]. Princeton：Princeton university press，1992：X. 转引自 Большакова А Ю. Феномен деревенской прозы[J]. Русская словесность，1999(3)：15.

② Солженицын А. Слово при вручении премии Солженицына Валентину Распутину 4 мая 2000[J]. Новый мир，2000(5)：186.

说体裁，通过塑造"实验性的自我(人物)"[1]审视现实生活，尝试解决存在问题。要知道"每一部小说，不管怎样，都对一个问题作出回答：人的存在是什么，它的诗性在哪里"[2]。

三、20 世纪 70—80 年代的乡村小说

1965—1966 年"西尼亚夫斯基和丹尼尔"审判事件令揭露社会黑暗不公的"地下文学"迅速发展，影响逐渐增大。同样直面现实问题，揭露社会弊端，但苏联乡村小说家带着问题诉诸传统。瓦·拉斯普京和维·阿斯塔菲耶夫被俄罗斯文评家维克托·安德烈耶维奇·恰尔马耶夫[3](Виктор Андреевич Чалмаев)称作"新根基派"作家，因为他们的创作继承了俄罗斯 19 世纪经典文学的优秀传统(即关注普通人，深入现实生活，揭露社会问题，探求解决方案)，继承并发扬了 19 世纪 60 年代的"根基派"(почвенничество)思想(依靠普通俄罗斯人民，保持健全的文化根基，抗议西方文化，抵御商品货币带来的物欲生活和唯理性科技至上的发展观)，尤其以 20 世纪 70—80 年代创作的乡村小说为代表。当时苏联政府极力推崇科技力量，很多作家创作"生产劳动题材"，歌颂科技革命带来的新生活，描写开发利用自然资源的大会战和改造地理空间的各种壮举，如引水工程和修建水电站等，描述现代化工业的宏伟规模和鼓舞人心的工作热情，刻画现代技术武装起来的"能人"和投身于共产主义建设的集体劳动者。不同于"生产劳动题材"作家，乡村作家从伦理角度审视、反思科技革命后果。维·阿斯塔菲耶夫创作长篇小说《鱼王》，瓦·拉斯普京创作中篇小说《告别马焦拉》，瓦·别洛夫创作家庭系列小说，瓦·舒克申创作一系列乡村短篇小说来描述科技革命、技术进步对乡村文明、家庭生活和个体精神生活的冲击。这个时期的作品不但顺利发表、出版，而且斩获国家文学奖，小说《告别马焦拉》和《鱼王》分别荣获 1977 年和 1978 年苏联"国家文学奖"。

《告别马焦拉》和《鱼王》这两部中篇小说是学术界公认的苏联生态小说

---

① [法]米兰·昆德拉. 小说的艺术[M]. 董强，译. 上海：上海译文出版社，2004：182.

② [法]米兰·昆德拉. 小说的艺术[M]. 董强，译. 上海：上海译文出版社，2004：202.

③ 参阅 Лейдерман Н Л, Липовецкий М Н. Современная русская литература: 1950 – 1990-е годы. Т. 2[M]. Москва: Издательский центр «Академия», 2003: 8.

经典之作。它们创作于20世纪70年代中后期,这个时期苏联国内生态思潮涌动。生态思潮是20世纪60年代西方后现代生态危机和文化危机语境下,以生态哲学观思考人类发展道路和生存状态,探索新的社会发展道路和新的文明形式的思想运动。作为一种审视和反思人类发展模式的思想倾向,"生态思潮是在人类和整个地球的存在危机这个大背景下形成并壮大的,是人类对防止和减轻生态灾难的迫切需要在思想文化领域里的表现,是在具有社会和自然使命感的人文社科学者对拯救地球生态的强烈责任心驱使下出现的"①。生态文艺思潮是生态社会思潮在文学艺术领域的表现。20世纪60年代中后期美国掀起民间环保运动,该运动的倡导者是美国生物学家蕾切尔·卡逊(Rachel Carson)。她在纪实文学《寂静的春天》(*Silent spring*, 1962)中以大量数据和实例警告世人:人类文明面临前所未有的危险。因为人类生存环境遭到人为因素的破坏,积蓄在动、植物组织,甚至生殖细胞里的有害物质会破坏或者改变遗传基因。这部专著引发了美国的绿色环保运动,迅速传播了生态伦理观,引起了世人关注。很快西方世界出现了生态思潮。

20世纪60年代末,苏联国内翻译并出版了一系列西方生态学研究专著②,媒体呼吁人们保护环境,"20世纪70年代初期,罗马俱乐部③的系列报告在苏联哲学界激起了强烈反响"④。1972—1974年苏联权威杂志《哲学问题》开设专栏,由主编伊万·季莫费耶维奇·弗罗洛夫(Иван Тимофеевич Фролов)主持的"圆桌会议"栏目就"人与生存环境""科学和现代全球问题"等话题展开全国范围的讨论。这些讨论推动苏联国内的生态研究迅速发展,"20世纪70年代,苏联人类生态领域的研究发生了飞跃。参与这项研究

① 王诺. 生态与心态:当代欧美文学研究[M]. 南京:南京大学出版社,2007:3.

② 1968年莫斯科"进步"(Прогресс)出版社出版了法国科学院院士、著名鸟类学家让·多勒斯特(Жан Дорст,1924.08 — 2001.08)的专著《自然死亡之前》(«До того как умрет природа»/*Before Nature Dies*,1969)。该出版社还出版了美国自然科学专著《自然会报复》(*Revenge of nature*)。这些著作都呼吁人们重视自然生态问题,理性地利用科技,合理地开发自然资源。

③ 1968年4月30日30多位来自西方国家的学者和企业家们聚集在罗马,讨论摆脱发展困境和解决关系人类发展的根本性问题,如人口、粮食和环境等。此次聚会成为罗马俱乐部成立的无名宣言。

④ 梁坤. 末世与救赎:20世纪俄罗斯文学主题的宗教文化阐释[M]. 北京:中国人民大学出版社,2007:108.

的人士有地理学家、生态学家、气候学家、医学家、生物学家和哲学家”①。列·勃列日涅夫时代(1964—1982年)科学性、创作性和教育性生态协会积极开展各种形式的生态运动,作家瓦·别洛夫、谢·扎雷金、瓦·拉斯普京和法捷·雅科夫列维奇·希普诺夫(Фатей Яковлевич Шипунов)②言辞激烈地批评国家制定的有关开发利用自然资源的政策。在这种文化背景下乡村作家们创作了经典的生态小说,如《鱼王》《告别马焦拉》和钦·艾特玛托夫的长篇小说《断头台》(«Плаха»,1986)。这是对苏联生态运动的积极回应,也是俄罗斯生态思想发展的必然结果。

这股来自西方的生态思潮能迅速地被苏联社会接受,是因为生态思想绝非舶来之物,它在俄罗斯有着丰厚的思想文化基壤和丰富的社会实践经验。其中包括俄罗斯人在长达几个世纪的农耕文明中积累的生态智慧和各种哲学思想,如“根基派”思想家尼·斯特拉霍夫的“世界是整体”(Мир как целое)、尼古拉·费奥多罗维奇·费奥多罗夫的“人类宇宙论”和弗拉基米尔·谢尔盖耶维奇·索洛维约夫(Владимир Сергеевич Соловьев)的“万物统一论”。为了缓和人与自然的关系,20世纪20年代沙俄推行“国家公园”活动。1924年开始酝酿绿色运动,同年成立俄罗斯最早的民间社会生态组织——“全俄环境保护协会”。“该协会积极从事居民生态教育,宣传生态知识和环保措施,监督环保法的执行,组织开展自然科学方面的生态活动。自20世纪60年代起,该协会成为国际环保联盟成员。”③20世纪60年代,乡村作家谢·扎雷金和瓦·拉斯普京参加“贝加尔湖”环境保卫战。1960年,莫斯科大学生物系成立大学生环保义勇队。20世纪70年代,苏联大学生环保义勇队成为生态运动的中坚力量。义勇队强烈反对盗猎者破坏环境保护法,并指出“破坏周围环境的不仅有盗猎盗渔者,还有政府部门,它们一味追求生产总量而污染自然、土壤,向河流排放有害物,掠夺式开发和挥霍自然

---

① Сартаева Р С, Нысанбаев А Н, Сагикызы А. Экология человека в структуре современного научного познания[J]. Вопросы философии, 2015(4): 42.

② 法捷·雅科夫列维奇·希普诺夫(1933—1994.9)是俄罗斯生态学者、政论家和社会活动家,著有《生物圈的组织性》(«Организованность биосферы»)、《环视自己的房屋吧》(«Оглянись на дом свой»)、《大混乱》(«Великая замятня»)和大量有关生态与环境保护的文章。

③ Романов Б С. Экологические движения в России: история и современность[J]. Свободная мысль, 2008(8): 30.

资源”①。20世纪80年代,生态问题与当时的改革和民主化把人民团结起来共同反对把北方和西伯利亚河水调往中亚的规划方案。当时参与反对北水调派运动的不仅有生态学家,还有文化活动家和瓦·拉斯普京、谢·扎雷金和瓦·别洛夫等人。这些生态活动足以解释20世纪70年代中后期的乡村作家为什么描述自然生态问题、揭露社会道德问题、思考精神根基问题。

20世纪80年代中后期的苏联陷入困境。思想敏锐的瓦·拉斯普京、维·阿斯塔菲耶夫和瓦·别洛夫观察社会现状,创作了一系列小说:维·阿斯塔菲耶夫的特写小说《世界末日》(«Светопреставление»,1986)、中篇小说《悲哀的侦探》,瓦·拉斯普京的中篇小说《火灾》和瓦·别洛夫的长篇小说《一切在前方》。在小说《世界末日》中维·阿斯塔菲耶夫用一条类似鱼的变异怪物,即“向我们逼近的未来世界的某种生物”②,提醒人们最后审判的存在。20世纪80年代末,苏联社会政治斗争日益扩大化,乡村作家纷纷放弃小说创作,转而撰写并发表政论文,积极投身于社会活动。自此之后,苏联乡村小说创作退出文坛主流之位,但仍影响深远。俄罗斯新生代作家罗曼·瓦列里耶维奇·谢恩钦(Роман Валерьевич Сенчин)创作的长篇小说《叶尔特舍夫一家》(«Елтышевы»,2010)和长篇小说《淹没区》(«Зона Затопления»,2015)与阿列克谢·尼古拉耶维奇·瓦尔拉莫夫(Алексей Николаевич Варламов)创作的长篇小说《沉没的方舟》(«Затонувший ковчег»,1997)和短篇小说《乡间房屋》(«Дом в деревне»,1997)中可见苏联乡村小说的痕迹。

当代俄罗斯著名作家维克托·弗拉基米罗维奇·叶罗菲耶夫(Виктор Владимирович Ерофеев)指出,20世纪70年代的乡村作家维·阿斯塔菲耶夫、瓦·别洛夫和瓦·拉斯普京等人享有很大程度的创作自由,表达了忧国忧民的爱国思想。这种爱国情怀并非官宣的高昂爱国伟志,而是作家遵从本心创作,思考个体及人类生存方式,担忧其未来命运的忧患意识。在这种情况下,年轻的乡村小说家们选择创作乡村题材的小说。他们继承了19世

---

① Романов Б С. Экологические движения в России: история и современность[J]. Свободная мысль, 2008(8): 31.

② [苏]维·阿斯塔菲耶夫. 世界末日[M]. 白嗣宏,译//骨肉情——苏联当代中短篇小说选. 北京:人民文学出版社,1988:32.

纪现实主义文学传统，关注普通人的命运，以温和的口吻讲述苏联历史上发生过的悲剧，如 20 世纪 30 年代大饥荒和集体化运动等，在追忆昔日村社生活的乌托邦中反思现实社会问题和道德问题。这种反思性在 20 世纪 80 年代后期的创作中越发明显，因为“这种反思由于接通了当时整个苏联社会的反思潮流而日趋强化和深化”①。为了明确表达作品的反思性，更好地表现生活中的矛盾和冲突，批评各种社会问题，同时又能安全合理地剖析社会道德问题之根源，苏联乡村作家选择中、短篇小说或者叙事性短篇组成的长篇小说（如《鱼王》和《最后的问候》等）体裁进行创作，以便这种夹杂着哲理性抒情和政论性的虚构文学形式能引起读者的共鸣。乡村小说不但揭露各种社会问题，而且通过书报审查成为优秀作品甚至荣获国家最高文学奖。这说明乡村小说的创作主题具有模糊性和规避性。此外，苏联乡村小说存在了近半个世纪且始终与争论相伴，围绕作品制造舆论的文评者和阐释文本的研究者延续了乡村小说的艺术生命，并将其纳入审美消费行列，吸引不同文化语境的读者将个人经历与审美经验相作用，不断加强其对作品思想观念的理解和掌握，从而更深刻地感悟生活、思考人生。这说明苏联乡村小说具有内在价值：向来自不同时代和具有不同文化背景的读者传递着某种超越文化和时空界限的思想观念。它启迪智慧，观照人心，促进自我完善。鉴于当时情况，能揭露问题且规避风险，能赋予乡村小说内在价值，能表达反思性且催人反思的主题是生态。考虑到历史文化因素，我们可以说，乡村小说的生态主题创作也是应时而生，顺势而成。

第二节　乡村小说“生态”主题

美国斯拉夫学者凯瑟琳·帕特指出，“乡村小说并非是唯一超越社会主义现实主义创作准则的流派，但它却能在审查制度下蓬勃发展，不断壮大，并且比青年小说和城市小说存在得更长久、更具影响力。乡村小说不单是

---

① 张建华. 当代苏联小说悲剧意识的嬗变[J]. 苏联文学，1988(2)：88.

好，它还具有内在价值”[①]。美国学者布朗·戴明认为，在“无冲突论”牵制文学创作的情况下，苏联乡村小说家“只好求助于一大堆平淡无奇的带‘乡土色彩’的东西，去努力创造生活真实的幻觉”[②]。如凯瑟琳·帕特所言，苏联乡村小说具有内在价值，但不是布朗·戴明所说的那种逃避式创作。笔者认为，苏联乡村作家以描述普通乡村居民日常生活和乡俗规约的叙事方式抗拒生产建设题材的宏大叙事，通过描写工业现代化和城市化进程中个体与自然、他人和自身的关系变化来反思科技革命和工业现代化招致的不良后果，以此抗议唯科技理性、市场经济和物质消费至上的发展模式和存在状态，强调世界是个有机整体，并说明个体与自然、他人和自身之间的相关依存关系，通过突出个体基于自身时空位所的体验感悟来表达对历史传统的缅怀和对人类未来的忧虑，以及为民族寻觅精神根基和为个体寻找精神栖息地的愿望。借助这种乡村叙事，乡村小说家试图唤醒人们的民族意识、家园意识、生命意识、忧患意识和生态责任意识。

一、生态与生态思维

如今诸多生态概念，如“生态学”（ecology/экология）、“生态系统”（ecosystem/экосистема）、“生态圈”（ecosphere/экосфера）、“生态文学”（ecoliterature）、“生态哲学”（ecophilosophy/экофилософия）与“生态智慧”（ecosophy/экософия）中都使用了前缀“生态”（eco-/эко-），它源自希腊语“oikos”，本意是指居所或栖息地。“生态学”（Ökologie/ecology）作为生物学术语出现于19世纪后半叶。德国生物学家和思想家恩斯特·海克尔（Ernst Haeckel）受达尔文的物竞天择之说和进化论的影响，创造了一个新词“生态学”来研究动物与有机物和无机物环境的相互关系。这种研究表明了生态思维的初步形成，因为生态思维的核心因素是某一系统内各部分间的相互关系。1935年英国植物生态学家亚瑟·坦斯莱（Arthur G. Tansley）提出生态系统概念，用以描述有机体与其特定环境间的物质转化和能量流动。这一概念经

① Parthe Kathleen F. Russian village prose: The radiant past[M]. Princeton: Princeton university press, 1992: X.

② 北京大学俄语系俄罗斯苏联文学研究室 编译. 西方论苏联当代文学[M]. 北京：北京大学出版社，1982：112.

过几代学者的不断完善，最后被定义为："在一定的空间与时间的范围内，生物成分和非生物成分之间通过物质、能量或信息的交流，构成的一个相互依存、相互作用的生态学功能单位。"①"生态系统"概念中的整体性、系统性和动态性增强了"生态学"的跨学科性和实践性。从作为理解方式的隐喻层面上讲，概念"生态学"的隐喻性可以延伸到涵盖"其他领域的能量交换和相互联系"②，也可以说侧重时空关系、突出相互关联的生态学概念为理解和研究人类社会提供了一个概念框架。

俄罗斯当代哲学研究者把当代科学知识体系中的生态学概括为："1）生态学是综合性科学；2）特殊的公共科学方法；3）生态学是世界观；4）生态学是生物科学（传统态度）。"③并指出"生态范式和生态准则正在成为新世界图景的有机组成部分，是建构当代自然科学和人文社科知识的新方法论的有机组成部分"④。我国文艺学家鲁枢元所说："'生态学'已远远不仅是一门学问、一门科学，而成了一套完整的观念系统，成了一个包容生命与环境、人类与自然、社会与地球、精神与物质的世界观。"⑤这种生态世界观强调："首先，地球是一个完整的生态系统……其次，是共同进化，即人类发展和周围环境、社会和生物环境的共同发展。"⑥这种世界观强调自然与社会、自然与人的完整相互作用，但需要把人首先理解为精神存在并纳入到生态对象、目的和任务当中，因为"人类生态研究对象不单单是人与外部世界的相互关系，不仅是身体的健康，还有精神的健康。在此我们理解的精神不仅是道德，确切说是人与周围世界的共同体意识。这种意识表现在行为规范中就

---

① 鲁枢元. 生态文艺学［M］. 西安：陕西人民教育出版社，2000：51.

② ［美］劳伦斯·布伊尔. 环境批评的未来：环境危机与文学想象［M］. 刘蓓，译. 北京：北京大学出版社，2010：15.

③ Сартаева Р С, Нысанбаев А Н, Сагикызы А. Экология человека в структуре современного научного познания［J］. Вопросы философии, 2015（4）: 39.

④ Сартаева Р С, Нысанбаев А Н, Сагикызы А. Экология человека в структуре современного научного познания［J］. Вопросы философии, 2015（4）: 37.

⑤ 鲁枢元. 生态批评的空间［M］. 上海：华东师范大学出版社，2006：23.

⑥ Сартаева Р С, Нысанбаев А Н, Сагикызы А. Экология человека в структуре современного научного познания［J］. Вопросы философии, 2015（4）: 37 – 38.

是:和谐又合作地生活,且关心外部世界”①。此处的和谐,即哲学家汤一介先生所指的“普遍和谐观念”。这一理论“大体上包含着四个层次:自然的和谐、人与自然的和谐、人与人的和谐、人与自我身心内外的和谐”②。在生态发展为思维范式的过程中深层生态学(deep ecology)③发挥了重要作用,形成生态存在论哲学(eco-ontology)。它颠覆主客二元对立的机械论世界观,反对工具理性认识论,提出有机整体存在论和系统发展观,反对人类中心主义,主张“人-自然-社会”生态系统协调统一,肯定自然具有内在价值。在生态哲学的推动下,专门研究系统内部能量、信息交换和各部分相互关系,且具有较强实践性的生态学作为概念框架和思维方式的提供者进入人文科学领域。生态思维(ecological thinking/экологическое мышление)方式被广泛借鉴到其他学科领域。1986 年倡导生态方法的瓦尔纳会议之后,很快出现了一系列新型学科,如生态文化、生态文艺学、生态马克思主义、生态语言学、符号生态学、旅游生态学、知识生态学等,而且生态文明、生态社会主义和生态现代化理念层出不穷。自此,生态学研究重点转向了以人为主体的人类生态学。人类生态学以整体有机思维方式观察世界、思考问题、克服二元对立思维,以和谐共存与持续发展为目标建立关系。就这样,生态学成为一种世界观。

生态世界观认为世界是“人-社会-自然”复合生态系统,系统内部的相互关系是核心因素。这种本体论要求突出整体化的生态学认知模式,其基础是生态学方法或生态思维,即用生态学观点观察世界、研究事物、思考和解决问题。生态思维的基本特点是用整体联系和动态发展观全面辩证地审视世界,用网络因果关系分析事物之间的相互关系。它“既表示对人的目的、人的作用和人的未来的关切,又表示对地球生态系统、生命多样性和自然环境健全的关切”④,这份关切源自对自然价值的科学认识。从本体论角

---

① Сартаева Р С, Нысанбаев А Н, Сагикызы А. Экология человека в структуре современного научного познания[J]. Вопросы философии, 2015(4): 44.

② 汤一介. 我的哲学之路[M]. 北京:新华出版社,2006:11.

③ 1973 年由挪威哲学家阿伦·奈斯(Arne Dekke Eide Næss,1912.01—2009.01)提出的哲学概念。阿伦·奈斯指出自然具有内在价值之余,强调可持续生存道德原则的必要性。他实现了跨学科理论创新,即自然生态学科的实证研究与人文科学世界观的探索相结合后形成了生态存在论哲学。

④ 余谋昌. 生态哲学[M]. 西安:陕西人民教育出版社,2000:62.

度看，自然界是自然价值的承载者；从认识角度看，没有人的认识和评价，自然界也就毫无价值而言。于是，人与自然界分别作为认知主体与对象主体共同存在，借助利用自然价值的实践活动，认知主体与对象主体建立联系，相互影响。这就是生态世界观，即生态哲学的本体论、认识论和方法论内容。我国生态哲学家余谋昌强调，生态思维方式主要是用“人－社会－自然”生态系统内各组成部分间相互依存和彼此作用的整体观，系统内物质、能量和信息的循环转化观，以及生态系统动态的平衡发展观，揭示各种事物和现象之间的关系和规律，进而认识世界的存在模式，解决关乎生命存在和发展的各种问题。它之所以被普遍接受，是因为“生态思维重新塑造了所有关系；认识论的、伦理的、科学的、政治的、理性的，以及生物和世界上无生命部分之间的其他关系”①。生态思维是应对人类生存危机的一种必然性选择。20 世纪中叶后，伴随全球性工业现代化和都市化，全球性生态危机已威胁到人类存亡。当威胁人类存在的全球性问题愈演愈烈时，反思人类社会发展模式，重新审视人类在宇宙中的角色和地位，寻找摆脱危机的出路已是刻不容缓的迫切需要。但运用生态思维重建合理关系、摆脱生存危机需要个体重新认识自身在“人－社会－自然”系统中的位置和作用，因为世界的变化始于个体的改变。

二、个体“我”的同心关系圈

“生态”可以简单看作是某一系统内部各部分之间的动态的、发展的平衡关系。生态思维是指以整体作用和动态平衡的发展观处理或重塑人与自身、他人、社会和自然间的各种关系。这种思维基于个体重新认识自我在“人－社会－自然”系统中的位置和作用的思维范式。观察世界、思考问题和建立关系的主体是自然和社会群落中的个体人（individual），而个体的时空与社会“位所”（site）是其与周围世界建立关系和交互作用的核心元素，类似于自然生态系统中的“生态位”（ecological niche/экологическая ниша）——“指物种（或个体）在生物群落或生态系统中的功能关系以及所

① Code Lorraine. Ecological thinking: The politics of epistemic location[M]. New York: Oxford university press, 2006: 47.

占据的时、空上的特殊位置"[①]。当"生态位"被理解为自然和社会群落中的生命体依赖其时空位置与其周围环境间的相互作用时,"位所"、"关系"(relationships)和"功能"(function)成为"生态位"的基本元素。如果把个体与周围环境之间形成的各种关系看作是其"生态位"功能的反映,那么生态语言学家里欧·范·利尔[②]提出的生态四层论,即生态包含四个相互联系的层面[生物进化层面(the biological-evolutionary)、社会文化历史层面(the social-cultural-historical)、互动对话层面(the international-dialogical)和心理象征层面(the mental-symbolic)][③],可以解释个体依据其物理和社会空间"位所"向外推延形成与自然、他人及社会的关系,以及向内诉求形成与自身的关系。这种向外推延和向内诉求的双向关系源自个体的"自我"认知。根据俄国著名哲学家尼古拉·奥努弗利耶维奇·洛斯基的认识论,作为认识主体的个体"自我"通过一系列包括认识、关注、解析等智力行为在内的意识活动将与个体我相联系且又不依赖于认识行为而存在的客体包含在个体的"自我"之内,"被认识的客体(即便它是外部世界的一部分)通过认识主体的意识而直接被包含于个人之中"[④]。尼·洛斯基直觉主义认识论证明,具有空间性、历史性和社会性的个体人与世界共在的具体化方式是主体间性的关系。而"主体间性"话语沟通系统突出个体在系统中的自我身份(self-identity)意识和自我位置(self-position)意识。

1988年,美国认知心理之父乌尔里克·奈塞尔提出"自我认知"理论。乌尔里克·奈塞尔认为自我认知是独立发展的,自我是随着我们的成长发展而成的。虽然人自出生之日起就具备自我认知的条件,但并非具有充分发展的自我意识或自我概念。为了说明哪些自我识别和自我说明的信息可以建立自我认知,奈塞尔提出本质不同的五种自我(five kinds of self-knowledge):生态的自我(ecological self)、人际的自我(interpersonal self)、扩展的

---

① 梁士楚,李铭红 主编. 生态学[M]. 武汉:华中科技大学出版社,2015:90.

② 里欧·范·利尔(Leo van Lier,1921.11—2001.03)是语言意识协会创始人之一、美国蒙特雷国际研究院教授。

③ 参阅 Leo van Lier. The ecology and semiotics of language learning: A sociocultural perspective [M]. New York: Kluwer Academic Publishers, 2004: 13.

④ [俄] H.O.洛斯基. 俄国哲学史[M]. 贾泽林,等,译. 杭州:浙江人民出版社,1999:323.

自我(extended self)、私密的自我(private self)和自我的概念(或概念的自我)(conceptual self)。这些自我的具体定义是:“生态的自我是一种对于物理环境所感知的自我:我是这个地方的人,正在参与某一特定活动。人际的自我同生态的自我一样形成于婴儿时期,是由特殊情感联络和相互交流的信号所表现的自我:我是这个正在参与人际交流活动的人。扩展的自我,又称回忆的自我,主要基于我们的记忆和预见:我是一个有着特殊经历的人,经常从事特定和熟悉的日常活动。私密的自我出现于孩子们注意到其经历无法与人分享的时刻:我是唯一能感受到这种特有苦痛的人。概念的自我或自我的概念如同所有概念一样,来自其嵌入的理论和假设网络。其中一些理论涉及社会角色(丈夫、教授、美国人),一些假设或多或少是内部实体的假设(灵魂、潜意识、精神能量、大脑和肝脏),还有一些是建立社会差异的重要维度(智力、吸引力和财富)。因此,人们对自己的看法千差万别,但不是所有看法都是真实的。”①正是借助生态自我和人际自我的认知,个体与自然和他人/社会建立关系;通过扩展自我和私密自我的认知,个体在回忆中反思,诉求内心,形成概念自我的认识。自我认识和自我建构过程离不开对话自我。

21 世纪,荷兰心理学家、对话自我理论(dialogical self)创始人赫伯特·赫尔曼斯(Hubert J. M. Hermans)提出自我定位理论(positioning theory)与自我的社会(society in the self)概念,他强调“定位不仅是认识自我的一种方式,也是塑造自我及他人的一种方式”②。赫伯特·赫尔曼斯认为个体自我建构是一种互动机制,自我与他人、自然和社会之间不是二元对立,而是对话协商。因为自然空间和社会群落中的个体自我与周围世界的关系基于位所的互动,而互动是物质转化、功能转换或信息交换。就这样,人与世界的共在成为不同主体间的互动性存在。组成这种互动性存在的是认识关系、实践关系和审美关系等,其中审美关系是指人在从审美角度了解和改造世界的过程中所产生的关系,具体说是“人在审美活动中与现实、对象发生的

① Neisser Ulric. Five kinds of self-knowledge[J]. Philosophical Psychology, 1988(1): 35.

② Hermans Hubert J. M. Society in the Self[M]. New York: Oxford University Press, 2018: 10.

相互依存、相互作用的关系”①。而审美则是“人从自己认识、实践的对象中发现自己、复现自己”②。就这样,审美体验和审美实践作为一种信息参与进“人-社会-自然”系统。对此做出理论解释的是俄罗斯著名美学家和文艺理论家尤·博列夫③的关系存在美学思想。

文艺理论家尤·博列夫认为“美学是一门哲学学科,它涉及人类价值的本质及其产生、存在、接受和评价,是关于人类活动进程中尤其是艺术领域以审美方式了解世界最普遍原则的学科。它是关于审美之本质及其在现实和艺术中多样性,创造之本质及其规律,艺术感知、功能及其发展的学科”④。作为一门学科,美学体系包括:反映全人类现实意义和表达生活现象的最普遍的美学范畴;体现对话过程中艺术文本美学意义和美学价值的艺术本体;在时空范围展开的艺术发展阶段。他把美学划分为:功效美学(эстетика действительности)、艺术美学(эстетика искусства)、接受美学(рецептивная эстетика)、理论信息美学(теоретико-информативная эстетика)和实践美学(практическая эстетика)。美学行为则包括“艺术实践性(狂欢化、婚丧仪式和伦理行为)、艺术创造性(创作作品)、艺术工艺性(设计)、艺术接受性(接受作品)和接受美学性(接受现实美景)、精神文化性(个体品味和理想的发展,艺术辨别和评价的成熟)和理论性(美学理论及其观点的发展)”⑤。这些行为是美学思想和伦理价值观的流转和作用方式。因为,艺术不是重复生活,而是通过恢复世界的完整性,保护个体、文化和人类生活经验的完整性,创造特殊的现实。因此,尤·博列夫把艺术流派的实质看作是表现个体和世界关系的艺术观类型。他指出:“作品的艺术观反映在八个层面,每一层面都表达了人与其内外不同环境间的相互作用模式。第一层‘我与我’(Я-Я)内部沟通,由潜意识和意识间与‘不受约束’意识和社会规范间的对立决定个体内部的相互作用。这个层面包含哲学心理学问题;揭示‘心灵对

---

① 朱立元. 艺术美学辞典[M]. 上海:上海辞书出版社,2012:88.

② 朱立元. 艺术美学辞典[M]. 上海:上海辞书出版社,2012:88.

③ 尤里·鲍里索维奇·博列夫(Юрий Борисович Борев,1925.05—2019.07)是苏联和俄罗斯著名文艺理论家、作家和文学批评家。著有500多篇论文和50部专著,内容涉及美学、文化学、艺术和文学理论及发展史、批评方法论、艺术符号学和阐释学、接受美学、演讲术、诗学和价值论等。

④ Борев Ю Б. Эстетика[M]. Москва: Высшая школа, 2002: 12.

⑤ Борев Ю Б. Эстетика[M]. Москва: Высшая школа, 2002: 25.

话'，表达意识流，展示自我界限，'我'与其他人的异同和'我'的使命。在这个层面上实现艺术的自我意识(人作为个体意识到自己)。第二个层面是'我与你'(Я－Ты)，人与他人的沟通，这一层面包含着道德问题。第三个层面是'我与我们'(Я－Мы)，个体与社会环境(阶级、种族、民族、国家和社会)的交流与相互作用。这一层面是社会政治和法律问题的载体。第四层面是'我与我们全部'(Я－Все мы)，人与人类和历史的关系。这一层面是哲学、历史和社会哲学问题的载体。第五层面是'我与所有事物'(Я－Всё)，是个体与自然的关系。这一层面涉及自然科学和自然哲学问题。第六层面是'我与所有我们创造的物质价值'(Я－Всё созданное нами в сфере материальных ценностей)，个体与人造的事物，即'第二自然'间的关系。这一层面是社会哲学问题的载体，其内包括文明之痛点：卢梭学说、都市主义和生态问题等。第七层面是'我与所有我们创造的精神价值'(Я－Всё созданное нами в сфере духа)，即人与其创造的精神文化之间的关系，这一层面是文化学和阐释学问题的载体。第八层面是'我与世界'(Я－всеобщее)，是人与宇宙，这一层面涉及宗教和形而上问题，即：什么是世界，世界是什么样的，生命的意义是什么，什么是死亡，关于世界、宇宙和神方面，以及人又是什么。"①以生态思维方式看这些艺术表现层面，其实是以个体"我"为中心向外延展的五个圈层。第一层是人与自我的相互作用，作为个体人的自我认知，关于存在的问题：生命是为了什么，生命的意义是什么，什么是死亡；人是什么，人之初始和人之终结又是什么？第二层是人与其他人的沟通。第三层是人与不同社会层面的沟通：个体与其阶层、族群、民族、社会和人类的关系。第四层是个体与周围自然环境的相互作用。第五层是人与宇宙的关系。

作为一种空间性的关系存在，人与周围世界始终进行着关系定位和关系生产，即个体基于自身位所与周围建立关系且交互作用，从而完成空间性社会建构。个体的空间社会关系建构是双向互动模式：向外推延与向内诉求。它构成以个体"我"为中心的同心关系圈，即个体"我"与自我，"我"与他人/社会和"我"与自然。这种向外推延和向内诉求的双向关系源自个体

---

① Борев Ю Б. Эстетика[M]. Москва：Высшая школа，2002：130.

的自我认知。每个自然空间和社会群落中的个体“我”与周围世界进行着互动,这是一种基于位所的物质转化、功能转换或信息交换。借助这种互动,人与世界的共在成为不同主体间的互动性存在:认识关系,实践关系和审美关系。以认识世界、发现自己并且修复自我为己任的个体审美,是以“我”为中心与周围世界建立不同层次的相互关系:人与自我的相互作用;人与其他人的沟通;人与不同社会层面的沟通;个体与周围自然环境的相互作用;人与宇宙的关系。这种突出强调个体“我”与环境间相互关系的审美体验是生态美学的首要特征。这种以个体“我”为中心的多重审美关系,还是力求认识世界之本体、参悟存在之根本,旨在求索诗意存在的实践美学。这种思维方式为探索个体的自我和解共存,个体“我”与家庭和社群的和睦共处,个体“我”与自然的和谐共生提供依据,也为从人与自然、人与社会和人与自我的关系着手,阐释苏联乡村小说中蕴含的生态主题,揭示苏联乡村作家书写生态理想与生态危机的目的,思考个体在“人－社会－自然”生态系统中的作用提供理论依据。

三、生态主题的形成

我国著名生态美学家曾繁仁认为,生态美学有狭义与广义之分。狭义生态美学研究人与自然之间的生态审美关系;广义生态美学则研究人与自然、社会和自身的生态审美关系。[①] 广义生态美学与狭义生态美学之分源自对“生态”的理解:当生态学被定义为生物科学时,生态是指生命有机体与周围环境之间的相互关系;当生态学作为一种世界观被接受时,生态是指个体与自身、他人/社会和自然之间的相互关系。生态美学通过艺术手法表现生态学思想,而“生态学思想是后现代思想,因为它不是要我们将文化与自然之间的关系设想为同一的、附属的或对立的,而是要我们将其设想为动态的、差异的、相互交流的”[②]。后现代思想是20世纪全球性生存危机背景下哲学性反思人类社会发展模式,思考探究“世界之本原”,即终极存在且表示

① 参阅 曾繁仁. 生态美学:后现代语境下崭新的生态存在论美学观[J]. 陕西师范大学学报(哲学社会科学版),2002(3):5－16.

② [英]史蒂文·康纳. 后现代主义文化——当代理论导引[M]. 严忠志,译. 北京:商务印书馆,2002:382.

事物内部的根本属性和本原。在这种探究语境中“以探索人与自然的审美关系为出发点,涉及人与社会、人与宇宙以及人与自身等多重审美关系,最后落脚到改善人类当下的非美的存在状态,建立起一种符合生态规律的审美的存在状态”①。就这样,文学作为人类创造的精神文化产物参与全球生态系统的运作,“在这个系统中进行能量、物质和思想的相互作用”②。21 世纪,全球性问题威胁着人类存亡。对此,建设性后现代主义主张重构文化与自然之间的关系,即运用生态思维方式重建个体价值体系,以及个体与社会和自然之间的关系。重建过程中强调主体间对话,即个体人是认识主体,自然是认识对象主体,主体间相互作用的关系是生态;把个体人作为认识主体,自然作为认识客体时,人适应和作用于自然的创造性活动与结果即为“大文化”,它指区别于自然的一切人类结果。大文化概念下生态主题小说的创作本身就是认识主体与认识对象主体间,或者认识主体与认识客体间建立关系的文学实践。而小说的生态主题创作是指借助塑造各种类型的人物形象,讲述具体时空中发生的虚构或半虚构的故事,表现人与自身、他人/社会和自然之间的相互关系,探索人的存在方式,寻觅人的诗意栖居状态,同时以审美体验方式邀请读者反思自身存在。

借助文学艺术创作描写人与自然之间的关系、审视人类社会发展的文学作品出现于 20 世纪 50 年代末。20 世纪 30—50 年代,苏联为了发展经济、实现工业化,便四处拦河建坝,兴修水电站和核电站,这些行为极大地破坏了自然生态平衡。首先描写俄罗斯森林资源遭受破坏的虚构文学作品是列昂尼德·马克西莫维奇·列昂诺夫(Леонид Максимович Леонов)创作的长篇小说《俄罗斯森林》(«Русский лес»,1953)。20 世纪 50 年代后期,关于自然生态和文化生态问题的描写出现在乡村特写和乡村散文中。如叶·多罗什在乡村特写《乡村日记》和弗·索洛乌欣在《弗拉基米尔的乡间道路》中都是透过叙事者“我”的视角观察到:乡村传统文化伴随着乡村的凋零正在消失,随着森林被滥伐和河流被污染,乡间美景也不复存在。作家们试图通

---

① 曾繁仁. 生态美学:后现代语境下崭新的生态存在论美学观[J]. 陕西师范大学学报(哲学社会科学版),2002(3):5.

② Glotfelty Cheryll, Fromm Harold. The ecocriticism reader: Landmarks in literary ecology[M]. Georgia: The University of Georgia press, 1996: XIX.

过这些正在消失的乡村传统手工业、古老的乡村教堂和小村庄表现个体守护自然与传承文化的责任。这种责任无论是对作家,还是对隐含读者而言,都是个体"我"根据自身的时空位所与周围世界建立关系且发生交互作用的,如社会文化关系、互动对话关系、审美体验和责任意识等,而这些体现着个体"我"的自身存在价值。

苏联著名文评家加琳娜·安德烈耶夫娜·别拉雅认为:"20 世纪 60 年代苏联文学与世界文学进程相吻合之处,是苏联文学提出了一个尖锐问题——人的自身价值是什么?"①自 20 世纪 60 年代末起,苏联乡村小说更多地开始思考人的价值和生命的意义,也提出有关民族性格和民族生活的问题。这个时期的乡村小说家们塑造了很多人物类型,其中一类人物形象不但具有高度发展的个性,而且还积极参与社会生活,如瓦·别洛夫中篇小说《凡人琐事》中的伊万·阿弗利卡诺维奇(Иван Африканович)、维·阿斯塔菲耶夫短篇小说集《最后的问候》中的卡捷琳娜(Катерина)和瓦·拉斯普京中篇小说《告别马焦拉》中的达丽娅(Дарья)。这些人物身上聚合了个人生活磨难和千年民族经验,他们作为俄罗斯民族的代表存在着。作家们在这些人物身上充分展现了古老乡村文明的美好与和谐,即心怀仁爱,凭良心生活,通过创造性劳动融入社会和自然之中。这些代表乡村文明的普通人完全沉浸在田间劳作和日常琐事中,他们身心合一,关注自我、家人、族群与其他生命体,自觉地承担起对世界的责任,承担着传承传统文化和优良品质的责任。这一点在《最后的问候》中表现得较为明显,维·阿斯塔菲耶夫以"我"追忆儿时美好记忆的方式讲述外祖父母言传身教地教育自己:善待生命、万物不伤,诚实做事和宽容待人,感悟生命中的美好,用良善营建和谐友好的关系。为了表现个体与世界建立关系的过程,乡村小说家采用短篇叙事集的方式讲述个体成长故事,运用哲理性抒情表达"我"的感悟与经验。如维·阿斯塔菲耶夫的小说《最后的问候》和《鱼王》。早期乡村小说中个体与世界的关系带有明显的理想色彩,作家以这种方式审视现实生活。1965 年"新经济体制改革"促进了苏联经济发展,但使部分自然生态遭到破坏;人民的生活水平提高了,但社会生态受到冲击。因为在追逐效益和利益的过

① Белая Г А. Художественный мир современной прозы[M]. Москва: Наука,1983: 5.

程中人逐渐没有了灵气和人情味，沦为物性的存在；仁爱、良善、公正和无私等传统道德观慢慢被遗忘。世风日下的原因被乡村作家解释为：快速发展的后果。高速的工业化和城市化改变了城乡社会结构和个体的社会身份。效率和利益成为衡量人际关系的标准，人与人之间彼此互助、相互守望的关系代之以彼此疏离、相互嫉恨。人与人之间关系的变化不过是工具性思维方式和掠夺性行为习惯在人类社会中的反映。

为了促使人们反思市场经济中的人与人之间的关系，呼唤彼此守望的美好人际关系，20 世纪 60 年代末，乡村小说家描绘了“三共三和”生态理想图景，即个体“我”与自身和解共存、与他人/社群和睦共处、与自然和谐共生。维·阿斯塔菲耶夫和瓦·别洛夫通过描写“返乡”“童年回忆”和乡村日常琐事，描述个体“我”关注自我，身心合一地存在；讲述个体“我”如何在劳动中与他人建立并维持和睦互助关系，与家庭和族群成员保持亲密关系，承担彼此守护的责任；叙述个体“我”如何在守护生命的善举中与自然建立和谐共生的关系。这些关系是个体“我”在认识和改变世界，以及认识和构建自我的过程中形成的，是个体“我”为中心的存在关系圈。早期乡村小说中描绘的和谐、和睦与和解的关系即是理想生态主题，20 世纪 70 年代中期生态主题发生了变化。

四、生态主题的发展与演变

俄罗斯作家维·叶罗菲耶夫在评价 20 世纪 70 年代乡村文学时这样说道：“官方竭力想使农村文学符合意识形态的需求，想拉它作为对抗西方的同盟，并许以各种国家奖项和勋章。但这一招并不总是有效：农村文学有着自己宗教甚至是政治上的傲骨，它勇敢地参与了保护生态环境的运动。”[①]借助文学创作宣传保护自然生态的思想早在 20 世纪 50 年代中后期就已开始，例如弗·索洛乌欣的散文《弗拉基米尔的乡间道路》和列·列昂诺夫的长篇小说《俄罗斯森林》。但第一个把自然生态问题作为创作主题的作家是弗拉

① ［俄］维·叶罗菲耶夫．悼亡苏维埃文学［J］．王宗琥，译．世界文学，2010(4)：68．

基米尔·阿列克谢耶维奇·奇维利钦[①]（Владимир Алексеевич Чивилихин）。“1963年，他在杂志《十月》上发表特写《西伯利亚明眸》（«Светлое око Сибири»），呼吁停止在贝加尔湖岸修建造纸厂。除了指明工业污染湖水的危险，他还批评尼·赫鲁晓夫破坏自然环境的发展措施。他特别指出西伯利亚的滥砍滥伐会招致严重生态后果，并含蓄地反对在西伯利亚大小河流上修建水电站，因为这一举措将导致俄罗斯土地被河水淹没。”[②]20世纪70年代初西方生态思潮在苏联广泛传播，并且与苏联国内的生态运动相互应和、彼此推动。除此之外，乡村小说创作出现了模式化倾向[③]。在这种情况下，20世纪70年代中期，乡村小说的生态主题创作由生态理想过渡到生态预警。这既是苏联国内生态运动发展在文学领域的反映，也是对西方生态文艺思潮的回应。20世纪80年代中期，我国学者潘桂珍就发现“苏联当代作家从六十—七十年代起转向这一‘永恒’主题[④]是因为随着科技革命的飞速前进，工业化和都市化带来的许多复杂问题……当代作家们十分关心生态学问题，而探索人与大自然关系的作品也日益增多”[⑤]。这说明20世纪70年代中期的乡村小说创作受到生态文艺思潮的影响。为了呼吁人们保护自然生态环境，也为了提醒人们高速发展的社会和丰富的物质生活不能以牺牲人类赖以生存的自然为代价，瓦·别洛夫、瓦·拉斯普京、维·阿斯塔菲耶夫和瓦·舒克申汲取俄罗斯传统文化资源中“万物统一”的生态智慧，以回归荒野的方式消解工业文明的救赎之旅，如维·阿斯塔菲耶夫在长篇小说《鱼王》中塑造了“自然人”阿基姆（Аким）。在阿基姆回归自然寻找内心宁静与密林中舍己救人的行为中暗藏着个体精神救赎之路。未受过教育却善解人意又亲近自然的阿基姆来自北极冻土地带的鲍加

---

① 弗拉基米尔·阿列克谢耶维奇·奇维利钦（1928.03—1984.06），俄苏作家，著有新闻特写《雪松堡的月亮》（«Месяц в Кедрограде», 1962）、《西伯利亚明眸》（«Светлое око Сибири», 1963）、《俄罗斯森林在吵什么?》（«О чем шумят русские леса?», 1965）、《困境中的地球》（«Земля в беде», 1968）和《瑞典站》（«Шведские остановки», 1973）。

② Brudny Yitzhak M. Reinventing Russia: Russian nationalism and the Soviet State, 1953 - 1991 [M]. Cambridge: Harvard University press, 1998: 55.

③ 参阅 Партэ Катлин. Русская деревенская проза: светлое прошлое [M]. Томск: Издательство Томского университета, 2004: 113.

④ “永恒”主题指善恶主题。

⑤ 潘桂珍. 当代苏联文学中的道德探索[J]. 社会科学战线,1985(4):106.

尼达(Боганида)渔村。这个渔村自然条件恶劣,远离权力中心,但劳动生活井然有序,成人们自觉遵守不成文的规约来抚养渔村的孩子们,未成年的孩子依靠集体的力量在北极之地存活下来。成人护佑孩童和孩子得体的回应让鲍加尼达渔村成为精神净化之地。鲍加尼达渔村是作家的理想国,更是理想生态社会模式的探索。虽然《鱼王》中藏有维·阿斯塔菲耶夫救治苏联社会的“药方”,但这部作品主要描述人掠夺自然,相互疏远,彼此仇恨。它与瓦·拉斯普京的中篇小说《告别马焦拉》一起以揭露西伯利亚生态问题的方式敲响了生态危机的警钟。

“乡村小说家对苏联国家机器生命力的兴趣远远小于对自然和文化保护的兴趣。”①这是对20世纪70年代乡村小说的最准确的描述,苏联乡村作家意识到需要重新认识自然与文化间的关系,于是通过文学创作告诉人们:人与自然的关系、自然与文化之间的关系不是附属或对立的关系,而是动态的相互依存的关系。乡村作家们在自己的作品中描述科技革命、工业化发展和经济改革联合作用下出现的社会特征:明显的疏离性、分裂性和对立性。掠夺自然使人类发展与自然供给相对立,工业化和城市化加速了人与人的疏离、人与社会的对抗,以及人与自我的疏离和分裂。于是,为了抗议追求经济发展而牺牲自然、乡村和传统的做法,乡村作家们创作一系列生态预警小说,描述个体背离故土、背弃传统、疏离自我与他人。

这些生态预警小说中的代表是瓦·拉斯普京的中篇小说《告别马焦拉》和维·阿斯塔菲耶夫的长篇小说《鱼王》,它们被视为苏联生态小说的经典之作,被视作生态伦理道德宣言。“这两部作品曾是那些人的道德宣言,他们坚决反对破坏自然和人类文化的野蛮现代化。”②在这两部作品中,维·阿斯塔菲耶夫和瓦·拉斯普京揭露了苏联社会中存在的一系列问题:自然生态失衡、社会生态失序和精神生态失常。导致这些问题出现的最根本原因是,20世纪工业现代化和科技革命取得的成就令人错误地把自身法则驾驭在自然法则之上。因为遗弃“万物一体”观念,忘记“在宇宙中一切事物都是

① Яницкий О Н. Экологическое мышление эпохи «великого передела»[M]. Москва: Российская политическая энциклопедия, 2008: 191.

② Яницкий О Н. Экологическое мышление эпохи «великого передела»[M]. Москва: Российская политическая энциклопедия, 2008: 191.

互相关联的，而宇宙本身不过是一条不断互相派生的原因和结果的无穷锁链"①。以自然主宰者自居的人在享受科技文明成果的同时也承受着科技成就带来的后果：人与自然对立，人与社会对抗，人与自我分裂。如同米兰·昆德拉（Milan Kundera）所言："在科学与技术领域实现了许多奇迹之后，这个'主人和所有者'②突然意识到他并不拥有任何东西，而且既非大自然的主人（大自然渐渐撤离地球），也非历史的主人（他把握不了历史），也非他自己的主人（他被灵魂中那些非理性力量引导着）。"③之所以如此是因为人失去了存在的根基：与自然相连的根被扯断，与历史相连的根被割裂，人的身心分离、不再完整。乡村小说家们认为农民被迫从土地上连根拔起，离开故土，生活在历史传统缺位的都市社会空间里。这些进城的农民被追求高效率、高利润的时代洪流夹裹着，在追求物质财富的过程中抛弃能赋予自身价值的责任和仁爱，逐渐丧失了自我。瓦·拉斯普京和维·阿斯塔菲耶夫在自己的作品中讲述工业化和城市化催生"去农民化"：农民背井离乡，参加水电站、核电站建设或进城务工；描述人与土地、故乡和祖屋之间的联系被割裂，人与自然之间开始分离，这种分离导致传统习俗退出苏联人民的生活。没有传统习俗规约的人们迷茫又焦虑，为所欲为，社会精神根基和道德基石遭到破坏。20世纪70年代中期至80年代中期，苏联乡村小说重点讲述"人类与土地之间的联系被破坏，人类文化遭到践踏"④。乡村作家警告人们：技术进步和物质追求的代价是土地、历史和道德，而它们是个体和社会存在的根本。

20世纪80年代末期，乡村小说的生态危机主题演变为无根、无家和无"我"的生态性反思。小说《鱼王》和《告别马焦拉》虽然得到苏联政府认同，但作品揭露的自然生态危机和道德体系崩溃的问题却被忽视，全国范围内继续建设危害自然生态环境的大型水电站和核电站，北水南调项目不断推

---

① ［法］霍尔巴赫. 自然的体系（上卷）［M］. 管士滨，译. 北京：商务印书馆，2009：42.

② 笛卡儿的著名论断：人是大自然的主人和所有者。

③ ［法］米兰·昆德拉. 小说的艺术［M］. 董强，译. 上海：上海译文出版社，2004：52.

④ Gillespie David. A Paradise Lost? Siberia and Its Writers, 1960 to 1990［C］//Diment Galya, Siezkine Vuri. Between heaven and hell. The myth of Siberia in Russian Culture. New York: St. Martin's Press, 1993: 261.

进。内心绝望的乡村小说家们预感到苏联末日即临，便创作“启示录”或“末世论”小说，描写末世即临的场景，如瓦·拉斯普京的中篇小说《火灾》、维·阿斯塔菲耶夫的中篇小说《悲哀的侦探》和短篇小说《柳达奇卡》(«Людочка»，1987)，以及瓦·别洛夫的长篇小说《一切在前方》。历史证明了这些作品的预言性和乡村作家们的预见性。瓦·拉斯普京和维·阿斯塔菲耶夫预见到科技革命和工业现代化对自然、社会和精神世界的破坏与侵蚀作用，于是分别创作小说《告别马焦拉》和《鱼王》警预世人。瓦·拉斯普京在小说《告别马焦拉》中讲述马焦拉岛和马焦拉村的覆灭。为了在安加拉河建设水电站，有300年历史的古老乡村马焦拉被水淹没，埋葬祖先、父母和孩子的家族墓地被拆毁并遭水淹。马焦拉村犹如史前文明亚特兰蒂斯般永远地沉没于水底。不同的是亚特兰蒂斯毁于巨浪滔天的天灾，而代表俄罗斯乡村文明的马焦拉村却毁于狂妄不可一世的、自诩为“上帝”的人之手。为了谋求经济利益和富裕的物质生活，掌握了科学技术的人以万物之主的姿态，完全不顾自然规律地劈山调水、大肆改造。为了修建水电站，加快工业化发展，乡村居民被迫抛离土地和故乡，迁居他处另谋生计。乡村居民的社会身份转变了，生活方式改变了，同时乡村文化传统也被遗忘了，社会文化空间中被视为磐石的价值观松动瓦解了。这首先表现在最小社群单位“家庭”中。瓦·别洛夫和维·阿斯塔菲耶夫都在自己的作品中描写斯拉夫文化中的传统家庭观被遗忘，夫妻关系紧张，家庭濒临破碎。维·阿斯塔菲耶夫认为夫妻是战胜生活中一切困难的联盟，瓦·别洛夫认为夫妻是因爱而创造善与美的共同体。维·阿斯塔菲耶夫在中篇小说《悲哀的侦探》中所表现的夫妻关系，不是相濡以沫，而是唇枪舌剑、彼此猜忌。猜忌是破坏人际关系的最强武器，纵使恩爱夫妻也敌不过猜忌。瓦·别洛夫在长篇小说《一切在前方》中讲述了家庭如何因为猜忌走向破碎。

小说《火灾》《悲哀的侦探》《柳达奇卡》《一切在前方》主要描绘社会混乱无序，家庭破碎，失去根基的个体走向自我消亡。个体“人不仅是自然性存在，而且还是社会性存在，是有灵性的自然力量”①。当人割裂自身与大地

① Вебер А Б. Человечество и экологический императив[J]. Свободная мысль, 2009(9): 78.

间的联系，背离自然走向所谓的现代城市文明，千年农耕文明积累的传统文化消逝。族群分散、家庭缩小，亲缘关系让位于商品和契约关系，功利主义和实用主义成为人际交往的标准。人际关系以疏离、猜忌和仇恨为主。描写人际关系的作品有维·阿斯塔菲耶夫的中篇小说《悲哀的侦探》和短篇小说《柳达奇卡》，以及瓦·拉斯普京的长篇小说《火灾》。中篇小说《告别马焦拉》中洪水淹没古老乡村，中篇小说《火灾》中大火吞噬新建的乡镇，作家以隐喻手法告诉世人：无根，便无家。《火灾》中“松林”镇一夜间毁于一场莫名大火。引燃或助燃这场大火的是人，是科学技术所武装的文明人。他脱离自然界这个生命共同体，且以大自然主人的身份自居，肆意掠夺索取；这种脱离最终导致维系人与自然的精神“脐带”断裂，存在了几个世纪的村社文化被工业化履带碾碎，集体主义和整体主义被物质文明腐蚀。基于东正教的聚合性（соборность）遭到破坏，人人为我、我为人人的协同精神被城市丛林法则摧毁。在追逐物质利益和权利名誉的过程中，人的精神不断退化，动物的本能被释放出来。最终，贪欲、焦虑和愤怒变成足以烧毁一切的大火，遍及乡村和城市。不仅摧毁最小的社群单位“家庭”，而且吞噬绝望的个体。

当科技理性和唯物至上成为唯一的价值判断标准，“人的价值以其‘用’（木材）以其生产潜能（货物交换价值）为量度，结果是人性的异化，物质化，商品化，缩减化”①。当人变成没“灵性”的、仅与商品生产密切相关的“经济人”②时，人的身心分离，肉体沉沦于富裕的物质生活和娱乐至死的消费快感中，精神漂泊不定、无所寄居。身心分离的个体“我”陷于焦虑和恐惧中，生活本身也降格为一种焦虑性存在。这些表现在瓦·舒克申的短篇小说和瓦·拉斯普京的中篇小说《火灾》中。为了表现失去根基的个体走向自我毁灭，小说《火灾》《悲哀的侦探》《柳达奇卡》的故事发生地不再是乡村，而是乡镇、城郊和城市。这几部作品描述了背离故土后，“无根”个体的社会身份模糊不清，自我身份定位时困惑迷茫，无法与其他人建立正常的社会关系。

① 叶维廉．道家美学与西方文化［M］．北京：北京大学出版社，2002：151.

② 指现代社会中一些抱着低付出高回报的心态，以追求物质利益为主要目的的经济活动主体。

作为一种精神性存在，人与自然之间的联系是其存在之根本，这种联系保护着个体的道德和精神。“拉斯普京和阿斯塔菲耶夫肯定了人与自然之间的非理性联系，也肯定了这种联系一旦被割裂后会造成的道德和精神上的损失。”[①]失去与自然之间的联系，没有道德准则和精神追求的个体“我”不会观照内心、关注自我，甚至会丧失自我。没有自我和自我意识的个体是无主体性的存在，这样的个体无法与世界建立任何关系，不会形成基于个体“我”为中心的关系圈。个体“我”丧失自我意识，其主体性也消失了，世界对其而言便是虚空。这是后现代文学的命题，寻找失去的世界成为当代俄罗斯新现实主义文学的任务。所以，若从个体的自我认知方式来看，延续苏联乡村小说的并非是西方研究者所说的民族主义。延续苏联乡村小说创作，并发挥承上启下作用的是生态主题。

由于20世纪80年代后期创作的乡村小说故事空间从乡村转向城市或城郊，叙述内容由乡村生活转向城市生活，部分西方学者认为苏联乡村小说终结于20世纪80年代，并完全否定20世纪80年代中后期的乡村小说代表作《火灾》《悲哀的侦探》《一切在前方》的艺术价值，将其看作是煽动和宣传沙文主义的材料。以文学艺术为标准研究苏联乡村小说的美国学者凯瑟琳·帕特也认为民族主义延续了乡村小说的存在。其实苏联乡村小说本是地域性书写，作品自然具有很强的地方意识、民族意识和个体自我意识。这些意识体现了强调部分、局部和个体作用的生态思维。

如果用生态思维的系统动态观审视俄罗斯文学，那么它是一个完整的系统，其内囊括着文化语境、社会思潮、政治开明度、经济发展水平、社会文化程度、作家个人因素、读者接受能力和媒体传播能力等元素，那么，20世纪60—80年代的苏联乡村小说在俄罗斯文学史上发挥了承上启下和协同消解的作用。首先，从历时纵截面上看，20世纪60—80年代苏联乡村小说在思想理念上继承和发扬了19世纪60—70年代“根基派”的思想。借助生态主题创作，即回归土地、乡村、自然和传统的生态乌托邦，抗拒科技理性和现代

---

① Gillespie David. A Paradise Lost? Siberia and Its Writers, 1960 to 1990[C]//Diment Galya, Siezkine Vuri. Between heaven and hell. The myth of Siberia in Russian Culture. New York: St. Martin's Press, 1993: 266.

工业化的生态预警，以及预言解体的生态末世，揭露现实问题的创作宗旨，与同时期的城市小说、青年小说和“地下文学”共同形成了苏联文化空间的异质性存在，并在某种程度上发挥了消解中心话语权的社会功效；同时为俄罗斯新现实主义试图通过重建个体认知，了解混乱，寻找个体在世界的支点留有创作空间。

其次，从共时横截面上看，乡村小说与城市小说、青年小说、观念主义文学和反社会主义社会艺术共同构成20世纪60—80年代苏联文坛的多元性存在；虽然它的思想不像持不同政见者那般激烈，表现手法不像青年小说、反社会主义社会艺术和观念主义文学那样奇异突兀，但它以自己的方式抵抗政治经济领域实施的过度现代化举措。之所以能如此，是因为苏联乡村小说适时调整，不断创新，完成生态主题：20世纪60年代—70年代中期的作品描绘了共生、共处、共存的生态理想；20世纪70年代中期—80年代中期的作品描述了背离、背弃、疏离的生态预警；20世纪80年代末的作品叙述了无根、无家、无“我”的生态末日。

第二章　共生、共处、共存的生态理想

20 世纪 60 年代末—70 年代初，面对令人失望的现实生活，来自乡村的作家维·阿斯塔菲耶夫、瓦·别洛夫等人带着对童年乡村的美好回忆返回故土，身居老屋，描述记忆中的日常乡村生活，塑造琐事缠身的平凡村民，构建人与自然、他人/社会和自我和谐共生的理想社会：世界完整一体，人的身心合一，以荒野和密林为主的自然完整有序，且被描绘成永恒的安宁、美好与和谐。身心合一的人将自己视作自然之子，以自然临时管理者的身份遵循着自然规律，恪守农耕文明积累的传统经验，把自我价值的实现与其他人、动植物以及世界万物联系在一起。这种突出万物一体的描写是作家对现实的反思，但对于囿于生态危机的 21 世纪读者来说是生态理想，或是生态乌托邦。这个乌托邦不是面向未来，而是追溯往昔；不是建立于美好的未来，而是建立于美好的过去；不是建立于现代的城市文明，而是建立于传统的乡村文明。因为小说家们相信在村社、乡俗和信仰中蕴藏着万物和谐共存与生命永存的秘密，在土地、乡村和传统中根植着俄罗斯民族精神的根基。

为了寻找精神与道德根基，也为了回避粉饰现实的创作，维·阿斯塔菲耶夫创作叙事短篇小说集《最后的问候》（第一部）和短篇小说《俄罗斯菜园颂》（«Ода русскому огороду»，1971—1972），瓦·别洛夫创作中篇小说《凡人琐事》和《木匠的故事》（«Плотницкие рассказы»，1968）。这些作品合力向读者描绘了一个生态乌托邦社会图景。想象的乌托邦在弗洛伊德理论中是与现实原则相对立的心理活动产物。由于压抑的现实生活，作家们“感受到体制萎靡不振，现实中没有找到替代物，他们发自内心地为其惋惜，也曾尝试发明某种足以战胜体制危机的东西。换种说法，诊断出体制在衰变，他们想寻找一种清晰又明确的未来发展方案来拯救苏联"[1]。于是,作家把眼光投向往昔。为了体现历史之本质,作家转向普通人的日常生活,并以审美的视角描述简单平静的乡间生活,将其描绘成修复精神世界、重建美好,以及追问人生意义的支点。这种生活的主人公是平凡的,他们没有理论武装的头脑,也没有远大理想,终日劳作且琐事缠身,但他们亲近自然,与人为善,遵循自然规律与乡俗规约,凭良心生活,并且通过创造性劳动实现与自然和谐,与他人和睦,与自我和解。"三和"关系的主体是具有共同体意识、内心平和与心怀仁爱的个体。个体"我"以尊重和保护生命为己任,并最大限度地促进生命生长和发育,与自然形成和谐共生的关系。在辛勤劳作、举善施仁和护佑他者的行为中与周围人建立牢固的社会关系:亲密的家庭关系、互助的家族关系和友好的社群关系等。这些关系折射出苏联乡村小说家为世人描绘的生态理想:天人合一,社群和谐,身心同一。

第一节　和谐共生图景:人与自然

人与自然之间的和谐共生关系是生命共同体意识的表现形式,它需要从共同体角度重新审视自然与人,需要人(作为生命共同体中有理性的动物)回归自然,持守"爱人利物"和"民胞物与"的生态伦理观。为了表达这种伦理观,苏联乡村作家塑造了一系列人物,如维·阿斯塔菲耶夫的小说《最后的问候》和《俄罗斯菜园颂》中的小男孩维嘉·波特利岑(Витя Потылицын)与其外祖父母伊利亚·叶夫格拉福维奇(Илья Евграфович)和卡捷琳娜·彼得罗夫娜(Катерина Петровна),小说《老橡树》(«Стародуб»,1960)中的主人公猎户法耶凡·孔德拉季耶维奇(Фаефан Кондратьевич)和库勒德什(Култыш),以及《鱼王》中的主人公阿基姆(Аким)和叙事者"我"与弟弟柯利亚(Коля),瓦·别洛夫的小说《凡人琐事》中的伊万·阿弗利卡诺维奇(Иван Африканович)等。这些人物都是普通劳动者,多为渔夫、猎户和农夫。他们远离城市文明,终身生活在原野山

---

① Разувалова А И. Писатели-«деревенщики»: литература и консервативная идеология 1970-х годов[M]. Москва: Новое литературное обозрение, 2015: 294.

林和偏僻乡村中。从其生存的地理空间意义上讲，这些依赖大地、河川和密林而生存的劳动者自身已是自然的一部分。这些融入自然的人物不会衣着考究、趾高气扬地待人接物，而是谦卑温和地为人处事，与自然相融，与万物共命运同呼吸。当描写这种融合的文本进入中国读者视域后，万物一体的融合在中国传统文化背景下被解读为“天人合一”的存在。

一、“天人合一”

“泛爱万物，天地一体也”①与“天地与我并生，而万物与我为一”②中“我”与世间万物“并生”和“为一”的存在决定于个体的自我认知。根据美国认知心理学家乌尔里克·奈塞尔的自我认知论，个体“我”基于自身“生态位”③，即时空位所与周围世界进行功能转换和信息交换，而信息交换元素是符码。以符码为媒介的文学作为精神产物参与社会生态系统。我国著名生态美学家鲁枢元教授把文学艺术视为地球生态系统中的一个重要序位，因为在地球这个复合生态系统中“文学艺术是地球上人类这一独特生物的生命活动、精神活动，是一个在一定的环境中创生发育成长着的功能系统”④。如同其他功能系统一样，文学艺术创造精神能量，激发想象力和创造力，并

---

① 杨俊光. 惠学锥指：惠施及其思想[M]. 南京：南京大学出版社，1991：67.

② 方勇 译注. 庄子[M]. 2 版. 北京：中华书局，2015：31.

③ 生态位是生态学的一个重要概念。1917 年，格林内尔（Joseph Grinnell，1877. 02—1939. 05）最早提出生态位概念，即某一生物在群落中所处的位置和能发挥的功能。1927 年英国研究者埃尔顿（Charles Sutherland Elton，1900. 03—1991. 05）在专著《动物生态学》（*Animal Ecology*）中另辟章节解释“生态位”，即生物群落中既定物种所占据的地方，主要集中在功能方面。1934 年莫斯科大学生物学家格乌司（Георгий Францевич Гаузе，1910. 12—1986. 05）在美国出版专著《生存之争》（*The Struggle for Existence*/«Борьба за существование»）。他定义了“位所”（положение）概念。依据“位所”论同一生态位中的两个物种不可能长期稳定存在，这种竞争性排斥法则后来被称为“格乌司原理”（закон Гаузе）。1957 年，哈钦森（George Evelyn Hutchinson，1903. 01—1991. 05）把“生态位”界定为物种生存条件的总集合体，并提出多维生态位模式。1970 年，哈钦森的学生奥德姆（Howard Thomas Odum，1924. 09—2002. 09）把“生态位”定义为：群落和生态系统中生物的位置和状况，它决定于该生物的形态适应、生理反应和特有行为。1983 年，皮安卡（Eric Rodger Pianka，1939. 01—）重新定义“生态位”，即生物单位适应性的总和。1984 年，布尔·盖勒（Paul S. Giller，1949. 02—）认为，生态位是生物或物种在群落中所处位置的反映，不仅包括对物理因素的耐受，而且还包括与其他物质的相互作用，其中物种的位置（position）及其对群落空间其他因素的反应决定了其生态位。总之，生态位是指物种（或个体）根据自身占据的时空位置与系统中其他部分产生的功能关系。

④ 鲁枢元. 文学艺术在地球生态系统中的序位[M]//文学的跨界研究：文学与生态学. 上海：学林出版社，2011：90.

作为可转换的能量和交流的信息参与地球生态系统中的能量信息流转运动[①]。文学之所以具有创造力是因为它是一个符号系统。文学被法国当代哲学家雅克·朗西埃(Jacques Ranciere)定义为“历史符号”和“关系体系”。书写历史和存储文化的文学作品被符号学家尤里·米哈伊罗维奇·洛特曼(Юрий Михайлович Лотман)看作文化符号存在于世,并被纳入符号与所指、符号与符码关系的认知环节,而借助于艺术形式的认知总是与信息的沟通和传达相联系。根据语言学家罗曼·奥西波维奇·雅各布逊(Роман Осипович Якобсон)的符指过程六因素说[②],文学领域分别对应:作者、读者、文本、语言符码、媒介和文化语境。实在世界里的作者,作为既定文化语境下的信息发出者,结合自身经历和认知体验,叩问性思考现实生活中的问题,用语言符码提出思考的问题,同时描述被表现的世界,即通过编码程序将实在世界书写成意识世界或图景世界。这个以文字形式存在的图景世界是作为文化记忆符号而存在的文本世界。这个文本世界自出现之日起便期待读者的解读,因为符码将“小说家与他的读者联系在一起,每一个人都与其他人联系在一起,一种知情者的语言:知情者与世界,与人的生活把握的可能事物的世界联系在一起”[③]。一定文化语境中的读者带着其特有的认知经验和期待视域,阅读用文字符码编写而成的文化记忆符号,逐层解码,探究形式背后的内容,与作者进行对话,实现文学之社会“话语实践”。就这样,文学参与个体自我认知和社会建构。所以,文学作品描述世界时,也在塑造世界。俄国著名宗教哲学家尼古拉·费奥多罗维奇·费奥多罗夫说过:“伟大的艺术作品……在塑造世界的同时,努力赋予世界以自己的形象;它们在自身之中反映世界的时候,又在否定世界。没有什么艺术作品不在

---

① 参阅 鲁枢元在专著《文学的跨界研究:文学与生态学》中收录的两篇论文《文学艺术创造的能量与动力》和《文学欣赏中的信息交流》。

② 罗曼·奥西波维奇·雅各布逊(1896.09—1982.07)认为信息交流包含六个元素:说者(信息发出者)、听者(信息接收者)、信息、代码、接触器(即交流媒介)和信息指涉的语境。1958 年,他提出符指过程六因素说,参与符号表意全过程的因素有:发出者和接受者,能指和所指,中介和符码。

③ [法]莫里斯·梅洛-庞蒂. 符号[M]. 姜志辉,译. 北京:商务印书馆,2003:93.

生活中发生某种作用，不给生活带来某些变化……艺术作品是新生活的方案。”①21世纪读者常困扰于：作为生命个体的“我”在工业现代化进程中尽可能地降低自己被“零件化”和被“异化”的程度，寻找本真“我”和实现作为人的自我价值；在拜物教和消费文化盛行的时候，如何理解并体现个体“我”的生命意义；“我”该如何建立和睦的家庭关系、亲密的族群关系和良好的社群关系；作为人类生命一分子的“我”如何在满足自我生存需要之余，保证并促进后代子孙的生存发展。带着这些问题阅读的中国读者，在21世纪生态危机语境下从早期苏联乡村小说文本中可读出“天人合一”的生态伦理观。

苏联乡村小说的早期代表作多为短篇小说或短篇小说叙事集，如维·塔菲阿斯耶夫的《最后的问候》和《鱼王》。这两部作品都由多部短篇叙事组成，这些短篇小说具有同一主题。长篇小说《鱼王》由13个“返乡”“回归”主题的短篇叙事组成：《鲍耶》（«Бойе»）、《一滴水珠》（«Капля»）、《没心没肺》（«Не хватает сердца»）、《达姆卡》（«Дамка»）、《在黄金暗礁附近》（«У золотой карги»）、《渔夫格罗霍塔洛》（«Рыбак Грохотало»）、《鱼王》（«Царь-рыба»）、《黑羽翻飞》（«Летит черное перо»）、《鲍加尼达村的鱼汤》（«Уха на Боганиде»）、《葬后宴》（«Поминки»）、《图鲁汉斯克百合花》（«Туруханская лилия»）、《白色群山的梦》（«Сон о белых горах»）和《我找不到答案》（«Нет мне ответа»）。长篇小说《最后的问候》（第一部）的主题是“童年”记忆，它由12个短篇故事组成：《既远又近的童话》（«Далекая и близкая сказка»）、《朝霞之歌》（«Зорькина песня»）、《树木为所有生命而生》（«Деревья растут для всех»）、《冰窟中的大雁》（«Гуси в полынье»）、《干草之味》（«Запах сена»）、《红鬃马》（«конь с розовой гривой»）、《穿新裤子的小沙弥》（«Монах в новых штанах»）、《天使守护者》（«Ангел-хранитель»）、《穿白衬衣的男孩》（«Мальчик в белой рубахе»）、《秋日的忧伤和快乐》（«Осенние грусти и радости»）、《没有我的相片》（«Фотография, на которой меня нет»）和《外婆的节日》（«Бабушкин праздник»）。每个短

① Федоров Н Ф. Философия общего дела. Ⅱ[M]. Москва: Печатня А. Снегиревой, 1913: 434－435. 转引自徐凤林. 复活事业的哲学：费奥多罗夫哲学思想研究[M]. 哈尔滨：黑龙江大学出版社，2010：221.

篇都以小男孩维嘉"我"的视角，观察、认识和感悟世间万物。按照俄罗斯哲学家尼·洛斯基的认识论，小维嘉基于自己的社会身份和时空位置，借助观察和认识等意识活动把山川草木、鸟虫鱼兽、人情世故和乡村规约等事物纳入自我认知。就这样借助自我体验与自我意识，世界参与"我"的认知过程。每个事物与每件事情经过个体"我"的体验、感悟和记忆之后，转化为"我"与世界和自身建立关系的必要元素。小维嘉"我"在沾湿碧草的晨雾中，在溢彩耀眼的霞光下，在百鸟啼啭的晨歌中感受到大自然的灵气与和谐；小维嘉"我"的内心在波兰人瓦夏"清澈透亮"的小提琴声中渐渐柔软起来，不断感受周围世界的善意，"我"逐渐变得善良起来，慢慢学会释怀。童年记忆中的美妙琴声在战场上压盖住轰鸣的炮火，直抵遭受磨难成年后"我"的灵魂，实施美之拯救；在外婆的教导下"我"学会了栽树，学会静等小树慢慢生长，在静候的期待中感受与小树苗共同成长的欣喜，由衷地认识到树木是为所有生命而生长，真正感悟到天地化育万物的道理，本能地意识到自然是个生命共同体；目睹南飞雁群困于冰窟时的挣扎与母雁的绝望哀鸣，处于生死边缘上的大雁让"我"洞察到生命体之间的平等与关联。米沙（Миша）大哥不顾安危搭救大雁的行为"令'我'意识到人对其他生命的责任；缺衣少食的日子里，'我'体验到一块糖饼和一条新裤子带来的满足，在力所能及的劳作中获得成就感，感受愉悦和幸福；'我'在外婆的仁义善举中明白诚实做人，宽容待人是营造良好人际关系的关键"[①]；祖父母的待人接物和农务劳作令"我"明白文化传统的意义及其传承的必要性。就这样，小维嘉"我"根据自身在不同物理空间和社会空间中的位置，通过体验、感知、感悟与记忆等意识活动认识世界，并在生物层面、文化层面、心理层面和互动对话层面与世界和自身建立关系。其中童年记忆中瓦夏的小提琴声穿越时空与战场上的"我"和成年后的"我"进行对话，帮助"我"驱散对死亡的恐惧，支持"我"战胜苦难生活。

维·阿斯塔菲耶夫在《最后的问候》中借助小维嘉的故事追忆艰苦却不失甘甜的童年生活之余，也描绘了完整合一的世界：人与自然和谐共存，人

① 孙婷. 苏联乡村小说中的西伯利亚异质空间——以阿斯塔菲耶夫、拉斯普京和舒克申作品为例[J]. 俄罗斯文艺,2019(1):29.

与人和睦共处，人的身心合二为一。“人与天地万物为一体”的存在是早期苏联乡村小说表现的艺术对象之一。乡村作家继承了19世纪“根基派”[①]思想中的“世界整体说”。“根基派”思想家尼·斯特拉霍夫接受了德国哲学家谢林（Friedrich Wilhelm Joseph Schelling）的自然哲学后，提出“世界是和谐的整体，或者，如人们所说，是一个和谐的、有机的整体。……世界是相互关联的整体，它的所有部分和现象都是相互依存、彼此依赖的”[②]。但他坚持世界是有中心的整体，即世界是一个范围，其中心是人。人是自然之巅，是存在之结。19世纪“根基派”思想家们主张，村社中人与土地的关系应该牢不可破，大地之上的世界应该和谐美好，人与人之间应如兄弟般友好团结。这种思想在20世纪初被俄罗斯哲学家谢苗·路德维卡维奇·弗兰克（Семен Людвигович Франк）接受并发展为：“世界是一个巨大的生命体，而且是众多生命力量的统一体。”[③]这种共同体思想成为苏联乡村作家生态伦理观的主要源头。作家们运用多种艺术手段，如叙事视角变换、人物刻画和场景描写等，描述“万物一体”或“天人合一”的存在。

乡村作家们借助动物视角叙述生命规律，观察人间故事，以表达作为生命主体的人与动物间的平等关系。这主要体现在瓦·别洛夫的中篇小说《凡人琐事》、维·阿斯塔菲耶夫的长篇小说《鱼王》和瓦·拉斯普京的短篇小说《最后期限》（«Последний срок»，1970）等作品中。瓦·别洛夫在中篇小说《凡人琐事》中以母牛罗古利亚（Рогуля）的视角描写出生、成长、产仔和被屠宰的过程。从被一双人手接生来到世间，小牛犊罗古利亚便开始观察人类世界，感受孩子们的抚摸；春天里小罗古利亚感受到牛角生长时令人兴奋的微痛；新生小牛犊被人抱走后，母牛罗古利亚像失去孩子的母亲般悲

---

① 19世纪60年代出现的俄罗斯哲学流派，其主要成员有阿波隆·格里戈里耶夫（Аполлон Григорьев，1822.07—1864.10），尼古拉·尼古拉耶维奇·斯特拉霍夫（1828.10—1896.01），费奥多罗夫·米哈伊罗维奇·陀思妥耶夫斯基（Федор Михайлович Достоевский，1821.10—1881.01），米哈伊尔·米哈伊罗维奇·陀思妥耶夫斯基（Михаил Михайлович Достоевский，1820.10—1864.7），尼古拉·雅科夫列维奇·丹尼列夫斯基（Николай Яковлевич Данилевский，1822.11—1885.11）和阿列克谢·斯捷潘诺维奇·霍米亚科夫（Алексей Степанович Хомяков，1804.05—1860.09）。

② Страхов Н Н. Мир как целое: Черты из науки о природе [M]. СПб.: Тип. К. Замысловского, 1872: Ⅴ - Ⅵ.

③ 弗兰克. 人与世界的割裂[M]. 方珊，方达琳，王利刚，选编. 济南：山东友谊出版社，2005：193.

伤,“罗古利亚惶恐而忧伤地哞叫着,就像用整个被掏空的身躯在哭泣”①;被自己信任的人击杀后,罗古利亚的脑袋被放在木墩上,牛眼里倒映着整个世界:田野、澡房和倾斜的栅栏。“只是所有这一切都很小,非常小,而且倒了个个。”②文本中罗古利亚不仅是向人类提供食物的家畜,更是鲜活的生命体。它遵循规律自然地生长发育,度过无忧无虑的童年,体验过充满欲望和激情的青春,孕育过新生命,也曾流露过舐犊柔情。罗古利亚能感知痛苦和爱抚,会做梦也会沉思,尽管分不清梦境与现实。但就生命体的成长规律而言,罗古利亚的生命同人的生命一样具有内在价值。这也是为什么母牛的故事作为独立章节被安排在伊万的妻子卡捷琳娜(Катерина)猝死之后。这样的设计暗示着,不能以生物等级的高低去衡量孕育和抚养生命的母体。母体生命在瓦·别洛夫看来是等值的,因为她们孕育和抚养了新生命。

不但如此,某些动物身上表现出的依恋、顺从和忠诚更是令人感动,甚至汗颜。如维·阿斯塔菲耶夫在小说《鲍耶》③中把雪白的莱卡种狗鲍耶(Бойе)描写成集智慧和忠诚于一身的“劳动者”。“鲍耶”是埃文基语,意思是“朋友”。这位人类的朋友是男人狩猎时的好帮手,也是孩子们的好玩伴。在叙事者“我”的眼中,“鲍耶是个劳动者,非常驯顺的勤劳者”④。可最后,这个多次搭救主人的忠犬却因过于忠诚而被押解人员枪杀。就生命个体由生到死、从无到有再到无的过程而言,生命本身无所谓高低贵贱之分。这也是为什么乡村小说中的母牛、老马和忠犬常被塑造成家庭成员。瓦·别洛夫用细腻的笔触描写了母牛罗古利亚与孩子们之间的亲昵,瓦·拉斯普京在小说《最后期限》中描述安娜(Анна)抚慰和鼓励累倒在地、站不起来的老马伊格连卡(Игренька)。在安娜眼中,老马是自己的战友,彼此做伴经历苦难,熬过战争和冬天。维·阿斯塔菲耶夫在《最后的问候》⑤之《天使守护

---

① [苏]瓦·别洛夫. 凡人琐事——一个家庭的往事[J]. 范国恩,贺宜,译. 世界文学,1982(2):176.

② [苏]瓦·别洛夫. 凡人琐事——一个家庭的往事[J]. 范国恩,贺宜,译. 世界文学,1982(2):179.

③ 与其他 11 个短篇叙事组成长篇小说《鱼王》。

④ [俄]维克托·阿斯塔菲耶夫. 鱼王[M]. 夏仲翼,等,译. 桂林:广西师范大学出版社,2017:29.

⑤ 小说《最后的问候》的第一部分由 12 篇短篇叙事组成,其中包括《天使守护者》。

者》中描写祖父母和维嘉与小狗“毛球”共同分享仅有的面包。挨过大饥荒，他们之间形成了彼此守护的默契。维·阿斯塔菲耶夫在《鲍耶》中描写忠犬鲍耶与弟弟柯利亚的患难之情。自幼缺少父爱和关心的柯利亚在鲍耶的宠爱和陪伴中长大，鲍耶在他心目中是重要的家人，是能给予希望的力量。这股力量在鲍耶死后多年还成功搭救了陷入雪窝、几乎丧失思维和意志的柯利亚。在柯利亚的潜意识里忠犬鲍耶是活下去的动力，是他眷恋生命的理由。

借助于动物视角的叙事模式，苏联乡村作家笔下的牛、马和狗等动物由沉默客体变为观察主体和说话主体。这些动物不再是象征性的存在，而是作为有灵性的生命体与人共同经历磨难。这样的书写方式体现了乡村作家的生命观和生态思维，即反对人类中心主义的平等观。除了动物视角，作家还在文本设计和叙事顺序上突出人与动物的平等。苏联经典生态小说《鱼王》中的第一个短篇叙事就是关于忠犬鲍耶的故事。这样的设计意图说明，人与自然界其他生命息息相关，人与狗共同狩猎，共同生活，共同经历苦难。小说《凡人琐事》中倒数第二章讲述母牛罗古利亚短暂又猝然的生命历程，母牛的故事紧接在卡捷琳娜猝死之后。卡捷琳娜的一辈子与罗古利亚的一生相互对照，彼此因果。为了给牛割草，女主人劳累至死，而她的意外死亡导致母牛遭到宰杀。持家女主人猝死和维持全家生活的母牛被屠宰后，伊万的大家庭走向离散分解，八个孩子分别被安置到不同的学校和孤儿院。无力抚养和保护孩子是卡捷琳娜和罗古利亚的苦痛，而在这一点上，孕育和抚养生命的女人同母牛再次被等同。

乡村小说描绘的天人合一图景是斯拉夫本土文化和西方外来文化联合作用的结果。斯拉夫传统文化中的自然观和人物观皆以泛神论为基础，泛神论认为世间万物皆有生命，皆是有灵性的存在。19 世纪“根基派”思想家接受了赫尔德与谢林的世界有机说，即“世界是个有机的整体”。于是，斯拉夫文化的泛神论与西方外来文化的世界有机说“联姻”后形成“万物一体”论。认知、体验和实践过程中主客体之间的认识与被认识、利用与被利用转化为主体间对话。为了凸显生命主体间的平等与对话，乡村小说家塑造了“自然人”形象。“自然人”（естественный человек）是俄罗斯文学中重要的人物形象之一。19 世纪俄罗斯文学家塑造了一系列“自然人”形象，其中包括尼古拉·米哈伊罗维奇·卡拉姆辛(Николай Михайлович Карамзин)在《可怜的丽莎》(«Бедная Лиза»,1792)中塑造的丽莎,伊万·谢尔盖维奇·屠格涅夫在《猎人笔记》(«Записки охотника»,1851)中塑造的卡西杨(Касьян),费奥多尔·米哈伊罗维奇·陀思妥耶夫斯基在《白痴》(«Идиот»,1868)中塑造的梅什金公爵(Мышкин)。继承了19世纪“自然人”与自然万物亲近的特质,苏联乡村作家塑造的“自然人”不但亲近大自然,珍爱自然界的其他生命,而且以平等对话的态度对待其他生命体。瓦·别洛夫的中篇小说《凡人琐事》描述的第一个场景就是醉酒的伊万·阿弗利卡诺维奇一边赶着马车,一边向老马帕尔缅(Пармен)讲述自己喝酒打赌的缘由,请它评理。他向老马倾诉自己的生活,回忆老马年少时的无忧无虑,并为其终究会变成肉肠的结局而忧虑。酒精作用下的伊万看似神志不清,但他对老马嘘寒问暖,呼之以帕尔缅、帕尔缅科(Парменко)、帕尔苗努什科(Парменушка)、帕尔苗沙(Перменша)和帕尔缅科老弟。这位马老弟在伊万的意识中是一个价值判断者和道德监督者,“帕尔苗努什科,你可千万别骂我……帕尔缅是不许我说谎的”①。为了表现人与马作为生命体的平等,作者描写寒冬冷月下人与马站在冰天雪地的旷野中撒尿的场景。伊万嘴里念叨着“我也跟你一块儿……就个伴”②。这句话传递出伊万的生命等值和平等意识。同时为他后来搭救受伤的小鸟做了铺垫,也为他伫立林中全身心感应世界做好了铺垫。雪地里阳光下蓝色的冰凌、尖叫的山雀、酣睡的小白杨、野兔的粪球、游荡的火狐和聒噪的乌鸦,在他眼中平常又可爱。伊万被自然界中的美好所吸引,感觉不到自己的存在,因为“他同雪和太阳、同可望而不可即的苍穹、同亘古以来就有的春天的气息和声响融为一体了”③。这种万物一体或“天人合一”的感觉被维·阿斯塔菲耶夫理解成一种自然赋予的灵感,并被描述成一种超越表象的物我相融和一脉相连的空灵。作家

① [苏]瓦·别洛夫. 凡人琐事——一个家庭的往事[J]. 范国恩,贺宜,译. 世界文学,1982(2):76.

② [苏]瓦·别洛夫. 凡人琐事——一个家庭的往事[J]. 范国恩,贺宜,译. 世界文学,1982(2):77.

③ [苏]瓦·别洛夫. 凡人琐事——一个家庭的往事[J]. 范国恩,贺宜,译. 世界文学,1982(2):106.

在《鱼王》之《一滴水珠》中用细腻的笔触描写夜间弥漫于原始森林的薄雾、太古野兽般的雪松、闪烁着光亮的河面、触过树梢逐渐西垂的银月、汇入叶尼塞河的溪流和小河，当天上的、地下的、喧哗的、安静的万千世界在寂静中凝聚为叶尖上一滴清莹又沉重的露珠时，“我”“凭借了对自然的内心感应，感到了极顶的寂静，感到了新生婴儿在诞生之日囟门上的搏动……这是独一无二的圣灵在世上翱翔的刹那来临了”①。此时，天、地、神、人凝结为静夜里一滴摇摇欲坠的露珠。

借助于“自然人”形象，作家描写人与动物之间的相互依存与彼此互助。如《鲍耶》中忠诚护主的鲍耶，不但通人性解人意，聪敏机警，而且还是打猎的好帮手。叙事者“我”的弟弟柯利亚生长在缺少父慈母爱的家庭里，14 岁时便承担起养家糊口的重任。在他心中鲍耶绝非家养宠物，而是家庭成员。鲍耶是儿时柯利亚的唯一玩伴，是为家人捕飞鸟和捉野兔的劳动者，也是多次救他于危难之中的搭救者。这说明了为什么鲍耶的幻象会成为柯利亚的救命稻草。鲍耶与柯利亚之间不再是主人与家犬之间的驯服者与被驯服者、喂养者与被喂养者之间的关系，而是生命主体之间的相互信任、彼此依存的关系。除了有生命的动物，苏联乡村小说中的山水树木皆有灵性。如《最后的问候》之《穿新裤子的小沙弥》中作家描写小维嘉穿上新裤子，独自一人走在山路上。他感受到山涧唱着欢快的歌曲奔流而下，而山间树木在低沉地呻吟和悲痛地哭泣，每一只小鸟、每一只蚊虫、每一只跳蚤都有所事事；体悟到草木山石、鸟虫鱼兽，以及世间一切安静无声的和喧闹不休的皆与自己共同生活在这世界里。万物与我共存的体验和感悟是苏联乡村作家笔下“自然人”形象的首要特质，同时作家通过“自然人”形象强调人作为世界中唯一的理性存在，有责任保护其他生命，有责任守护美好和传承良善。

二、个体的存在与责任

苏联乡村小说继承了 19 世纪经典文学塑造的“自然人”形象特征：本能地亲近自然与人类，远离城市和文明。乡村小说家们先后塑造了小说《老橡

---

① [俄]维克托·阿斯塔菲耶夫. 鱼王[M]. 夏仲翼，等，译. 桂林：广西师范大学出版社，2017：93－94.

树》中的库勒德什，小说《鱼王》的主人公阿基姆、叙事者“我”的弟弟柯利亚，以及《凡人琐事》中的伊万・阿弗利卡诺维奇。这些人物长年居住在山林里或流浪于原始森林中，主要从事狩猎捕鱼和伐木放排等工作。他们远离城市文明，以敬畏之心对待自然，以类似于原始人的生命亲族观对待其他生命体，以温柔细腻的方式爱人。如小说《老橡树》的主人公库勒德什深爱养父法耶凡和美丽的未婚妻克拉夫季娅（Клавдия）。养父去世后，他跑遍山野，最终寻得一块好墓地：“春天，与四周比起来，这里最先化雪，橡树花最繁盛。伊济巴沙（Изыбаша）河水泛滥淹不到这块地，而且四季都能听到河水低声絮语。”[①]担心入土的养父寂寞，他每天都去坟地陪伴，“不敢让坟地孤零零留在那儿。他想，若他不在父亲会寂寞”[②]。从未接受过文明教育的库勒德什却懂得将密林中最美的橡树花献给未婚妻，表达自己对爱情忠贞不渝的决心，不仅如此，他还为心爱的姑娘准备了各种兽皮。当他冒着生命危险渡河来送聘礼时，却目睹自己的未婚妻嫁给了义兄阿玛斯（Амос）。纵使委屈伤心和愤怒至极，库勒德什还是“从怀里掏出一朵蔫软却盛开的橡树花，将它放入克拉夫季娅那双白皙柔软的手中……把装有兽皮的大包扔到她脚边，转身返回密林”[③]。

维・阿斯塔菲耶夫笔下的“自然人”库勒德什后来发展成为小说《鱼王》的主人公阿基姆。不同于远离人群独居密林的库勒德什，阿基姆由集体抚养长大，是一心渴望融入人群的“自然人”。他生在北部冻土地带，靠着鲍加尼达渔村的大锅鱼汤活下来。“阿基姆犹如海绵般吸收周围世界的温存，以便欣喜地将这份温存播撒给自己身边的人。”[④]即使遭受委屈和不公正待遇，他依然相信他人。他的内心始终保持一种平衡，这首先得益于他的母亲——自然随性、春心泛滥却纯真善良的异族人。虽然生养了多个子女，阿基姆的妈妈却依然能钟爱每一个孩子；生活困顿，却也能无忧无虑地过活。就

① Астафьев В П. Обертон[М]. Москва: Эксмо, 2004: 162.

② Астафьев В П. Обертон[М]. Москва: Эксмо, 2004: 171.

③ Астафьев В П. Обертон[М]. Москва: Эксмо, 2004: 175.

④ Кравченко Ю М, Пересунько Т К. Удары экологического колокола: Об отношении человека к природе в произведениях В. Астафьева, В. Распутина и Ч. Айтматова[С]//Время и люди. Киев: Лыбидь, 1990: 117.

是这样一位文明世界无法忍受的母亲教会了阿基姆如何真诚又毫无保留地爱人。严酷的生存环境、温暖的集体生活和随心所欲生活的妈妈教会他敢于担当、坚强、温柔又温暖地生活。阿基姆本能地亲近自然，常年游荡在原始森林里却不肆意掠杀动物；他怜爱一切生命，心怀感恩地对待亲友，仿佛对世间一切生命都负有责任。少年时，他用稚嫩的双肩担负起养家糊口的重任，全力抚养妈妈图一时痛快而创造出来的孩子们。虽然不堪忍受生活的重负，但却十分感激母亲，因为“一切的一切都是她的赐予”①！从妈妈身上，阿基姆学会自然无忧地生活和尽情地爱所有人和生命。他曾冒险独自猎杀灰熊，为挚友彼得鲁尼亚（Петруня）报仇，也会为与自己做伴的猎狗射杀凶残狡猾的狼獾；虽然他未接受过常规的学校教育，但却能得体地待人接物。在“我”与弟弟柯利亚谈及不愉快的家庭往事时，他会寻个恰当的理由借故离开。为了给莫斯科姑娘艾丽雅（Эля）留出私人空间解决生理问题，他会装作不知情且不露痕迹地走出小木屋，他还用心地刮去写在木屋外墙上的淫秽词语；为了搭救陌生的艾丽雅，阿基姆不惜钱财，放弃物质利益，也放弃流浪汉的生活习惯，精打细算地过日子，甚至冒着生命危险护送任性的艾丽雅。这一切令莫斯科姑娘“觉得这个人代表着人世一切有生之物”②。她不禁对比阿基姆和知识分子戈加·盖尔采夫（Гога Герцев），并逐渐认清了盖尔采夫这位城市文明的代表者：优良教育和满腹学识掩盖下的清高、刚愎、粗鲁，以及略带敌意的待人态度。“自然人”阿基姆与“文明人”盖尔采夫间的差别通过艾丽雅的视角清晰地展现出来。

这种对比手法是维·阿斯塔菲耶夫的创作特点之一。他也曾在小说《老橡树》中塑造了两个对立的人物形象：库勒德什和阿玛斯。库勒德什是被河水冲上岸的孤儿，当众人决定将其推入水中听凭上帝发落时，猎户法耶凡及时赶到并搭救了小男孩，将其收为义子并带进原始森林里抚养成人。虽远离村庄和文明，长在原始森林，但库勒德什绝非野蛮人。他内心敏感，情感细腻，虽然曾被村民伤害过，但他依然善良仁慈地待人，珍爱世间美好

① ［俄］维克托·阿斯塔菲耶夫. 鱼王［M］. 夏仲翼，等，译. 桂林：广西师范大学出版社，2017：371.

② ［俄］维克托·阿斯塔菲耶夫. 鱼王［M］. 夏仲翼，等，译. 桂林：广西师范大学出版社，2017：535.

的事物,除了生存需要绝不滥杀林中生命。与其相比,法耶凡的亲生儿子阿玛斯长在村里,受过教育,但却冷漠、傲慢、贪婪又残忍。他曾希望弟弟库勒德什作为牺牲品被火烧死并献祭给瘟神,他横刀夺爱抢走弟弟的未婚妻。为了娱乐自我,嗜好鲜血的阿玛斯残忍地摔死哺育幼崽的母黑貂。在自然律法面前,高学历的盖尔采夫和高智商的阿玛斯都因贪婪死于密林深处,被小动物啃噬后不成体统的尸体则由被自己嘲讽过的“自然人”安葬入土。通过对比两类人的两种结局,作家希望人们谨记:自然是一个生命群落,是一个生命共同体。而人不过是这个群落或共同体中的一部分,仅从生命历程而言,即从无到有再到无的过程,人与自然界其他生命居于同一层次。生命的存在本质相同,人并不比其他生命形式高贵。为了表达这种生态平等思想,作家塑造了“自然人”形象,他们不但坚信生命的统一性,而且自身完美地体现着这种“统一性”。

除了“自然人”形象,乡村小说家们还塑造了乡村智者形象。这些人物多为传承俄罗斯传统文化的乡村老者和领悟生态智慧的智者,例如:维·阿斯塔菲耶夫在小说《最后的问候》和《老橡树》中分别塑造了祖父母伊利亚和卡捷琳娜,以及猎户法耶凡的形象;瓦·拉斯普京在小说《最后期限》和《告别马焦拉》中塑造了老妇人安娜(Анна)和达丽娅(Дарья)的形象。这类人物多是以女性为主的乡村老人。她们信奉宗教或具有神话思维,遵守古训敬畏自然,信守乡俗规约,勤奋劳作,宽容待人。因而这些老人备受家人和村民尊敬,她们不但是家庭的精神支柱,还是全村公认的智者和最好的参谋。如维嘉的外婆卡捷琳娜通晓草药知识,常为村民治病,直言快语地帮助他人解决家庭纠纷。她行事果断,睿智中透着人性的温度。在外婆的言传身教下小维嘉学会用心感悟世界,做一个真诚的人。他在小说《朝霞之歌》中感受自然之美,领悟天地化育滋养万物的功德;在小说《树木为所有生命而生》中明白树木是为鸟儿、为所有人、为太阳、为小溪而生长的。林中的每棵树都有其美丽之处,每棵树都有其特有的婆娑声;在小说《天使守护者》中学会以悲悯之心和怜爱之情对待生命,不轻易放弃位于生死边缘的其他生命;在小说《红鬃马》中明白只有诚实守信做人,才不会陷入由一个个欺骗编制而成的陷阱中。外婆历经磨难,承受丧女之痛,年迈之际还要抚养教育外孙。即便如此,外婆回顾一生后依然认为自己的快乐多于苦难。这种认识源自她质朴的生活哲理:简单满足最低需求便是幸福。如果说卡捷琳娜教会外孙待人接物,那么法耶凡则教会养子成为称职的猎人。敬畏自然的库勒德什严格遵守森林法则“毋覆巢,杀胎夭”,不以一己私利和一时之快而猎杀动物。当村子陷入瘟疫和饥荒时,宅心仁厚的他以德报怨,冒险打猎救人。

这些乡村智者遵守自然规律尽职守则,全身心感受世界的统一性,坦然接受生死。在瓦·拉斯普京的短篇小说《最后期限》中安娜的儿女们恐惧死亡,唯恐被死神注意到。而安娜对待死亡的态度,不是畏惧而是欣然,不是逃避而是迎接,是一种准备与自然融为一体的期待,是一种回归所来之处的渴望。文本中对安娜意识的描写是对个体体验死亡统一性的描述,当然此类个体是与自然和谐共处且继承传统文化和价值观的无愧之人。安娜尽心尽责地工作,含辛茹苦地抚养孩子,问心无愧地生活,最后得以敬畏和坦然的态度接受死亡而不是对抗死亡。因为她把生与死视作自然事件、必然要遵守的自然秩序,如同四季轮回和日月升落,而这秩序是一种规律性的、存在着的某种统一性。这种统一性既存在于人与动植物之间,也存在于人自身。个体的死亡居于生命共同体中坚固的不可征服和不可毁灭的统一性。弥留之际的安娜作为自然界的一种生命形式融入世界中,回到生命本真的源头。“仿佛她忘掉了自己,忘掉了自己的孩子们,什么也没有感觉到,连自己的呼吸也没有感觉到,反正她也是靠某些外力来呼吸的,除了墙上的太阳光斑以外,她什么也没有看到。”①安娜眼中的生命没有明确时空界限,因为故土和老屋存储着家族血脉,而这种血脉之情可以跨越一切时空障碍。她劝告子女在自己死后不要忘记兄弟、姊妹情,常回故乡看看祖辈居过的老屋。割舍不下的老人说自己会托鸿雁给子女们转达思念,因为她想象自己的存在形式发生了变化但不会毁灭。跨越时空的生命观与个体责任在瓦·拉斯普京的中篇小说《告别马焦拉》的女主人公达丽娅身上得到最大限度的诠释。达丽娅清晰地认识到自己在大地之上承担着连接当下与历史的责任和义务。作为家族成员她对已故父母和先辈们负有守护墓地与保存家族记

① [苏]拉斯普京. 拉斯普京小说选[M]. 王乃倬,等,译. 北京:外国文学出版社,1982:317－318.

忆的责任。已是古稀之年的达丽娅谨记父命：无论好坏努力活着，不停地劳作着，仅为将已故之人与人世紧密相连，为在人世间留有家族痕迹。“你会受苦受难，精疲力尽，想要到我们这里来——不，要活着，要干，好使我们跟人世连得更紧，在我们曾经生活过的世界上扎下根子。”[①]作为母亲和祖母，她要承担起帮助儿孙抚育生命的义务；作为人类的一分子，她肩负着捍卫农耕文明积累的优良文化传统和伦理道德的责任，正是这份责任令她最先意识到乡村文明即将陨落，不由悲叹“很快一切都要完结了”[②]。

瓦·拉斯普京、瓦·别洛夫和维·阿斯塔菲耶夫在早期乡村小说中成功塑造了“自然人”、乡村智者和亲近自然的人物。他们与自然和谐共生的关系是个体基于自我认知与自然进行互动，确切说是物质转化、功能转换或信息交换形成的。例如路边草丛中的怪石与外婆带回来的小树苗被小维嘉想象成形态各异的牛、马、鹿与毛茸茸的小鸡娃。这些山石树木在小维嘉的心理象征层面转化成可爱的小动物，成为可以对话的小伙伴，陪伴其行走在无人的乡间小路，战胜恐惧与孤独；院落中小维嘉亲手栽种的小鸡娃状柏树苗陪伴其成长，帮助他忘记丧母之痛。因为万物陪伴存在与成长，小维嘉便以平等感恩之心对待每一株树木、每一块山石、每一只小鸟。长大成人后的维嘉在《鱼王》中以叙事者“我”的身份讲述夜宿密林深处的感悟。凌晨时分叶尖上摇摇欲坠的水珠进入“我”的意识中后引发一系列联想与想象，以及对子女、世界和人类未来的无限忧虑。一滴水珠进入“我”的意识后引发一系列精神活动是个体基于自我认知与世界建立关系的过程。心理学家乌尔里克·奈塞尔的自我认知论强调，个体的生态自我、人际自我、扩展自我、私密自我和自我的概念在空间、时间和心理层面相互交织，联合作用。基于物理环境感知的生态的自我形成于婴儿时期，与其同时形成的还有借助情感联络和彼此交流所表现的人际的自我。这两种自我其实是具体物理空间里进行人际交流的“我”。人际交往、日常活动和特定事物会引发回忆的自我，即扩展的自我，这是一种基于记忆和预见且有特殊经历的“我”。其中无法与他人分享的部分经历，令孩童期的“我”意识到自己是唯一感受至极苦痛

① ［苏］拉斯普京．拉斯普京小说选［M］．王乃倬等，译．北京：外国文学出版社，1982：35.

② ［苏］拉斯普京．拉斯普京小说选［M］．王乃倬等，译．北京：外国文学出版社，1982：48.

的人,此刻形成了私密的自我。自我认知论中自我的概念形成于嵌有个体特征的各种理论和假设,如社会角色、身体机能和精神品质的实体特征以及构成社会差异的内外因素等。源自假设和理论的自我概念不一定清晰、正确和一成不变,这也是为什么自我认知需要不断修正。修正的过程是个体与世界建立、维持联系的过程,也是自我审视和反思的过程。它们离不开上述五种自我联合作用,即物质或功能转换与信息交流。[①] 正是借助生态自我和人际自我的认知,个体与自然和他人/社会建立关系;通过扩展自我和私密自我认知,个体在回忆中反思,诉求内心,形成概念自我的认知。

维·阿斯塔菲耶夫的小说《鱼王》之《一滴水珠》中的叙事者"我"带着自我的概念以外省作家身份重返故乡,与弟弟、儿子和阿基姆共同进入原始森林。在这里生态的自我时刻提醒"我"自身与万物之间的非理性联系,悬坠在叶尖的水滴使私密的自我感受到水珠中凝含的时空万物和时空之外的神灵。水滴垂坠前静态的紧张令扩展的自我预见打破静止与平衡的后果,不禁心生忧虑,思考自身对子女、社会、人类、自然和地球的未来命运所背负的责任。个体"我"责任意识的产生是认识主体与认识对象主体之间相互作用的必要条件之一。它是实现个体"我"与世界共在、在"我"与自然(Я - Всё)之间形成和谐共生关系的关键条件。

此处,"我"与自然间的关系就是俄罗斯著名美学家尤·博列夫的存在关系说之一。如前文所述,尤·博列夫认为人与其内外不同环境间的相互作用表现在八个层面。这些层面是以个体"我"为中心的双向圈层:向内诉求,个体通过自我认知与自我对话探索关乎生死与存在的问题;向外由近及远地推延,即个体人与他人、族群、社会和人类的交流沟通,以及与自然和宇宙之间的相互作用,当把人伦道德推延至周围自然环境和宇宙时便形成生态伦理道德。这些层面中的"人"是指个体的自我,正如美国约克大学环境研究学院教授尼尔·埃文登(Neil Evernden)所说:"当人们谈到人与环境的关系时,真正讨论的是自我与环境的关系。"[②]他坚持"没有个体这种东西,只

---

① 参阅 Neisser Ulric. Five kinds of self-knowledge[J]. Philosophical Psychology, 1988(1): 35.

② Evernden Neil. Beyond ecology: self, place and the pathetic fallacy[M]//Glotfelty Cheryll, Fromm Harold. The ecocriticism reader: Landmarks in literary ecology. Georgia: The University of Georgia press, 1996: 99.

有情境中的个体;没有自我这种东西,只有位置中的自我”[①]。自我是在社会空间中定位以及与他人建立关系的方向标。

自我的确立离不开他人、族群、社会和自然。这一点在维·阿斯塔菲耶夫的小说《最后的问候》(第一部)中表现得最为明显。12 个短篇故事中讲述了叙事者“我”的成长经历,通过讲述不同的故事揭示小维嘉“我”与世界建立关系的过程,展示小维嘉认识并确立自我的过程。在第一个短篇故事《既远又近的童话》中叙事者“我”有关小提琴的美好记忆,作为扩展的自我与私密的自我把童年的小维嘉与当下的“我”联系起来。波兰人瓦夏演奏的小提琴打动了敏感的小维嘉,如歌如泣的琴声令“我”不禁想起溺亡的妈妈,可怜自己,怜悯夭折的两个姐姐。多年后“我”记忆中的小提琴声压盖住枪炮声,直抵灵魂深处。琴声令叙事者“我”回忆起不同时空中的“我”,也令每个时空中的“我”关注自身。瓦夏的小提琴令小维嘉思念亡母,产生悲悯之情;记忆中的小提琴声穿越战火,犹如内心珍藏的故土气息,触及“我”内心最温柔的痛;叙事者“我”回忆儿时初次听到琴声时的震撼和战火中回味琴声时的乡愁。波兰人瓦夏的琴声令“我与所有我们创造的精神价值”之间建立联系,作为人类精神财富的琴声珍藏于小维嘉和成人维嘉的内心深处,在具体时空中转化为不同的情愫,实现“我与我”之间的对话沟通。在《朝霞之歌》《树木为所有生命而生》《冰窟中的大雁》中借助林中采摘草莓、院里植树和搭救大雁的故事描述小维嘉认识自然、感悟其之美善,意识到自身对其他生命体的责任,明白“我与所有事物”之间是相互依存的关系。

在《干草之味》《红鬃马》《穿新裤子的小沙弥》《天使守护者》《穿白衬衣的男孩》《秋日的忧伤和快乐》《没有我的相片》《外婆的节日》中主要讲述小维嘉“我”在日常生活中学会如何与家人和族亲同甘共苦,学会如何与同伴和邻居相处,如何踏实做事且宽容待人。在《红鬃马》中外婆让“我”去林中采草莓,并答应用卖草莓的钱给“我”买一块糖饼。贪玩的“我”与玩伴们在林中撒欢玩耍,忘记了摘草莓。为了骗外婆,邻居家的孩子萨尼卡(Санька)怂恿“我”把草莓叶铺在篮子里,然后在上面铺上一层草莓。照办的“我”侥

---

① Glotfelty Cheryll, Fromm Harold. The ecocriticism reader: Landmarks in literary ecology[M]. Georgia: The University of Georgia press, 1996: XXVI.

幸瞒过外婆，但却遭到萨尼卡的勒索：命令“我”从家里偷面包给他，否则便向外婆揭发“我”。整整一天“我”在自责和恐惧中度过，看见外婆赶集回家后的“我”吓得躲到舅舅家，晚上舅妈把“我”送回家在小仓库里过夜。早上起来无意间听到外婆给外公描述自己如何在不知情的情况下把草莓卖给一位可爱且有教养的女士，外婆还告诉这位女士采摘草莓的人是失去父母的可怜外孙。这一席话令“我”想找个地缝钻下去，内心充满悔恨和愧疚的“我”在外婆的责骂声中号啕大哭。等到房间安静下来后羞愧难当的、不知今后该如何活下去的“我”抬起头，看见眼前的桌子上放着一块儿糖饼。那是“我”期待已久的马儿形状糖饼。年迈的“我”至今依然记得外婆买的、有着粉红色鬃毛的马形糖饼。文本中叙事者“我”的扩展自我、私密自我和儿时的人际自我在“我与你”“我与我们”“我与我们全部”三个层面逐一展开并交织在一起。“我”对外婆的承诺因为萨尼亚的蛊惑而被毁，但外婆在责骂教育“我”之后依然信守诺言；“我”听从萨尼亚的唆使欺骗了外婆，但也因此遭到萨尼亚的勒索。“我”愧疚不安时萨尼亚再次唆使“我”藏起来吓外婆，这一次“我”拒绝听从萨尼亚的指挥。这些是在“我与你”层面揭示个体的道德问题；当外婆把弄虚作假的草莓卖给他人时，“我”的过错已经超越家庭上升为“我与我们”层面的德行问题。外婆代表全家和所有乡下人与城里有教养的女士进行商品交换，市场上外婆的尴尬和无地自容可想而知；多年后“我”回忆这件往事时在“我与我们全部”层面审视个体“我”传承人类优良品质的责任。这份责任犹如涟漪般从“我”对他人、对家庭、对族群和对人类不断延伸，这份责任的形成离不开家庭教育和家庭氛围。短篇小说《外婆的节日》中讲述小维嘉的族亲们会不约而同地回家为外祖母祝寿，在这个家庭节日里每个人开怀大笑，放声歌唱。“我与我们”层面的家庭和睦教会小维嘉真诚地、不求回报地爱人，令他意识到：人们为了彼此而活，唯有如此人生方有意义，哪怕生命如朝夕般短暂。小维嘉的人际关系自我就这样形成了，这样的人际自我令他宽容地对待萨尼亚的一次次挑衅，为萨尼亚的弟弟佩坚卡（Петенька）的失踪而悲伤、难过。这样的个体“我”令和谐社会成为可能。

第二节　和睦共处图景:人与他人/社会

苏联乡村小说描绘了艰苦的生活环境中个体“我”与他人、家庭和社群之间的和睦关系。这种带有理想色彩的社会和谐图景是维·阿斯塔菲耶夫在生态小说《鱼王》之《鲍加尼达村的鱼汤》中为世人绘制的理想国。这个美好祥和的地方是位于极地冻土地带的鲍加尼达渔村,虽然渔村位于人迹罕见的极地,生存条件极为严酷,但渔业劳动组合社和鲍加尼达村大锅熬煮的鱼汤不但养大了阿基姆,而且作为精神力量支撑着他熬过各种艰难困苦,令他在承受猜忌和屈辱后依然信任他人、心存善念。严格意义上讲,鲍加尼达渔村是季节性存在的,它随着渔业劳动组合的聚散而兴衰。在这样的社会里曾经恶迹斑斑的成年人变成自律又自觉的劳动者,他们心甘情愿地护佑美好、庇护弱小。面对缺衣少食的鲍加尼达渔村的孩子们时,昔日凶暴狠心的成年人变成善良的好人。他们教会孩子们通过劳动赢得尊严,而他们本人则在劳动中净化精神。精神净化过程中这些成年人经常感到欣然快慰,因为发现自己依然具有爱和施善的能力。在由劳改犯和流浪汉组成的临时性社群中道德自律取代了法律制度,温情厚道取代了尔虞我诈和弱肉强食的社会丛林法则。在小说《鲍加尼达村的鱼汤》中维·阿斯塔菲耶夫提供了净化社会环境的良策:回归自然和传统,借助劳动培养共同体意识,以仁爱、宽容之心对待他人及身边世界。

一、爱人利物

苏联乡村小说家笔下安宁和谐的乡村社群不但远离城市文明和国家权力中心,而且既不依赖国家体制构建,也不依靠社会契约维系;支撑它的是数个世纪农耕文明积累和沉淀的村社文化、乡俗规约和宗教信仰,而春耕、夏耘、秋收的田间劳作与集体性劳动既是保持人与大地和自然间联系的方式,也是建立和维系人际关系的手段。“短期的季节性集中劳动令全家,有时全村凝聚在一起。劳动过程中个人的任意性让位于农作中形成的农民伦理，即聚议性和互助性，而不是自我中心主义和个人主义。”①瓦·拉斯普京在短篇小说《最后期限》中借助柳夏（Люся）的回忆描写星期日义务劳动的热闹场面。“这个活儿干起来也是亲亲热热，吵吵嚷嚷和让人上瘾，锯子和斧头发出不和谐的音响，倒下来的树干绝望地惨叫着，在人心上引起一阵惊喜，大家亲热地互相开玩笑，互相逗弄……由于太阳，由于森林，由于复苏的大地散发出的醉人气息。”②这种热闹和谐又充满温情的集体劳动在维·阿斯塔菲耶夫的短篇小说《干草之味》中也有描写。作家以小男孩维嘉的视角描写了家族集体割草的场景。外公率领家族中的男人们去远方割草，焦急等待的外婆会双膝跪地祈求圣母保佑男人们顺利地把草料运回家。月光下家族成员齐动手，叔叔舅舅们一边卸下如山般的草堆，一边吆喝着让小男孩们站在草堆上蹦跳、踩实草垛。贪吃的奶牛拼命地咀嚼青草，赶都赶不走，就连狗儿都来凑热闹。一时间孩子们的笑声和驱牛赶狗的呵斥声为这繁忙却欢快的农家劳作图平添了几分声色。

如果说这份和谐源自族亲血缘关系，那么维·阿斯塔菲耶夫在小说《鲍加尼达村的鱼汤》中描绘的则是临时社群中陌生人之间的和睦友好。除了几户居民，鲍加尼达小渔村由一群乌合之众临时组建而成。临时组合的捕鱼队员多是囚犯和流浪汉，但渔村的生活和劳动却井然有序。人们彼此坦诚、友好互助，大家共同协商安排生活、处理事务，每个成年人都自觉遵守和捍卫未成文的约定：不得蛮横无理、偷奸耍滑、玩牌赌博、偷鸡摸狗、侵犯和伤害孩童，否则必会被打个半死。渔村中的每个人，即使小孩子都明白：劳动不仅能养活自己和家人，还能带来尊严，令自己心安理得地与众人围桌而坐，共享劳动后的盛宴，即大锅熬煮的鱼汤，分享鱼汤的顺序是先孩童后大人。虽然捕捞队员中的一些人曾经凶暴狠心又不近人情，“但是在鲍加尼达村这个天地里，他们也会沉浸在一种温情厚道的情绪里，自己也觉得心灵高尚了起来……也体验到了一种内心的快慰，而这种感情是只有当一个人做了好事并且因意识到自己尚有做好事的能力而感到内心充实的情况下才会

---

① Недзвецкий В А, Филиппов В В. Русская «деревенская проза»[М]. 2-е изд. Москва: Издательство Московского государственного университет, 2002: 20.

② [苏]拉斯普京. 拉斯普京小说选[M]. 王乃倬，等，译. 北京：外国文学出版社，1982：379.

产生的"[1]。饥饿且自尊的孩童唤醒捕鱼队员内心的怜悯,他们懂得孩子们怕被视作吃白食的羞怯心理,于是指派孩子们做力所能及的事情,得体地呵护着孩子们劳而所得的骄傲。这种微妙细腻的心理令昔日凶暴的男人们意识到自己内心尚存怜爱、慈悲和同情,自己尚有施善于人的能力,从而感受到自我存在的价值和意义。福至心灵、不存偏见、信任依赖大人的孩子们接受且感激这些劳改犯,因为有了他们,卡西杨家的孩子才有机会在母亲身边长大。善意就这样在人群中流动、传递,每个人既是施予者也是受惠者。在生存条件险恶的鲍加尼达渔村人们彼此守望,自觉遵守规约,爱护孩童,言传身教诠释"爱人利物",即怜爱自身之外的他人或环境。鲍加尼达渔村镌刻在少年阿基姆的内心深处,成为抹不去的记忆。长大成人后,阿基姆念念不忘鲍加尼达渔村大锅煮的鱼汤和鱼汤所传递的那份人间温情与难得的世间温暖。心怀感恩的阿基姆成人后秉持"爱人利物"传统,怜爱小孩和小动物,以平等尊重的态度对待自然界的其他生命。

文本世界中阿基姆的成长故事诠释了个体"我"如何在"人 - 自然 - 社会"系统中基于自身的位置和身份,借助于创造性劳动和施善于人的处世方法,在宽容、坚韧和负责的举措中与他人建立并维持友好和睦的社群关系。这种人际关系中个体"我"的仁心善举在自己与他人之间流转传递,并将滋养善念的仁慈、怜爱和悲悯推及人类之外的其他生命体。文本中的鲍加尼达村是作家维·阿斯塔菲耶夫为读者勾勒的理想生态社会,这里充分展现了人与世界的多层美好关系。根据尤里·博列夫提出的多维关系论,昔日凶暴的男人们对待孩童的态度是"我与你"层面的问题,即透过人际沟通表现的道德问题。因为尚有施善于人的能力,这些男人们在"我与我"层面认识评价自我时因看见自我价值而欣然,从而修复先前形成的人际自我。劳动帮助这些男人与周围的人和世界建立和谐的社会关系。阿基姆自幼长在善意流转传递的社群里,在他的认识中"我与我们"层面中个体与社群的关系应该像鲍加尼达村一样,个体自觉遵守、维护社群的法律规约。这也是为什么他总是人群中那个最负责又最懂得感恩的人。

---

① [俄]维克托·阿斯塔菲耶夫. 鱼王[M]. 夏仲翼,等,译. 桂林:广西师范大学出版社,2017:343.

尊重生命且“万物不伤”的生态伦理观是苏联乡村小说家们倡导的重要思想之一。它主要表现在“我与所有事物”层面，即通过个体与自然关系展开，尤其是孩童与自然的关系。维·阿斯塔菲耶夫在短篇小说《树木为所有生命而生》中描写小维嘉春天时在自家院落里移植了一株小苗。他日日浇水，期盼着秧苗长成大树、结满果实，为金翅雀、红腹灰雀、苍头燕雀等各种鸟类提供食物。外婆发现了他的小秘密后拔掉了秧苗，因为它是一株野荞麦。面对伤心的外孙，外婆承诺秋天会为他栽种一棵真正的树苗。秋季，外婆从林中带回一株小落叶松。小树只有小鸡头般大小，长满黄色针叶。祖孙二人小心翼翼地埋种树苗。外婆告诉维嘉“树木为所有生命而生长，松林中的每一颗松树都美丽珍贵，每一颗都为自己的松林婆娑。——会为所有的鸟儿生长吗？——为所有鸟儿，为所有人，为太阳，为小溪。现在树木沉睡到春，然后在春日里会迅速生长”[①]。除了松树苗，外婆还在小男孩心中埋下与万物同生的善念和美好，这份善念良愿犹如静候春天的种子。这就是为什么小说结尾处会描写小男孩与小树苗都梦见滋长万物的春天。“我梦见春天和绿树。栅子外雪堆下面的小树静悄悄地熟睡，它也梦见了春天。”[②]通过祖孙二人种树所表现的“爱人利物”之举，其实是睿智的乡村老者将自然化育万物的中天之仁转化为“爱人利物”的个人之仁，并通过言传身教在代与代之间传承。

瓦·别洛夫在小说《凡人琐事》中描写外婆带着外孙们欢快地迎接刚出生的小牛犊罗古利亚，当伊万做出杀牛的决定后，外婆率领外孙们悲伤地与母牛罗古利亚告别。在孩子们迎接小牛犊的欢愉中和为母牛命丧刀斧的哭泣中表现了孩童的纯洁善良和人与万物同生共存的本质。这在中篇小说《木匠的故事》中被瓦·别洛夫描写为同情与感应。叙事者“我”协助儿时的玩伴、如今的队长给烈马沙图（Шатун）上套索。当看到公马被逼到角落时，“我感到奇怪，即便此时，这匹马儿既没有用蹄子踢人，也没有用健硕的臀部

① Астафьев В П. Собрание сочинений в пятнадцати томах. Том 4[M]. Красноярск：Офсет，1997：17.

② Астафьев В П. Собрание сочинений в пятнадцати томах. Том 4[M]. Красноярск：Офсет，1997：17.

挤压人,甚至都没有用马尾扫打人脸”[1]。不愿被轭索禁锢的马儿激怒了队长,他用自己的皮带勒住马嘴,从口袋里掏出小木棍在皮带活扣处使劲地扭转。立刻“马颤抖不已,马身逐渐下沉,响鼻声戛然而止,眼睛外突,翻着白眼。我浑身上下,甚至每一根发丝都能感受到马儿的彻骨疼痛。面部扭曲着用力拧转小木棍的队长顿时令我心生恨意”[2]。这种指向马的感同身受是“我”尊重、珍视生命和兼爱他物的表现,也是作家推崇的生态伦理观:万物不伤、善待他者与兼爱万物。

二、宽容和忍耐

20 世纪 60 年代的苏联乡村小说主要描写平静守序的乡村生活方式和坚忍宽容的乡村居民,这些乡村人物是俄罗斯传统道德的体现者和传承者。如瓦·别洛夫在中篇小说《木匠的故事》中塑造了勤劳、守信又宽容的老木匠阿廖沙·斯莫林(Олеша Смолин)。文本中叙事者“我”,即康斯坦丁·普拉东诺维奇·佐林(Константин Платонович Зорин)请老木匠阿廖沙帮忙修葺澡堂。工作中健谈的老木匠回忆自己少年时在好友阿维涅拉·科佐科夫(Авинер Козонков)的唆使下偷看邻居费杜力纳克(Федуленок)的两个女儿洗澡,被发现后落荒而逃,逃跑过程中弄丢了家中储藏室的钥匙。次日,邻居费杜力纳克来家中送钥匙,明知阿廖沙偷窥却没有兴师问罪,他只是随口问道:“昨天在澡堂里洗了吗?——没有。后妈说道,昨天我们的澡堂没有生火,该重砌石头了。——费杜力纳克说道,——显然没有生火。他一直冷笑。凳子上的我如坐针毡,面红耳赤,时刻准备钻进地缝里。费杜力纳克走了,没再说什么,只是不住地摇头。我一辈子都忘不了他,关于澡堂的事他从未对人提及。”[3]费杜力纳克以宽容之心对待少年的错误。无言的冷笑和失望的摇头,无不流露出呵护之情。这种方式刺激阿廖沙反省自我,最终悟出“如果忏悔,应该在自己面前忏悔。任何神父都不如自己的良心”[4],并学会宽容待人。这也是为什么阿廖沙了解阿维涅拉·科佐科夫为

---

① Белов В И. Повести[М]. Москва: Детская литература, 2015: 247.
② Белов В И. Повести[М]. Москва: Детская литература, 2015: 248.
③ Белов В И. Повести[М]. Москва: Детская литература, 2015: 232.
④ Белов В И. Повести[М]. Москва: Детская литература, 2015: 232.

人奸猾刻薄，以怂恿、唆使他人为乐且常嫁祸于人，擅于打小报告揭发他人，却依然把他当作好友。

阿廖沙甚至宽容地应对外地司机的粗鲁无礼。听到心怀恶意的司机说“老爷子，你活得太久了！”[①]，“我”气愤地向汽车扔石头，令“我”惊讶又愤懑的是，“他用赞赏的目光看着远去的汽车，微笑着说：狗崽子，还是年轻啊！一看就不是本地人”[②]。生气的“我”未吃晚饭便“爬上炉炕，在黑暗中安静地躺着，聆听老屋内的寂静。很快我明白自己生阿廖沙的气，气他竟然丝毫没有向那个混蛋司机发怒。当我明白这一点时更加生气，却不知生谁的气，感到难为情和尴尬，总之很闹心”[③]。这种难以言表的复杂情愫令“我”想起儿时的委屈：溜冰落水后遭到祖母一顿打骂，被安置在炉炕上的“我”反复回忆祖母的巴掌，以提醒自己不能忘记委屈。“傍晚，家人叫我吃晚饭，可我没下炕，想着绝食反抗，但也没人劝我吃饭，因此我越发感到委屈。我躺在炕上心里想：没人可怜我。我想象着自己如何离家出走，如何迷失在密林深处，全村人又是如何三天三夜地搜寻我。”[④]外婆识破了“我”的心思，挖苦地大声说道：“我要教训你们，我就是不吃也不喝。”[⑤]其实当时“我暗自希望有人来再次叫我吃饭，但没有人来叫我。于是，我哭起来，开始可怜自己，想象着人们如何在密林中找到我。我记得自己就这样一直待在炉炕上，直到妈妈下班回来安抚了我之后，我才从炉炕上下来，再次大哭起来，花了很长时间才慢慢地平静下来。世界和周围的一切重新归位、恢复正常，但我一直无法原谅祖母，直到她去世”[⑥]。

委屈又期盼关注的孩子的复杂心理诠释了乌尔里克·奈塞尔的自我认知理论，即人际的自我借助回忆的自我流转为私密的自我。成年的“我”处理人际关系时体会到的未名情愫，即夹杂着难为情和对自己及他人的厌恶情绪，令“我”回忆起儿时的委屈，正是这种难忘的经历和无法与人分享的复

---

① Белов В И. Повести[M]. Москва: Детская литература, 2015: 254.
② Белов В И. Повести[M]. Москва: Детская литература, 2015: 255.
③ Белов В И. Повести[M]. Москва: Детская литература, 2015: 255.
④ Белов В И. Повести[M]. Москва: Детская литература, 2015: 256.
⑤ Белов В И. Повести[M]. Москва: Детская литература, 2015: 256.
⑥ Белов В И. Повести[M]. Москва: Детская литература, 2015: 256.

杂情感促使回忆的自我转为私密的自我。这个过程也解释了老木匠阿廖沙的自我认知、自我反思与自我忏悔。“我”的显性自我认知历程和老木匠的隐性自我认知历程交织在一起形成反思和对比。“我”反思愤懑的原因——老木匠忍气吞声,甘愿受屈;反思自己的莫名情愫引发儿时回忆的原因。以及老木匠反思自己的偷窥行为。反思之余,“我”儿时受委屈的记忆和老木匠儿时令人委屈的记忆形成对比,深入解释反思结果:过于关注自己、总以自己为中心会强化委屈感,宽容谅解可消解委屈。老木匠折服于费杜力纳克父女的宽容并以其为榜样的做法解释了“我”儿时产生极度委屈感和失落感的原因,也解释了为什么“我”“此时想起儿时的这件事情之后,再次快活开心起来”①。因为,“我”明白那种夹杂着尴尬和对自己及他人的厌恶源自委屈和屈辱,而最好的化解方法是宽容。宽容令老木匠淡然从容又不乏睿智地看待周围的人与事,坦然接受命运安排的一切。“我”与阿廖沙的反思,以及“我”对阿廖沙的态度变化都是个体自我的修正过程,也是个体“我”建立和维系与世界联系的过程。

忍耐是俄罗斯民族的主要性格特征之一,关于它的描写在苏联乡村小说中随处可见。无论是人物的性格命运,如瓦·别洛夫的小说《凡人琐事》的女主人公卡捷琳娜,还是人物的细节刻画,如维·阿斯塔菲耶夫的小说《鲍加尼达村的鱼汤》中的饥饿孩童,都表现了俄罗斯农民的忍耐和坚忍。为了养活一大群孩子,卡捷琳娜半夜三点起床干活,给孩子喂完奶后径直赶到牛场打扫牛粪、喂牛犊、挤奶,忙个不停,一直到晚上十一点才回到家。日日披星戴月地工作,多年未曾休假,即使产假也未休过。最终,卡捷琳娜积劳成疾。但当得知可以为自家奶牛割草后,卡捷琳娜来到林中挑灯彻夜割草,清晨回到牛场喂完牛后,带着两个孩子再次去林中割草。虽然感到恶心、头晕和无力,但为了喂养那头养活一家老小的奶牛,卡捷琳娜一直坚持着,并告诉自己“应该再割这么一块草地,就可以刚好凑够一小垛”②。心里想着这垛草,卡捷琳娜忍住脊背里的寒噤,不停地机械地挥动着镰刀,在还

① Белов В И. Повести[M]. Москва: Детская литература, 2015: 256.

② [苏]瓦·别洛夫. 凡人琐事——一个家庭的往事[J]. 范国恩,贺宜,译. 世界文学,1982(2):164.

剩十几刀就割到头时她却疲软无力地倒在草地上。深爱丈夫和疼爱孩子的卡捷琳娜最终耗尽了自己的生命，她对丈夫与孩子的爱和对家庭的责任转化为非常人的忍耐。除了爱，支撑坚持和忍耐的还有希望。这一点在《鲍加尼达村的鱼汤》中得到全面体现。首先是卡西杨家那群有娘无爹的孩子，寒冬里他们在潮湿憋闷的小屋里忍饥挨饿，度日如年地熬过严冬，忍受与自己年龄不相称的厄运和苦难，只为重见春日里的太阳，尽情享受春日里的温暖和大地馈赠的各类鲜鱼和果实。这些孩子犹如冬季冻土地上傲雪挺立、守候太阳的小花，柔弱的小花孤零零地却满怀信心地承受料峭的春寒和凛冽的朔风。这种坚忍源自对生的渴望、对自然和他人的信任与依赖，以及能自食其力的自信。坚韧的精神品质通过维·阿斯塔菲耶夫的细节描写最大限度地展示出来。鲍加尼达渔村那位被称作"小白鲑"的小男孩不但强忍着馋涎留住松果般大小的面包，而且忍受着痉挛翻转的饥肠，手捧热汤碗小心翼翼地挪向捕捞队的长条木桌。"他像一只馋嘴的小野兽似的急于觅食，想喝一口这滚烫的汤，啃一口面包……这娃儿眼前发黑，软腭发麻，真是垂涎欲滴。"[①]汤碗烫得几乎捧不住，孩子眼中噙泪，身子摇摇欲坠，挣扎着向饭桌挪动。渔村捕捞队的饭桌是劳动者聚集享受美味鱼汤之地，是通过劳动获得众人认可的场所，也是个体宣示自食其力的台面。这些支撑小男孩强忍住馋涎之痒，忍受住烫手之痛。通过最细微处的描写，作家刻画了早期乡村小说人物的典型特征，即以仁爱、信任、自信和自尊为动力的忍耐。

第三节 和解共存图景：人与自我

"自我"是哲学、心理学和社会学领域的重要考察对象，本书仅讨论心理学领域的"自我"。作为一种复杂、多变的心理学概念，自我既是 ego，也是 self，它"构成人的心理结构系统的主轴，是人的心身一体化运作的主体"[②]。

---

① ［俄］维克托·阿斯塔菲耶夫．鱼王［M］．夏仲翼，等，译．桂林：广西师范大学出版社，2017：351．

② 唐代兴．生境伦理的心理学原理［M］．上海：上海三联书店，2013：181．

美国心理学之父威廉·詹姆斯[①](William James)从经验主义出发建构“自我”,即从自我感知(自我构成部分唤起的各种感知和情绪)、自我寻求与自我保护(自我构成部分促使的一切行动)三个角度考察自我。其中,自我由经验自我(the empirical self)和纯粹自我(the pure ego)构成,而经验自我又包含物质自我(the material self)、社会自我(the social self)和精神自我(the spiritual self)。经验自我系统中的物质自我是由属于个体的所有物质性东西构成,其中身体自我是最核心部分。笔者将其理解为自我“生态位”。个体由此向外推延,在与周围世界建立各种关系并得到他人认可时形成社会自我。作为经验自我最高阶段的精神自我是指个体的意识状态以及与意识状态相联系的各种情绪。关于精神自我的思考是反思的过程。相对于作为客体的经验自我而言,纯粹自我则是一种主体自我,它是个体统一的内在原则,是最核心的精神自我。威廉·詹姆斯的自我是一个由内向外的展开过程,是认知主体与客体相结合的过程。在此基础上,21 世纪哲学家和心理学家提出的自我理论,如乌尔里克·奈塞尔提出自我认知论,法国哲学家米歇尔·福柯(Michel Foucault)重建的关注自我论(care of the self/заботы о себе),以及荷兰心理学家赫伯特·赫尔曼斯(Hubert J. M. Hermans)提出的对话自我论(dialogical self),证明了自我在建立与自己、他人和世界的相互关系中发挥主导作用。这里的自我是心理学概念 self,即卡尔·荣格(Carl Gustav Jung)所指的先天的潜在的整体性或负责协调精神各部分的意识中心。德国哲学家恩斯特·卡西尔(Ernst Cassirer)曾说过:“一个与他自己的自我、与他的守护神和睦相处的人,也就是能与宇宙和睦相处的人。”[②]这其实是“整体合一”观在个体身上的四维体现:人与自我、人与天、人与地、人与他人之间的和谐关系,其中个体的“身心合一”是基点。“身心合一”在乡村小说中更多地表现为寻找过程,即如何寻求精神平衡、获得自我谅解、达到自我和解,如瓦·别洛夫的小说《凡人琐事》中的主人公伊万·阿弗利卡诺维奇。这个人物身上体现了俄罗斯文化特有的精神内在状态:“一种深刻的

---

① 威廉·詹姆斯(1842.01—1910.08)是美国机能主义心理学和实用主义哲学先驱,美国心理学会创始人,著有《心理学原理》(1890)、《实用主义》(1907)和《宗教经验种种》(1902)等著作。

② [德]恩斯特·卡西尔. 人论[M]. 甘阳,译. 上海:上海译文出版社,1985:11.

安宁，一种自然的匀整、尊严与谦卑，它们表明精神的平衡，表明普通的自我意识的深刻性和完整性。"①

为了实现人与自我之间的和解，需要重新审视世界，认识并关注自我，寻找赋予生命意义和实现自我的方式。苏联乡村小说中修复内心世界的途径是回归自然，以审美的视角观察世界，发现美好，用心感应万物间的联系。因此乡村小说中"道德纯洁和精神完整的象征是善于以审美视角看世界，感受世界之美"②。如维·阿斯塔菲耶夫的小说《老橡树》中法耶凡及其养子库勒德什、《鱼王》中的阿基姆和瓦·舒克申的小说《红莓》中的主人公伊戈尔（Егор）。这些人物要么不为社会所接受，要么难以融入社会，他们回归自然并感应自然之美，在疗治心灵伤痛之余完成精神修复和道德净化。少年库勒德什在原始森林中逐渐淡忘来自人群的伤痛，他在密林的静谧和花朵的芬芳中修复自我；浪子伊戈尔出狱后回归自然和乡村，内心被白桦树和黑土地唤醒，通过地里的田间劳作洗涤灵魂，实现自我和解；在人群中遭受诸多委屈、怀疑和伤害后，"自然人"阿基姆为了获得内心安宁回归自然。他在密林和群山中逐渐恢复内心的平和，在埋葬死对头盖尔采夫的仁爱之举中实现自身存在的意义，并在搭救艾丽雅的善行义举中净化了灵魂。艾丽雅感激的泪水冲走了"一切不知不觉在他心灵上堆积起来的种种肮脏、污垢和龌龊的东西。心灵又复苏了"③。走向白色群山的阿基姆通过牺牲个人利益和施善于人的仁义举措完成了精神净化，身心合二为一。仁义之举本是个体内心仁爱的流溢，孟子曾说"仁也者，人也"。心怀仁爱且行仁义之举的人是一个能与自我和睦相处的人，是一个精神完整的人。

一、身心合一

此处的"身心合一"是指个体的身体与心灵合二为一，也是人与自我的和谐。苏联乡村小说中"身心合一"或致力于此的人物与传统密切相关，确

---

① 徐凤林 编. 俄国哲学[M]. 北京：商务印书馆，2013：152.

② Ершов Л Ф. Виктор Астафьев и лирико-философская проза[J]. Русская литература, 1984(1): 77.

③ [俄]维克托·阿斯塔菲耶夫. 鱼王[M]. 夏仲翼，等，译. 桂林：广西师范大学出版社，2017：564.

切地说，帮助他们摆脱苦难、修复内心世界的途径是乡村传统。瓦·舒克申在短篇小说《不受管束的阿廖沙》(«Алеша Бесконвойный»,1973)中塑造了一个“怪人”阿廖沙。他的本名叫科斯佳·瓦利科夫(Костя Валиков)，却被人们称作“不受管束的阿廖沙”，因为他是“如今难遇的不负责任和不受管束”①的人。所谓的不负责任是指勤劳又善良的饲养员阿廖沙拒绝参加周六义务劳动，而是专心泡澡。对阿廖沙而言，周六泡澡是解压、静思、感受完整和理解生活的方式。劈柴、打水和烧火等琐碎准备工作在他眼中皆是一种享受，就连用桦树枝轻轻抽打背部及全身的动作都做得细致精准。阿廖沙赋予琐碎不堪的日常生活以美感和诗意。虽然他经历过战争，也曾被人骗得身无分文，甚至连儿子都嫌弃他的平凡，但这些并没有影响他珍惜生活，思考人生，始终坚持周六净身的东正教传统。慢慢“所有压力完全得以释放，一些小心思全得以释怀，内心深处感受到一种莫名的完整、细腻和清晰，生活也变得可以理解”②。身心的完整使“他完全意识到自己在爱。他爱位于村后的草原，爱霞光，爱夏日……也就是他十分明白，他在爱”③。因为心中有爱，他明白活着自然有意义。“怪人”阿廖沙不但具有自我意识，而且关注自我，最关键的是他在日常生活中掌握了完成自我救赎的途径：遵循传统，真诚待己，尊重并满足自己的需要。他把自身完全揉入工作与生活之中，全心全意地工作、尽心尽责地待人接物，热爱且享受生活的平静与琐碎。在他眼中工作与生活并不是对立的矛盾，而是张弛合一的融合。阿廖沙在繁重又平淡的生活中实现了自身先天的完整性，发现了生命的本质和意义。瓦·舒克申在“怪人”阿廖沙身上表现了一种“身心合一”的精神完整性，如果说瓦·舒克申通过阿廖沙表现获得精神完整性的结果，那么瓦·别洛夫和维·阿斯塔菲耶夫则是重点表现获得“身心合一”的过程。

小说《凡人琐事》的主人公伊万开朗乐观、心怀仁慈，善待他人和一切有生命的存在。虽然他参加过最惨烈的战役，也曾遭到不公正对待，但一切磨难、屈辱和悲伤都可以被他化解为“这事很平常”。尽管略带无奈和委屈，却

① Шукшин В М. Малое собрание сочинений[M]. СПб.: Азбука, 2017: 617.

② Шукшин В М. Малое собрание сочинений[M]. СПб.: Азбука, 2017: 627.

③ Шукшин В М. Малое собрание сочинений[M]. СПб.: Азбука, 2017: 628.

不是以回避和麻痹自我的态度对待生活苦难,而是身心合一状态下的超然。为了说明这一点,瓦·别洛夫在第七章“平常的事儿”中运用时空叙事技巧,重点描述主人公伊万理智地对待死亡威胁,并将自己超然于恐惧和绝望等情绪之外,令身心逐渐趋于合一。文本中主人公的心理空间与其所处的物理空间并行同进,彼此呼应,而时空的交错与叠合隐喻身心的分离与合一。伊万身处熟悉又明亮的树林时,其内心充满着对新生活的渴望和坚强活下去的信念与勇气;反之,当他身陷陌生又黑暗的密林中时,其内心彷徨迷茫,挣扎不已。最后,伊万哲理性思考世界的存在模式和人的存在本质,并明白人类与万物的永恒存在可以抗拒个体对死亡的恐惧和自身存在的无意义感。为了暂时忘却痛苦,伊万来到密林深处砍伐造船用的白杨树。行走在熟悉的林中,伊万感到如同走在乡村街道般亲切,但这种熟悉、亲切又自信的感觉很快消失了,垂挂在树枝上的卡捷琳娜的头巾令伊万沉浸在甜蜜又痛苦的期待中。意识到卡捷琳娜不会出现后,伊万陷入迷茫,“走是必须得走的,可是如今去哪儿,去干什么呢?好像没有路可走了……再说,没有她,也就没有路可走,没有必要再走了”[①]。伊万活下去的信念开始动摇,身子只是出于惯性而行走,于是他不再思考且漫无目的地蹒跚而行。当差点被脚下的树根绊倒时,伊万突然想起可怜的孩子们,对孩子的怜惜和责任战胜了对自己的怜悯,他坚定了必须得走和必须生活的信心。白杨树和新船再次出现在他的脑海中,他加快了脚步。可是轻快步伐与坚定信念合一的状态再次被打断。冰凉清澈的泉水令他想起另一处泉水,它见证了伊万与卡捷琳娜的爱情,也目睹了他们的分离。伊万再次悲伤不已,闯入朽木成片的陌生之地,迷失在没有树墩和标记的林中。四周凋零一片,死一般寂静。伊万内心深处的恐惧与自嘲交织杂陈。认清没枪和没粮的现状后,他坐在云杉树下定神回忆自己所走的路。虽不知错在何处,但他意识到一切都变幻莫测。夜幕降临,周围沉寂黑暗一片,篝火旁的伊万感到令人恐惧不安的空虚和前所未有的孤独。最后他陷入昏睡中,各种梦境交织错乱产生时空交错

① [苏]瓦·别洛夫. 凡人琐事——一个家庭的往事[J]. 范国恩,贺宜,译. 世界文学,1982(2):188.

的混乱感。"时间时而停滞,时而干脆倒退"①,夏季的各种想象交替出现,新梦出现在重现的旧梦中。"梦中有梦。只不过一切都是模糊的,乱糟糟的,令人焦虑。"②混乱纠缠的梦境是伊万内心混乱与焦虑的直接投射。当伊万迫使自己清醒时,他注意到"一颗寒光刺目的小星星透过黑暗,正好照在他的额头上"③。这颗星星留在他的潜意识里,并令梦境中的伊万想到:星星可以确定回家的方向。这个想法惊醒了伊万,他的头脑顿时清醒了,心中燃起希望。可希望被天空中密布的乌云击碎,新的恐惧再次袭来,会困死在林中的想法令伊万开始思考死后的世界。

从前,他之所以不惧怕死亡,是因为"他认为,一个人不可能什么也不留下。灵魂也好,别的什么东西也好,总得留下点什么,不可能全部消失,一点儿也不剩。不管那里有上帝还是没有上帝,反正在那个世界里总该有个什么"④。但妻子的死亡和自己的困境令伊万质疑,他的思维从"我与我"的自我认知层面进入"我与世界"的形而上学层面,即世界是什么样的,生命与死亡又是什么。他不断地追问"在那里会有什么,在那个世界?大概什么也没有,只是一片漆黑,一片空虚?……看来那边什么也没有,什么也没有,一切都将完结。你也就要不存在了,这事儿很平常"⑤。个体的存在和消亡令伊万产生新问题:"是谁,又是为了什么想出了这一切?是谁,又是为什么想出了这生活,这树林,这青苔,这靴子,这酸果蔓?这一切是从什么时候开始的,在什么时候结束?又是为了什么?比方说,我,伊万·阿弗利卡诺维奇,生下来了。"⑥这个脑海中从未出现的念头令他震惊不已,伊万明白:过去没

---

① [苏]瓦·别洛夫. 凡人琐事——一个家庭的往事[J]. 范国恩,贺宜,译. 世界文学,1982(2):193.

② [苏]瓦·别洛夫. 凡人琐事——一个家庭的往事[J]. 范国恩,贺宜,译. 世界文学,1982(2):193.

③ [苏]瓦·别洛夫. 凡人琐事——一个家庭的往事[J]. 范国恩,贺宜,译. 世界文学,1982(2):193.

④ [苏]瓦·别洛夫. 凡人琐事——一个家庭的往事[J]. 范国恩,贺宜,译. 世界文学,1982(2):194.

⑤ [苏]瓦·别洛夫. 凡人琐事——一个家庭的往事[J]. 范国恩,贺宜,译. 世界文学,1982(2):194.

⑥ [苏]瓦·别洛夫. 凡人琐事——一个家庭的往事[J]. 范国恩,贺宜,译. 世界文学,1982(2):194-195.

有他和未来他不在时，万物都会一如既往地存在。当他作为具体存在物被放置在时空轴线上时，死后的世界他从未去过，眼前的世界将不会有他，对于他本人而言一切皆空。“那个世界一片空空，这个世界也同样空空一片。不管是这里还是那里，都是无穷无尽。”[①]既然如此，“为什么还要投生到世上来呢”[②]？这个关乎个体生死和存在意义的哲学难题被伊万引向人类和万物的永恒存在：“别的人呢？那些活着的人呢？……他们不是还在，还要活下去吗？还有那个湖泊……树林都会存在下去的……生活总也不会停止。”[③]当明白自己不过是生命悠长的人类社会的一员，是永恒世界的一部分时，伊万得出这样一个结论：生下来还是比不生下来的好。这令他明白，如果存在的本质是空，那么生活则是个体存在的唯一特权。顿时他觉得“大地仿佛转了个身，回到了自己的位置上，现在，他知道该往哪儿走了”[④]。世界最后回归到个体“我”的存在，即与天地整体合一性存在时，在伊万眼中一切又回归正常。精疲力竭的他爬出密林，被人发现问其原因时简单回了一句：“这事儿很平常。”[⑤]之所以用这句话轻描淡写生死一线的惊险与内心的挣扎纠结，是因为主人公的内心变得通彻清明，精神世界趋于完整平衡。而其精神世界的平衡点是在伊万对话自我之后出现的，在哲理性思考存在之本质的过程中逐渐展现且发挥作用，同时伊万的身心也慢慢趋于合一。当他的内心坚定活下去的信念后，其双脚也神奇地走向正确的方向，最终走出密林，并以超然的态度看待生死离别，以平实的态度接受现实，以宽恕的态度对待自己的过失。在卡捷琳娜死后的第四十天，他第一次来到她的墓地前坦然表达自己的自责、悲伤与思念。“我真傻呀，没有照顾好你……我走在你的坟上，就像走在火上一样，原谅我吧。……你的一切，卡捷琳娜，我都记得那么

---

① [苏]瓦·别洛夫．凡人琐事——一个家庭的往事[J]．范国恩，贺宜，译．世界文学，1982(2)：195．

② [苏]瓦·别洛夫．凡人琐事——一个家庭的往事[J]．范国恩，贺宜，译．世界文学，1982(2)：195．

③ [苏]瓦·别洛夫．凡人琐事——一个家庭的往事[J]．范国恩，贺宜，译．世界文学，1982(2)：195．

④ [苏]瓦·别洛夫．凡人琐事——一个家庭的往事[J]．范国恩，贺宜，译．世界文学，1982(2)：195．

⑤ [苏]瓦·别洛夫．凡人琐事——一个家庭的往事[J]．范国恩，贺宜，译．世界文学，1982(2)：197．

清楚……我要常到你这儿来的，你也要常等着我……卡佳。”[①]这里主人公对死者的忏悔和请求死者的宽恕是释放愧疚和自责的方式，也是其接纳自我和宽恕自我的前奏。

二、自我宽恕

此处的自我宽恕(self-forgiveness)是心理学概念。20世纪90年代末，作为哲学与神学主要论题的宽恕(forgiveness)进入心理学领域并有了新发展。美国心理学家罗伯特·恩赖特(Robert D. Enright)将宽恕分为人际宽恕和自我宽恕。人际宽恕(interpersonal forgiveness)是指“面对曾经伤害我们的人时，个体心甘情愿地放弃憎恨、拒绝和漠视的权利，同时对他或她产生不该有的同情、慷慨甚至爱”[②]；自我宽恕被定义为“个体在面对并意识到自己所犯的客观错误时，愿意放弃自我怨恨，同时对自己报之以同情、宽容和怜爱”[③]。美国心理学协会《自我宽恕心理学指南》(*Handbook of the psychology of self-forgiveness*，2017)中这样定义：自我宽恕是一种自我谴责体验，并在修复精神、社会和心理伤害愿望中释放负面情绪和错误认知。简单说宽恕自我可以不再体验羞愧、内疚和自责带来的消极情绪和错误认知，如自我怨恨、自我贬低，以及罪恶感和羞耻感等，不再体验与自我分离的痛苦。[④] 自我宽恕理论的提出者罗伯特·恩赖特强调：“自我宽恕与自我和解总是彼此相连。一个人不仅是从情感和认知上回应自己，而且还作为人类社会成员真正关心自己。在这种自我和解过程中，人承认自我会努力改变未来。”[⑤]从某种程度说，自我宽恕是人摆脱自我疏离、找回自在状态、与自我和解共存的必要前提条件。

---

① [苏]瓦·别洛夫. 凡人琐事——一个家庭的往事[J]. 范国恩，贺宜，译. 世界文学，1982(2)：201.

② Enright R D, North J. Exploring forgiveness[M]. Wisconsin: The university of Wisconsin Press, 1998: 46－47.

③ Enright R D. The Human Development Study Group. Counseling within the forgiveness triad: On forgiving, receiving forgiveness, and self-forgiveness[J]. Counseling and Values, 1996(40): 116.

④ 参阅 Woodyatt L, Worthington E, Wenzel M, et al. Handbook of the psychology of self-forgiveness[M]. Switzerland, Cham: Springer nature, 2017: 6.

⑤ Enright R D. The Human Development Study Group. Counseling within the forgiveness triad: On forgiving, receiving forgiveness, and self-forgiveness[J]. Counseling and Values, 1996(40): 116.

个体的自我宽恕与自我和解过程是苏联乡村小说的重点描述对象。如瓦·别洛夫的小说《凡人琐事》中的主人公伊万·阿弗利卡诺维奇为了养家糊口而外出务工，在他离家的当天村民获得允许可以为自家割草。然而为了给自家母牛割草，主人公的妻子卡捷琳娜累死。愧疚自责的伊万不但宰杀了母牛，还想自杀追随妻子而去。虽然在岳母的阻拦下自杀未成，但伊万却要承受自责、内疚和羞愧带来的无尽痛苦，体验身心分离之痛。伊万身心合一过程，其实也是他自我宽恕的过程。伊万这个人物的塑造充分展现了瓦·别洛夫的写作特长——和谐（лад）与非和谐（нелад）之间的转化，也就是在日常琐事中发现和谐，表现主人公身心合一的状态。随后描述外来力量打破这份和谐，主人公寻求身心合一的过程是作家哲理性思考世界和生命本原的过程。文本中伊万·阿弗利卡诺维奇的人生故事在以故乡和家庭为界限的物理空间展开：战后返乡定居－离家进城务工－中途折返－家破人亡，而其内心世界经历了完整－分裂－修复的过程。妻子卡捷琳娜死后，内疚和自责令他几乎精神崩溃，差一点自杀去追随亡妻。失去内心平衡、活在自责和愧疚中的伊万也失去了生活目标和动力。为此文本中设计了伊万迷失在熟悉的树林里，几乎困死在密林深处的情节。几番努力寻找出路的描写其实是主人公困顿迷惘、近乎绝望的精神世界写照。死亡威胁令他哲理性思考个体的存在，并在永恒不变的四季更迭和循环往复的自然秩序中顿悟个体存在受时空限制，但人类与万物却是永恒存在。就此而言，个体生命虽然短暂，但与未曾来到人世相比，经历尘世间的爱恨离愁自有其意。伊万顿悟：世间万物的存在是“如此循环，永无穷尽”[①]的，而个体生命不过是这无尽循环中的一个过程；一旦生命过程结束了，生前与死后的世界对于个体人而言皆为虚空。源自这种认知，生死离别的灼心之痛慢慢消散，伊万开始宽恕自己离家务工的过失和未照顾好妻子的过错，接受变化无常的生活带来的家庭灾难。走出密林后的他逐渐与自己和解，继续琐碎的日常生活，但他对卡捷琳娜的忠贞，犹如文中那对恩爱野鸭款款游过湖面后留下的燕尾形涟漪，层层泛起、久久不散。

---

① ［苏］瓦·别洛夫. 凡人琐事——一个家庭的往事［J］. 范国恩，贺宜，译. 世界文学，1982（2）：198.

如果说伊万是在死亡恐惧中借助哲理性思考探求生命的真相而获得自我宽恕,那么维·阿斯塔菲耶夫在《俄罗斯菜园颂》中描述了内心深处的仁爱和善恶之辩如何穿越死亡恐惧,化作真实的力量进行自我批评,重新认识自我、解释自己的行为,怜悯、同情并原谅无知的、羞愧的、悲伤又痛苦的自我。消除一味自责,释放陷于过去的自我,并努力寻找心怀仁爱、清明又正直的自我。这种自我宽恕模式体现在主人公"我"身上。小说讲述"我"回忆儿时失手杀死一只小燕子的往事。记忆中的小男孩向菜园上空飞翔的小燕子扔出一块石头后,怀着猎人般的狂喜从地上捡起鸟儿,但这份喜悦很快转变为罪恶感、恐惧感和困惑,因为目睹了一条鲜活灵动的生命在自己眼前慢慢消亡。小男孩的手掌感受到燕子心脏那急促又激烈的跳动,看到燕子的喙静默无声地闭合,"圆眼睛望着小男孩,充满恐怖、疑惑和怨恨"①。此处有关小男孩触觉、视觉和感应的描写准确简洁。这段描述不仅说明了生命体之间的感应与共情,更是投射出小男孩的心理情境:紧张、疑惑和恐惧——无心之举竟然剥夺了可爱的小燕子的生命。意识到自己过错的小男孩努力抢救燕子,但它如同揉皱的纸团般一动不动。小男孩手捧着奄奄一息的鸟儿,感受到标志生命的体温逐渐散去,在体验到生命会转瞬消逝时也感悟到生命的弥足珍贵。当他想起奶奶站在门廊里兴高采烈地迎接南归燕子的场景时,认识到燕子不仅是会飞的鸟儿,也是自己生活的一部分,是燕来夏至的自然规律,是民间传唱不衰的顺口溜"尖尾巴,尖尾巴,飞行在天空,唱起歌来像纤夫,哭起灵来像士兵"②,更是奶奶对福祉的期待,对燕来福至的期许。内疚、自责和懊悔的小男孩在稠李树下为小鸟修建坟茔,用破布装殓燕子下葬,久久呆坐在燕子坟旁,虽然尚未理解死亡,但他却在心里暗自许下"永不杀生"的承诺:"我从今以后决不再杀生!"③这份指向未来的道德承诺不仅释放了当下的负罪感,而且明确指向自己的良好意愿。根据心理学理

① [苏]维·阿斯塔菲耶夫. 阿斯塔菲耶夫散文选[M]. 陈淑贤,张大本,译. 天津:百花文艺出版社,1995:242.

② [苏]维·阿斯塔菲耶夫. 阿斯塔菲耶夫散文选[M]. 陈淑贤,张大本,译. 天津:百花文艺出版社,1995:242.

③ [苏]维·阿斯塔菲耶夫. 阿斯塔菲耶夫散文选[M]. 陈淑贤,张大本,译. 天津:百花文艺出版社,1995:243.

论，“自我宽恕是个体认识到自己的错误或失败的责任，并对此做出有意义的解释，从而成功释放负面情绪、改变错误认知、放弃不良动机和非善之举，引导以自我为导向的正面情绪、正确认知、良好动机和良善之举”①。善良又淘气的小男孩坦然面对因自己无知而造成的过错，以切实的和解性行动弥补被侵害的燕子。在重新认识燕子的过程中完成自我批评与自我谴责，并通过“永不杀生”的誓言释放陷于过去的自我，直指未来的、仁爱又正直的自我。在这个过程中小男孩完成自我宽恕，令自己摆脱糟糕的罪恶感，将消极的自我导向积极的自我，避免贬低自我价值且又重新获得情感平衡。这个过程是个体自我宽恕和自我和解的重要过程，是个体自我修复的关键。

① Woodyatt L, Worthington E, Wenzel M, et al. Handbook of the psychology of self-forgiveness [M]. Switzerland, Cham: Springer nature, 2017: 9.

第三章　背离、疏离、游离的生态危机

20世纪60年代初—70年代初，苏联乡村小说家以“思旧还乡”方式书写生态理想。20世纪70年代中期之后乡村小说家不再书写生态理想，而是在生态文艺思潮影响下创作“生态预警”小说，艺术性思考科技革命时代个体与世界的关系。瓦·拉斯普京、维·阿斯塔菲耶夫和瓦·舒克申分别在小说《最后期限》《告别马焦拉》《鱼王》和《出洋相》(«Срезал»,1970)等作品中描述当代世界的分离与分裂。20世纪现代化加速进程中个体与自然和土地以及个体与他人、家庭和社群之间的联系被割裂。人主动或被动地剥离开土地、故乡和家园，政治或经济因素造成居民的物理空间迁移；这种迁徙引发基于血缘与亲缘关系的族群和社群变小、乡村消失。丰富物质生活刺激下产生的物欲加剧了这种分裂，社会和个人因素致使乡村社会空间瓦解；空间迁移，抛弃故土，忘记习俗，忘却祖先，遗忘传统，人的精神根基遭到破坏，“亲”和“爱”不再是建立各种关系的基础。速度、效率和利益成为社会发展目标，人类中心思想指导下的现代化科技奉行剥夺压榨政策：从自然界剥夺自然资源，极大地破坏自然之平衡与和谐；从个体人身上剥夺意志自由，破坏人的精神完整性。急剧激烈的社会政治生活将人对上帝的信仰更迭为对理性的信仰，以及对市场的信仰。市场信仰之内核，即资本效益与商品利益，击毁传统价值体系。作为精神存在的人身陷割裂的外部世界与瓦解的人际关系中，信仰的缺失强化了个体的自我疏离与身心分离。处于断裂、冲突中的个体陷于孤独、焦虑和恐惧中。

素以创作“问题”小说著称的苏联乡村作家们真实地表现了乡村支离破碎的境况：天人对立、社群瓦解和自我身心分离。这些表现在维·阿斯塔菲耶夫的长篇小说《鱼王》、瓦·拉斯普京的中篇小说《告别马焦拉》与短篇小说《为玛丽娅借钱》和《最后期限》、瓦·别洛夫的家庭系列小说以及瓦·舒克申的短篇小说中。

第一节　人与土地的分离、人与传统的对立

人与自然界其他生命形式的关系被美国著名环境伦理学家、哲学教授霍尔姆斯·罗尔斯顿(Holmes Rolston)解释为:“人类生命是浮于以光合作用和食物链为基础的生物生命之上而向前流动的,而生物生命又依赖于水文、气象和地质循环。在这里,生命同样也并非只限于个体的自我,而是与自然资源息息相关。……所有的生命形式,包括人在内,都得与环境保持某种最低限度的自动平衡,否则就没有足够的投射力生存下去……在整个生态环境中,生命是一种流动;在个体的生物有机体内,生命也是一种流动。”①在这个自然生态中,“没有任何一个主体,也没有任何一个客体是独自存在的”②。人与自然万物构成了一个生命共同体,在自然生态系统内进行着物质转换和能量流动。为了确保自然生态系统平衡,人应该遵守“针对人的自然法令”,即必须承认自然界确立的万物秩序,并且根据这一法令建构生活。一旦人忘却自己是自然的一部分,并把人的法则凌驾于自然法令之上,人与自然之间就会产生对立与冲突。最能说明这一点的是20世纪发生的“世界八大公害事件”③。

为了警示人们世界是一个有机整体,人与自然万物是相互依存的关系,20世纪70年代中期,维·阿斯塔菲耶夫和瓦·拉斯普京分别在小说《鱼王》

---

① [美]霍尔姆斯·罗尔斯顿. 哲学走向荒野[M]. 刘耳,叶平,译. 长春:吉林人民出版社,2000:104-105.

② [美]霍尔姆斯·罗尔斯顿. 哲学走向荒野[M]. 刘耳,叶平,译. 长春:吉林人民出版社,2000:190.

③ 20世纪“世界八大公害事件”为:1930年比利时马斯河谷烟雾事件、1931年日本富山骨痛病事件、1943年首次爆发的美国洛杉矶光化学烟雾事件、1948年10月美国多诺拉烟雾事件、1952年12月英国伦敦烟雾事件、1956年日本水俣病事件、1959年日本四日市哮喘病事件、1968年日本米糠油事件。20世纪发生的其他环境问题还有:1980年在德国、捷克、斯洛伐克和波兰接壤处苏台德山脉的“黑三角地带”遭受酸雨侵蚀;1986年位于瑞士巴塞尔附近施韦策哈勒火灾中被有毒物料污染的消防水流入莱茵河,严重破坏了莱茵河生态系统,并在较长时间内对莱茵河生态系统产生了不良影响;1984年12月印度发生博帕尔市毒气泄漏;1986年4月苏联发生切尔诺贝利核泄漏事件。

和《告别马焦拉》中表现了人与自然的分离、对立和冲突，同时以隐喻手法暗示关乎人类存亡的生态灾难。维·阿斯塔菲耶夫在《鱼王》中描写了掠夺者、盗猎者、盗渔者和城市文明人如何背离和践踏自然，还设计了人与鱼之间的搏斗，以暗喻背离土地的人与传统对立时，灭亡会是人类咎由自取的必然结果。暗喻手法的运用赋予了乡村小说明显的生态预警性。在中篇小说《告别马焦拉》中瓦·拉斯普京表达了一种不安与忧虑：人类运用科技打破自然生态平衡，威胁自身生存。文本中被河水淹没的马焦拉小岛暗喻孕育和生养万物的自然遭受灭顶之灾，乡村文明成为"亚特兰蒂斯"[①]传说，被永远埋藏于水底。小说最后几个场景描写了迷航的汽艇、消失的河岸、浓重的迷雾、死寂的黑夜、悲切不安的人和"岛主"凄厉的告别声。这些暗喻着：一旦人抛弃安身立命的大地，遗弃世代居住的故土和祖屋，背弃生命长河中对祖先和儿孙的责任，遗忘证明个人、家族和族群存在的记忆，其精神家园便会无处安置。

一、背离土地

我国著名人类学家和社会学家费孝通曾说："人也有根的，个人不过是根上长出的枝条，他的茂盛来自这个根，他的使命也在加强这个根。这个根就是供给他生长资料、供给他教育文化的社会：小之一家一村，大之一乡一国。"[②]村社文明时代维系这个"根"的是血缘关系与地缘关系，当科技至上的机器文明碾压大地之时个体"我"卷入工业化发展履带下，从大地、故土和村社传统文化中剥离出来。于是，个体"我"背离故土和背弃传统成为20世纪后半叶乡村小说的叙述中心，文本中血缘关系与地缘关系的割裂成为叙述重点。瓦·拉斯普京的短篇小说《最后期限》和中篇小说《告别马焦拉》分别从个体和人类层面上表现了连接个体与母亲和人类与土地的精神"脐带"如何断裂。

瓦·拉斯普京在小说《最后期限》中通过讲述儿女为母亲送葬的故事，表现个体"我"背离故土、遗忘历史和遗弃传统的事实。维系家族关系的母

① 传说中拥有高度文明的城邦，毁于史前大洪水。

② 吕文浩 编. 中国近代思想家文库·费孝通卷[M]. 北京：中国人民大学出版社，2015：106.

亲安娜死前渴望儿女能送自己最后一程。接到电报后,多年离家未归的儿女们带着埋葬母亲、履行义务的目的返乡。牵挂小女儿的安娜迟迟不愿闭上双眼,同时她又为自己不能如期死去而感到内疚和难为情。儿女们的内心也确实希望能早点结束为母亲送葬一事,因此儿子们挖苦老太太的回光返照,柳夏(Люся)和瓦尔瓦拉(Варвара)皆借故远离病榻上的安娜。不但如此,她们埋怨弟弟米哈伊尔(Михаил)过早地发电报催他们回乡,最后竟然不顾母亲的哀求,匆匆搭乘最后一班渡轮离开了,当晚失望的母亲如期死去。这些儿女们以最残忍的方式背弃了孤身抚养他们长大成人的母亲,这种背弃之举是其远离故土和淡化亲情的结果之一,也暗喻了家庭血缘关系淡薄松散甚至断裂。为了刻画没有亲情维系的家庭关系,作家在小说第一个场景中便讽刺性描写了瓦尔瓦拉的表演式哭母。目中无人的她一进屋就扑跪在安娜床边恸哭不已,但地板上却没有一滴泪水。俄罗斯文评者(Лебедева С. Н.)指出"瓦尔瓦拉止不住号哭的行为透露出其机械履行子女哭丧的义务"①。确实,瓦尔瓦拉的假哭说明子女返乡归家的真实目的:履行葬母的义务。这就解释了为什么她总是不合时宜地哭嚎,总是惧怕与母亲单独相处,总是借故远离祖屋。脱离家庭和远离老屋的子女在安娜眼中是陌生的亲人,她甚至有点惧怕完全被城市化的柳夏。定居北方、很少回家探亲的伊利亚(Илья)在母亲眼中陌生得几乎认不出。"他那秃头底下的一张脸好像不是真的,是画的,好像伊利亚把自己的脸卖掉了或打牌输给别人了。"②以母亲的视角描写儿子失真的脸孔具有明显暗喻性。这里的"脸"暗喻自我,卖掉了脸或输掉了脸都是暗指自我的丧失。自我(ego)在弗洛伊德的人格结构中是认识外部世界,且使人与社会现实相联系的精神运行组织。完整的人具有多种自我,但为了换取被接受、爱、权力和金钱,人们会自愿抛弃自尊、正直和自我。丧失了自我,非理性本我(id)的各种动物本能会无节制地释放出来。面对即将逝去的母亲,伊利亚不但挖苦回光返照的母亲,还当面提出喝酒庆祝。母亲眼中的儿子"既不像个城里人,也不像乡下人,既

---

① Лебедева С Н. Мировоззренческие истоки творчества В. Г. Распутина [J]. Русская словесность, 2001(4): 36.

② [苏]拉斯普京. 拉斯普京小说选[M]. 王乃倬,等,译. 北京:外国文学出版社,1982:311.

不是别人,又不像自己"[①]。既非自己也非别人的精神现状是因为脱离了土地,失去了固守精神的根基,失去了内心持守的信念。居住在城里、混在陌生人中嗜酒的伊利亚早已迷失自我,最终成为没有认同感和归属感的存在物。此类人物是20世纪70年代中期乡村小说的重点表现对象之一。

为了表现个体与自然之间的精神联系,也为了说明这种联系决定着个体的精神活动,文本中安娜的心理活动描写极为丰富,而其子女的内心活动描写极少,只描述了柳夏的回忆。当她到林中采蘑菇时,酸甜苦辣各种回忆在既定空间里瞬间开启。林地中柳夏的回忆在时空轴线上展示了个体"我"与世界的关系是如何借助生态自我、扩展自我和私密自我逐一显示的。变矮的山头、变宽的道路、填平的水沟和脚下熟悉的土地令柳夏明白自己曾是这个地方的人,也唤醒她的回忆。在那些曾经熟悉的日常活动中展现了其人际的自我和扩展的自我:儿时的玩伴、星期日义务劳动、春耕的老马伊格连卡(Игренька)。这些夹杂着些许快乐的沉重回忆连同旷野里的寂静令柳夏害怕不安。当再次看见田野中的稠李灌木丛时,柳夏儿时经历的无法与人分享的恐惧作为私密的自我呈现出来:稠李下蹿出的头戴皮帽、双眼燃烧着疯狂的火焰、脸上带着狰狞笑容的可怕男人,追赶抓扑惊恐万分的小柳夏。被空间唤醒的记忆鲜明又清晰,"这些回忆像商量好了似的在她今天走过的每一步路上窥伺着她,怀着某种不可告人的隐秘的目的,迫使她重新体验它们。生活仿佛又倒转了回去,因为柳夏在这里把某种东西给忘却了,把某种很珍贵的、她所需要的和绝不能缺少的东西给丢失了,但是现在它们又再现了"[②]。这令旷野上的柳夏顿时感到惊恐不安:引发恐惧的不是尘封的往事,而是分离与遗忘。柳夏步行之处皆有记忆,岁月被浓缩在空间里,故土和大地记录了柳夏成长过程中所发生过的一切。虽然荒芜的土地令柳夏茫然若失,惶恐不已,"因为土地记得她,并且把她当作最后的裁判在等着她的决定"[③],但她告诉自己,她与故乡毫不相干,现在只是个外人。显然,对于已经成为城里人的柳夏而言,她与故乡、土地和田野毫无关系,即使她曾在

① [苏]拉斯普京. 拉斯普京小说选[M]. 王乃倬,等,译. 北京:外国文学出版社,1982:312.
② [苏]拉斯普京. 拉斯普京小说选[M]. 王乃倬,等,译. 北京:外国文学出版社,1982:399.
③ [苏]拉斯普京. 拉斯普京小说选[M]. 王乃倬,等,译. 北京:外国文学出版社,1982:384.

这里抛洒过汗水与泪水。为了城里的新生活，她选择再次遗忘有关故乡和土地的往事，因为这些往事没有值得骄傲之处，如同病榻之上的老母亲没有值得留恋之处。无儿无女的柳夏忘记了每个当下的“我”皆源自过去，不经意地回忆令她意识到自己遗忘了与故土相关联的一切，但她却未反思忏悔，而是拒绝母亲的哀求，与哥哥和姐姐搭乘最后一班轮船匆匆离去。就这样，柳夏抛弃了唯一能把她与故乡联系起来的母亲，背离了唯一能令她想起自己过往的土地，坚决地割断了自己与母亲和故土之间的精神“脐带”，一去不返。

为了表现人类与土地和自然间精神“脐带”的断裂，拉斯普京在中篇小说《告别马焦拉》中塑造了一个象征原初存在的、与世隔绝的世界——马焦拉岛。岛上不但存在有长达300年历史的古老村落“马焦拉村”，还有守护岛屿的岛主，以及据传说固定岛屿的树王。从构词学上看，俄语词 Матёра（马焦拉）与 матерь（母亲）是同形词，作家使用同形词暗喻岛屿、大地和自然是孕育、抚养人类的母亲，也是人类存在发展的根基。自存在以来，马焦拉岛便沿着万古不变的轨迹运转，村庄如同无尽头的河水般世代永存，但这种永恒存在模式却被来自外界的力量打破。这种力量以建设美好未来的名义席卷整个大地，马焦拉岛及岛上的生物成为人类社会追求发展和进步的牺牲品。为了在安加拉河上修建水电站，马焦拉岛上的一切都被迫接受末日般惩罚——水淹岛屿和村庄。马焦拉村的村民则被连根拔起，迁移到匆忙建成的新村镇。人们依依不舍地离开。对于世代居住的老屋，叶戈尔（Егор）和娜斯塔霞（Настасья）在离开时最大可能地保留房屋原状，最大限度地给屋内留下人气和生活气息，努力延续祖屋里的生气。明知祖屋即将被焚毁，达丽娅还是拼尽全力粉刷祖屋、清理地板、用冷杉树枝装扮房屋角落，通宵祷告并恭顺地告别祖屋，为其办个体面的送葬仪式。对于即将淹没的岛屿，所有已经离开的马焦拉村民们利用割草季重返故土，以特有的方式告别马焦拉。日间劳作中人们尽兴挥舞大镰刀，休息时分女人们嬉戏哄闹，收工的队伍不由自主地齐声吟唱永别的葬歌，暮色中人们再次聚在街上，聆听安加拉河发出的柔和之声，欣赏彼岸晚霞映照之景。苍穹之下寂寥之中，曾经茫然若失的人们不经意间沉浸于往事不念、未来不惧的状态中，“没人思念已经过去的生活,也没人对那即将发生的一切感到害怕"[①]。这一刻个体"我"全身心地沉浸于周围的光影和声色营造的和谐之中,"我与所有事物"在时空轴线上同周围世界相融合,达到物我两忘的状态。这种教人珍重和眷恋人间的状态是马焦拉村民对家园故里的最高礼赞和最隆重的送葬仪式。

对于世代居住在马焦拉的村民,尤其是老人达丽娅和卡捷琳娜(Катерина)而言,马焦拉不单单是家园,更是他们的精神之根。在这片土地上埋葬着先祖和过世的亲人,封藏着家族记忆;在这片土地上他们受苦受难地活着,任劳任怨地劳作,通过创造性活动努力扎根于人世间,成为生命结绳上不可或缺的结头和连接死者与人世的接头,正如达丽娅父亲对女儿的叮嘱:"要活着,要干,好使我们跟人世连得更紧,在我们曾经生活过的世界上扎下根子。"[②]家族和人类生命链条上的每个个体都是跨越时空的存在,在世时以劳作者和创造者身份与周围世界建立联系,认识自己和世界,在创造中实现个体价值,促成世界之完整,离世之后作为精神力量活在后代记忆中。而"主观上的记忆,客观上就是保存联系,就是团结;主观上的遗忘,客观上就是脱节、死亡"[③]。尼·洛斯基曾说,"世界是某种有机整体,而认识主体、个体人的自我,则是某种与整个世界紧密联系的超时间和超空间的存在"[④]。"组成世界的个体行为者自身并不构成绝对完整的存在,而是通过时间的创造作用,即实现现实存在的方式并获得实质性存在。"[⑤]"每个创造性行为是世界存在范围内不可复制的、独具特色的、难以取代的整体。个体的每个举动都是与其他行动者共同参与和集体创造的,而参与方式是创造出比其他构成更新颖独特的行为,以便与其他部分组成完整的整体。"[⑥]"对于整体而言,每个个体凭借自身的作用而得到唯一的意义,在此情况下,每个作为超时空存在的个体是不可分割的组成部分。"[⑦]个体唯有融进整体之中

---

① [苏]拉斯普京. 拉斯普京小说选[M]. 王乃倬,等,译. 北京:外国文学出版社,1982:117.

② [苏]拉斯普京. 拉斯普京小说选[M]. 王乃倬,等,译. 北京:外国文学出版社,1982:35.

③ [俄]费奥多罗夫. 共同事业的哲学(二)[M]. 范一,译. 沈阳:辽宁教育出版社,2001:427.

④ [俄]H. O. 洛斯基. 俄国哲学史[M]. 贾泽林,等,译. 杭州:浙江人民出版社,1999:323.

⑤ Лосский Н О. Ценность и бытие[M]. Париж: YMCA - PRESS,1931: 61.

⑥ Лосский Н О. Ценность и бытие[M]. Париж: YMCA - PRESS,1931: 62 - 63.

⑦ Лосский Н О. Ценность и бытие[M]. Париж: YMCA - PRESS,1931: 63.

才有力量，这就是为什么达丽娅的言论具有信服力，因为“这份力量依赖于她的记忆和感悟：自己是家族延续的一环……达丽娅的力量源自其身心一致，生活的本质与文化的统一。而其痛苦的根源则是目睹四周的统一规则不断遭受破坏”①。这解释了为什么作家在文本中设计了达丽娅“受审”情节，即愧疚的达丽娅在父母墓地前的关于生命意义的哲理性思考和接受已故族人审判的幻境描写。瓦·拉斯普京试图说明世间每个个体都参与了生命永恒运动，每个人都“曾经有世世代代的前人为他而生”②，最终也会离开尘世，回归大地，置身于家族中接受已故族人的审判。在达丽娅的幻境中她被陷入绝境的失去希望的已故族人围住审问，原因是未能守护住马焦拉岛，未能保护住祖坟和祖屋，更是因为“祖根要被砍断，要被冲走了”③。祖屋是家族世代栖息之地，祖坟也是留在大地之上的家族记忆，是已故祖辈活在人间的标志，既是死者的居所也是生者的归宿。

除了祖坟之外，马焦拉岛上的一切根基皆毁，外来者冲入马焦拉村并做尽一切难容之事：刨祖坟、烧祖屋、砍树王、淹村庄。这些时空中连接个体与家族、人类与自然的精神“脐带”被割断，世界分裂成两半：乡村文明与机器文明，古老乡村与现代新村，自己人与外来者，有良知的人与无良知的人等。在小说《告别马焦拉》中作家表达了一种不安与忧虑：人类科技革命威胁自然平衡。最后场景描写从岸边回头看被水淹没的小岛荡然无存，昔日的安身立命之所毁于自己之手；河面上雾气弥漫，船上的人们看不见出路，陷入迷茫。被困在岛上的老人们和小柯利卡（Коленька）在漆黑之中无望地等待着，救援的马达声远去，而“岛主”的告别声在逼近。这样的开放式结尾给人不祥之感，生死未卜的老人与孩子暗喻过往与未来皆是未知。没有历史和传统，人即不知所来之路；没有未来和希望，人便未知所去之地。来去未知的人不过是乘坐科技这艘快艇的迷失者，而没有方向的高速行驶往往会招致可怕的后果。

---

① Кравченко Ю М, Пересунько Т К. Удары экологического колокола: Об отношении человека к природе в произведениях В. Астафьева, В. Распутина и Ч. Айтматова[C]//Время и люди. Киев: Лыбидь, 1990: 122 – 123.

② ［苏］拉斯普京. 拉斯普京小说选［M］. 王乃倬，等，译. 北京：外国文学出版社，1982：214.

③ ［苏］拉斯普京. 拉斯普京小说选［M］. 王乃倬，等，译. 北京：外国文学出版社，1982：211.

二、背弃传统

苏联生态小说《鱼王》以突出构建性的短篇叙事形式讲述背离故土、遗忘传统且以主宰者自居的人如何用“刳胎杀夭”“覆巢毁卵”的方式从自然界中掏取一切能带来物质利益的资源，以满足个人的物欲和贪婪。此类掠夺性行为是短篇小说《鱼王》和《黑羽翻飞》（注：长篇小说《鱼王》的组成部分）的描述重点。虽然整部小说都讲述人的肆意掠夺之举，但在小说《黑羽翻飞》中作家在楚什人与度假人或本地人与外地人身上表现了令人惊心、催人反思的全民皆盗之心与赶尽杀绝之举。楚什人与度假人彼此算计，相互利用，但对待自然却是行径统一：在密林荒野中胡作非为、肆意劫掠。人们为了寻欢作乐、为了获得暴利，捞取外快，用油锯砍伐雪松，常年猎杀黑貂，射杀天鹅和大雁，甚至为了迷信射杀乌鸦，以其鲜血涂抹子弹。人们习惯予取予求和随心所欲地对待自然：“到鸟窝里掏蛋，在冻土带捕捉换毛期间的大雁，打死羽翼未丰的白草鸭，设置绳套、网罩，诱捕大雷鸟，装置自动弓弩，射杀麋、鹿和熊。”[①]被贪欲控制的人们发疯般地迷恋猎枪，也不再害怕鲜血，跨过仁慈恻隐这条人性底线，不再为人而是退化为穴居的茹毛饮血的原始野人。整个楚什镇（Чуш）成为屠宰场，池塘四周积留着大雷鸟的黑色羽毛，犹如送葬的花圈。全镇弥漫着雷鸟尸体的腐臭味，一旦起风，楚什镇上空即刻黑羽“翻飞，遮蔽了晴空，火药的余烬和死灰好像都蒙住了太阳茫然若失的脸庞”[②]。死灰遮日的图景不禁令人想起庞贝城末日。唯一不同的是末日并非源于天灾，而是源自自身的人祸，而且是掌握科学技术的能人之手将自己与自然逼入绝境。这是作家在短篇小说《鱼王》中以暗喻方式告诉世人的道理。

维·阿斯塔菲耶夫在短篇小说《鱼王》中塑造了楚什镇少见的能人——伊格纳齐依奇（Игнатьич）。他不但自尊自爱、宽宏大量，时常关照乡亲，而且爱动脑筋、肯学本事，善于钻研技术。他捕的鱼量大且品质好，他拥有镇

① ［俄］维克托·阿斯塔菲耶夫．鱼王［M］．夏仲翼等，译．桂林：广西师范大学出版社，2017：304.

② ［俄］维克托·阿斯塔菲耶夫．鱼王［M］．夏仲翼等，译．桂林：广西师范大学出版社，2017：313.

上最漂亮的房子。事事都占好的伊格纳齐依奇用杀伤力最强的排钩夜间盗渔，在河面上与渔场稽查员斗智斗勇。无意间他的排钩勾住一条硕大、类似史前蜥蜴、发出长脚秧鸡叫声的鳇鱼。虽然直觉告诉他这条闻而未见的大鱼是不祥之兆，但贪得无厌、唯利是图的本性令他违背爷爷的遗训：装作不经意的样子放生鱼王，画个十字照常过日子，"并且常常想着它，求它保佑"[①]。自幼听着祖训长大的渔夫不但不放生，而且想尽一切办法捕捉暗喻自然的鱼王，以自然之主宰者的身份站在自然的对立面。此时的他完全割断"我与所有事物"和"我与所有我们创造的精神价值"之间的联系。选择与传统对立的伊格纳齐依奇被大鱼击打后落水，并被自己的排钩勾住，冰冷的河水里人与鱼共同面对死神。位于死亡边缘的渔夫重新认识自己，扩展的自我借助回忆欺辱女友格拉哈·库克林娜(Глашка Куклина)的往事来审视私密的自我，带着愧疚重新确立与格拉哈·库克林娜之间的关系，并借此审视人际的自我。原来这个从不与人斤斤计较的公认的好人，具有奋发精神和好钻研的科技能人，在诱惑面前完全暴露了本质：家族基因不可救药的贪婪、固执又好面子。这是反思中形成的概念自我，它说明伊格纳齐依奇的理智与理性的回归。以理性、聪明自居的人透过大鱼蜡黄的眼珠看到无理性，通过接触柔软鼓胀的鱼肚感受到大鱼保护体内鱼子和孕育生命的愿望，感悟出鱼王身上的某种人性的东西和女性护佑生命的意味。这令捕鱼人顿悟："大自然也是个女性！"[②]而上帝为保护女人设置了独特的审判和惩罚，唯有忏悔祈祷方可得以宽恕。于是，伊格纳齐依奇为自己曾经欺辱格拉哈·库克林娜，也为所有作践、糟蹋妇女的人忏悔。正在忏悔时出现了摆脱死亡困境的光明，他与鱼王有机会逃生。人与鱼之间的殊死搏斗暗喻"所有强加于自然的暴力都威胁着人类存亡"[③]。

人类本是自然之子，是自然的一部分，但却以凌驾自然之上的态度对待

---

① [俄]维克托·阿斯塔菲耶夫. 鱼王[M]. 夏仲翼，等，译. 桂林：广西师范大学出版社，2017：274.

② [俄]维克托·阿斯塔菲耶夫. 鱼王[M]. 夏仲翼，等，译. 桂林：广西师范大学出版社，2017：287.

③ Кравченко Ю М, Пересунько Т К. Удары экологического колокола: Об отношении человека к природе в произведениях В. Астафьева, В. Распутина и Ч. Айтматова[C]// Время и люди. Киев: Лыбидь, 1990: 117.

自然万物,最后招致自然生态危机。苏联作家和知识分子们意识到危机,不仅举办全国规模的圆桌会议讨论生态问题,而且纷纷著书立传,借助手中之笔,敲响生态警钟。1989 年 1 月 17—19 日,苏联作家协会举办理事会全体会议。大会上理事会主席尤里·德米特里耶维奇·切尔尼琴卡(Юрий Дмитриевич Черниченко)和瓦·拉斯普京都做了题为"土地、生态、改革和文学发展新阶段"的报告。不仅数落导致生态危机的苏联大型水利工程,还要求追究做出错误决策的苏联科学院部分学者的责任。反思了造成苏联生态灾难的原因:"官僚敷衍马虎的作风和机关官僚主义所滋生的野蛮对待自然的态度。除了这两个原因之外,造成我们生态灾难的一个原因是通识文化和社会道德教育中的大'裂痕'。"①这是理解苏联生态小说《鱼王》中生态问题与道德问题紧密相连的关键。早在 20 世纪 80 年代初,苏联文评家就指出"保护和拯救自然的问题,不是生态问题,而是道德问题"②。生态小说《鱼王》通过自然书写,揭示科技进步带来的困惑和作家对未来的忧虑。作家在小说中表达生态观,即"自然 - 社会 - 人之间的关联",人不应该践踏、破坏自然,否则会遭到来自大自然的报复。对于这篇小说,日内瓦大学教授若尔日·尼瓦(Жорж Нива)曾这样评价:"小说充斥着罪恶感,人是有罪的,人破坏了被赠予的世界。当人从表面感受周围世界时,即是遗忘世界和人类的童年。社会生活严峻又残酷。人是这片大地上的孤儿。"③为了说明这一点,《鱼王》由 13 个短篇叙事组成,第一部分重点描述楚什镇颓废的城市文明生活和盗猎者与盗渔者的贪婪。第二部分重点描写"自然人"阿基姆的成长经历。整部小说看似结构松散、缺少叙事主线,其实整体建构于二元对立说:人与自然,城镇与渔村(楚什镇与鲍加尼达渔村),"自然人"与"文明人"。其中自然人阿基姆与文明人戈尔加·盖尔采夫间的对立不过是延续

① Кравченко Ю М, Пересунько Т К. Удары экологического колокола: Об отношении человека к природе в произведениях В. Астафьева, В. Распутина и Ч. Айтматова[C]//Время и люди. Киев: Лыбидь, 1990: 12.

② Жуков И. Царь-рыба: человек и природа — тема произведения В. Астафьева[C]// Жуков И. Доверие к жизни. Москва: Мол. гвардия, 1980: 111.

③ Нива Ж. К вопросу о "новом почвенничестве": моральный и религиозный подтексты "Царя-рыбы" Виктора Астафьева[M]//Одна или две русских литературы? Лазанна: L'AGE D'HOMME, 1981: 138.

了小说《老橡树》中库勒德什与阿玛斯之间的冲突①。无论是小说的结构设计，还是单篇故事叙述，都表达了作者的叩问与反思：当自然遭到人为破坏时，有良知的人是否应该心生感触，谴责那些破坏美丽和美好的人们，反思是什么原因造成了生态问题，谁是罪魁祸首，谁该受到惩罚。为了表现道德伦理评价和自然生态责任间的关联，短篇小说《鱼王》被设计成13篇叙事的中心，人与鱼之间的决斗暗喻人与自然关系的冲突。作家把人物与鱼王置于关乎生死的极端条件下，展现代表自然的鱼王身上的一种本能：孕育和保护生命。面对死神时，人的贪婪和欲望瞬时隐退，理性和良知即刻回归。这种描写暗喻着人类与自然间的决斗将会两败俱伤，灭亡会是人类咎由自取的必然结果，而导致这种结果的直接原因是背弃传统，与传统对立，丧失人的责任、独立性和人性。这种暗喻赋予文本生态预警性。因此，有评论家认为小说《鱼王》延续了"罪与罚"主题。《鱼王》第一部中的短篇小说《没心没肺》以故事套故事的叙事方式从历史层面剖析引发民族灾难和人祸不断的原因——丧失宗教信仰，放弃追求公正，摒弃善良仁慈，屏蔽思考，盲目服从。并刻画了新时代产物——残忍凶狠的没有人性的流窜犯谢雷（Серый）和什梅尔（Шмырь）。这类人在科技革命和现代化时代发展为贪婪又残忍的渔夫格罗霍塔洛，对人心怀恨意的柯曼多尔（Командор），擅于掠夺自然的伊格纳齐依奇，以及轻率浮浪、精神萎靡的达姆卡。这些人为了满足贪欲和物质利益而背弃传统，任意劫掠，令自己和自然陷入绝境，如同《鱼王》中伊格纳齐依奇和大鱼间的角斗。陷入死亡绝境中的人幡然悔悟，开始忏悔之时死神也就擦身而过，但掠夺自然的后果是再现"庞贝末日"。《鱼王》第一部分最后一个短篇叙事《黑羽翻飞》中最后一个场景"死灰遮日"隐喻了生态末日，暗指世界和人类社会的终结者不是上帝，不是意外天灾，而是人自身，是人导致的灾难。

---

①　详见拙作. 敬畏生命，用生命保护生命——维·阿斯塔菲耶夫作品中的生态伦理观[J]. 安康学院学报，2016(3)：67－70.

第二节　人与社会的疏离和矛盾

20 世纪 70 年代，在苏联加速向工业社会转型的过程中乡村居民的社会角色发生变化，原有的道德规范失效，新的又尚未形成。摆脱土地束缚的人们身处陌生的社会空间，不免感到迷茫、无助和对未来的焦虑。而这份焦虑在物欲刺激下和唯利是图价值取向的引导下，滋生出非理性的社会心理：冷漠无情、焦虑恐慌、怨恨多疑和彼此仇恨。在争夺个人利益的过程中亲情和友情逐一沦陷，社会风气败坏，公众道德水准下降。维护社会正常秩序的社会道德风气消失不再，社会陷入失序状态。弱肉强食的丛林法则配合现代工业化加剧社会心态的冷漠化、人际关系的功利化，个体的异化和精神漂浮游离，甚至分裂。俄罗斯著名文化学者德米特里·谢尔盖耶维奇·利哈乔夫在《文化生态》(«Культурная экология»)一文中强调："世界是一个内在彼此关联的整体，这些关联不能被破坏。所有生物的、物理的和宇宙的关联，以及世界的整体计划之所以存在，是为了世界能凭借关联而存在，同时保护人存在于其内。"[①]一旦这种维持整体性的关联遭到破坏，便会出现失序、失调和失衡的混乱，并由此滋生疏离、对抗和矛盾。而这种彼此疏离和对抗会因物欲刺激变得更加尖锐。

目睹社会生态环境不断恶化，瓦·拉斯普京、维·阿斯塔菲耶夫和瓦·别洛夫通过文学创作告知世人：当人与人之间的道德和精神纽带瓦解后留下的只有利己主义。利己主义被哲学家尼·洛斯基视为万恶之源，因为"正是由此产生的恶必然使活动者彼此相对孤立，导致分裂和瓦解"[②]，它割裂世界原初存在的关联并令生命贫乏化。利己主义的最显著特征是冷漠，为了说明这一点，瓦·拉斯普京在短篇小说《为玛丽娅借钱》和《最后期限》中详细地描写了人情淡漠和亲情疏远的畸形社会心态。人与人之间彼此疏离和缺少人情味的冷漠社会里每个个体都负有一定责任，因为从"我与你"和"我与我们"层面上讲，个体"我"没有利用自己的社会生态位发挥正面的积极的

---

① Лихачев Д С. Русская культура[M]. Москва: Искусство, 2000: 91.

② [俄]Н. О. 洛斯基. 俄国哲学史[M]. 贾泽林，等，译. 杭州：浙江人民出版社，1999:336.

作用,而是漠然处之,于是个体“我”既是受害者也是加害者。

一、疏离、矛盾的社群关系

人类社会有三大主要关系:血缘关系、生产关系和社群关系。社群关系是指社群内部在社会活动和管理过程中形成的各种关系。而社群(community)是一种社会群落,即在地理空间、文化传统、风俗习惯和价值伦理上具有接近性和统一性的“有机的、内聚的世界”[①],其核心成分是人际交往过程中的团结、信任和自主。理想的社群关系是居住于同一地理空间的人们不但持守共同的价值观,遵守相同的习俗规约,信守同样的道德伦理,而且人与人之间相互依存,彼此守望。这样的乡村社群关系出现在早期苏联乡村小说中,如维·阿斯塔菲耶夫的《最后的问候》(第一部)。20 世纪 70 年代中期之后苏联乡村作家反思科技革命、工业现代化以及刺激物质生产和消费的经济改革造成的不良影响。乡村小说家们认识到,科技推动社会进步之余也带来损失,如村社文化倡导的“无限关爱”被“有限责任”取代,农耕文明特有的道德秩序被打破,彼此守护的规约被遗忘,乡梓之情被漠然无情取代。因为大家都只忙着赚钱攒钱,忙着奔自己的好日子。这是瓦·拉斯普京对村社社群衰落的解释。为了说明商品货币关系取代邻里互助关系势必导致村社文化中人际关系冷漠化,瓦·拉斯普京在短篇小说《为玛丽娅借钱》中以库兹马(Кузьма)为妻子玛丽娅(Мария)借钱的故事,描述农庄庄员如何以各种借口搪塞库兹马,如何漠然观看陷入困境的家庭。善良、热心、没有文化的玛丽娅为了方便村民的生活,在众人劝说下接手经营无人愿意接管的商店。见不得他人受苦为难的玛丽娅接受口头赊账,结果从未挪用货款也未曾私自取用商店货物的玛丽娅却不得不背负盗用公款的罪名。若不及时填补上巨额亏空,她将面临牢狱之灾。为了搭救妻子和保护家庭,库兹马在村子里挨家挨户地借钱。尽管人人都知道玛丽娅没有挪用公款、未曾为己谋私利,也知道玛丽娅如果补交不上 1000 卢布便会入狱,但却无人愿意主动掏钱帮助她渡过难关。四处碰壁、一筹莫展的库兹马梦见农庄庄员

① 德国社会理论家费迪南德·滕尼斯(Ferdinand Tönnies,1855.07—1936.04)在专著《社群与社会》中定义社群。

们在农庄主席的建议下自愿凑钱搭救玛丽娅，帮助库兹马家庭渡过难关，保全玛丽娅和库兹马的幼子们。库兹马的这个梦是对村社互助传统的追忆和怀念，是对彼此相助和相互守护的人际关系的依恋，同时也是对当代以交换价值为标准的人际关系的抵制和抗拒。

为了形象地描述人们在追逐富裕物质生活的过程中忘却彼此守护的村社文化，他在小说《为玛丽娅借钱》中以象征手法暗指追赶城市脚步的村民们在赶往城市的公交车上沉默不语，拒绝彼此交流。为了突出追赶城市文明和追赶好日子的过程中乡村规约和乡梓之情如何被遗忘，小说《为玛丽娅借钱》以空间移动推动叙事。在主人公库兹马从乡村赶往城里的物理空间移动中以回溯方式插入故事，讲述库兹马为妻子借钱的缘由和经过，以及村民淡然冷漠和袖手旁观的态度。这种态度通过“我与你”之间开口借钱救人的经过逐一展开。为了反衬借钱的难度，小说开篇描写了库兹马的梦境：他坐着一辆自带穷富识别机关的汽车，路过有钱人家时汽车前灯会自动亮起来，耀眼的灯光透过窗户照进屋子。库兹马只需走出驾驶室敲敲窗户，告诉里面的人自己为玛丽娅借钱，便很快能顺利拿到钱。梦境中村民有能力相助，并愿意相助。因此无须多言，没有低三下四的乞求，也没有怜悯施舍的姿态，“我与你”都明白生活无常、福祸难料，唯有彼此相助、相互守望方可战胜挫折与磨难。然而，现实生活中为妻子借钱一事已经把库兹马折磨得疲惫不堪，因为有钱人，如校长叶甫盖尼·尼古拉耶维奇（Евгений Николаевич），不愿鼎力相助，而朋友瓦西里（Василий）及其母亲以及高尔杰老爹（Гордей）有心相助却财力不足，更多的村民则以沉默不语迎接库兹马。这击碎了库兹马的希望——人们感同身受地理解他的痛苦，自然且不刻意地“顺手”递过来“温暖”的纸币。倍感尴尬和失望的库兹马知道，村里每个人都想过上比别人红火的日子，为此庄稼汉们节衣缩食地攒钱，而这些钱既不周转，也不用于购物。他无法相信，乡里乡亲的人们不肯把这样的闲钱借给他，以便保住玛丽娅。虽然大家知道每人都会摊上祸从天降的倒霉事，也知道应该彼此互助、共渡难关。但一人有难、众人帮扶的传统最终让位于事不关己的冷漠。会计、农艺师、兽医和机械师迫于农庄主席的压力答应借钱，但最后以各种借口拿回了钱；农庄庄员不愿合力搭救善良又糊涂的玛丽娅，尽管他们中的很多人曾口头赊账，也曾接受过玛丽娅的帮助。

库兹马为玛丽娅借钱折射出商品经济刺激下乡村人际关系的淡漠，说明乡村文化特有的人际关系，即“我与你”之间超越血缘关系的彼此守护，以及“我与我们”之间遵守“我”为人人和人人为“我”的无言承诺被遗弃、被遗忘。为了强调乡村社群关系的退化，文本中以库兹马视角回忆农庄主席遭受不白之冤。1947 年，为了保护集体农庄的收成，农庄主席违反规定，私自购买汽油用于抢收庄稼。当时全体农庄成员齐心协力想尽办法搭救农庄主席，虽然未成功，但那时人们秉持“一人有难，众人相助”的乡村传统。从本质上讲，农庄主席与玛丽娅都是为众人负罪受过的无私之人，但农庄庄员们对待他们的态度却截然不同。当两件事情在“我与我们”层面上进行对比后，瓦·拉斯普京以库兹马的角度审视和反思农庄主席与玛丽娅身上发生的事情，以说明：数个世纪以来形成的彼此守护的村社社群关系完全被一种基于物质利益的商品关系取代。这种变化被高尔杰老爹一语道破：“先前咱们这些乡下人什么时候彼此帮帮忙还得要钱来着？不管是盖房子，或者是砌炉子，都不要钱——这才叫作帮忙。……可现在是什么都要钱。”[①]作为商品货币符号的钱取代传统中的“亲”与“爱”在社群中流转，销蚀着彼此守护、相互扶持的传统人际关系。人与人之间变得疏离陌生，库兹马与城里的弟弟几乎不来往，去城里向弟弟借钱是他最后的希望，尽管希望极其渺茫。

瓦·拉斯普京在小说《为玛丽娅借钱》中通过失败的借钱经历表现团结互助和彼此信任的乡村社群关系在逐渐瓦解；充满矛盾与冲突的城镇社群关系是维·阿斯塔菲耶夫在长篇小说《鱼王》中描述的对象。文本中叶尼塞河畔的楚什镇被描绘成城市社会的缩影。物理空间的楚什镇被描写成缺少生机的荒废之地，穿镇而过的溪流变为一池死水，里面堆满了各类垃圾：树皮、锯末、死狗尸体等。公园白天是山羊、母鸡和猪的天下，夜晚则是放纵者幽会的秘密场所；全镇经常臭气冲天，黑羽翻飞，火药的余烬和死灰遮天蔽日。物理空间描写是为了刻画楚什镇人的整体形象，以便深入理解小镇的社群关系。社会空间的楚什镇被描绘成醉酒求欢之地，这里是唯利是图者和盗猎、盗渔者的天下。楚什镇人的取舍之举皆以物质利益为准，凡是“帮

---

① ［苏］拉斯普京．拉斯普京小说选［M］．王乃倬，等，译．北京：外国文学出版社，1982：580．

助他们在物质上得益,捞到好处,他们就很乐意接受”[1],无人自觉捍卫公正和正义。楚什镇人的目的性极强,不管明争还是暗斗都是不达目的不罢休。这里生活着形形色色的掠夺者,有凶狠阴冷的柯曼多尔、类似野人的格罗霍塔洛、老成稳重的伊格纳齐依奇和猥琐下流的达姆卡,以及来此度假的城里人。这些人为了利益彼此疏远,六亲不认,相互仇视甚至准备杀人。为谋取盗渔之财,徒弟格罗霍塔洛见死不救,任凭师傅库兹马·库克林(Кузьма Куклин)死在自己的排钩下;柯曼多尔与哥哥伊格纳齐依奇反目成仇。小镇中发生的故事从不同角度表现物质利益引发的人与人之间的矛盾和冲突,人与自然、土地和故乡间的“精神脐带”被割断。缺少来自传统文化的精神给养,缺乏对自然万物、历史传统和社会他人的责任,缺失源自信仰的规范约束,人身上的动物本能越来越多地被释放出来,掠夺和强占成为公然之举。在楚什镇偷盗和掠夺成为社会风气,明抢暗夺成为理所当然,抢夺、占有东西是“能人”的标志。于是,酗酒又无能的阿达姆在楚什镇人眼中是一个废物。而楚什镇人对阿达姆的评价折射出群体社会心理:不择手段地发财致富和无上限地追求物质,并以占有物来证明个体的存在价值。正是这种心理引发盗猎和盗渔等掠夺性行为。而这种心理的本源是社会焦虑,即源自缺乏对社会和他人的信任而产生恐惧和不安。从个体成长角度审视引发社会焦虑的原因,家庭关系是必要的参考因素。因为“家庭是孩子在世间的首个栖居地,起初是栖身的房屋、提供温暖和饮食之地,后来是爱和理解之处。对于孩子而言,家庭是首个‘我们’,它源自爱与‘我为人人和人人为我’的良愿。对于个人而言,家庭是团结一致的‘我们’。家庭是教会个体彼此信赖和共同协作的学校”[2]。对于社会而言,家庭是原初的精神核心,是最小的社会细胞。因为“婚姻和家庭与其他一切社群的关系有如小宇宙与大宇宙的关系”;一种群体生活的所有因素形成于婚姻和家庭生活中,并在最

① [俄]维克托·阿斯塔菲耶夫. 鱼王[M]. 夏仲翼,等,译. 桂林:广西师范大学出版社,2017:198.

② Ильин И А. Религиозный смысл философии[M]. Москва: Издательство АСТ, 2003: 202-203.

细微之处得以实现。[1]

二、分离、割裂的家庭关系

俄罗斯著名哲学家伊万·亚历山德罗维奇·伊里因（Иван Александрович Ильин）认为家庭在人格塑造和社会稳定中发挥着重要作用，因为“在家庭中孩子学会如何爱人，如何信任，如何牺牲；这里是孩子性格初步形成之地；这里是决定孩子未来幸福和不幸的源发地；这里决定孩子成长为顶天立地的伟人抑或低俗不堪的恶棍”[2]。完整幸福的家庭利于塑造健全的人格和建设稳定的社会，因为基于爱的家庭赋予人快乐和幸福，教会人感受和表达爱，学会因爱而承受痛苦，为爱而忘却自我和牺牲自我。但现实却是和睦温馨的家庭远远少于趋于瓦解和破碎的家庭。对此，伊·伊里因的解释是社会精神危机的直接表现。“家庭破碎根本不是因为历史进程速度加快，而是因为精神危机。这种危机割裂了家庭及其精神的统一，它剥夺了最重要的凝聚家庭成员的精神互属感。……历史证明，很多民族蒙受灾难和遭受毁灭是因为精神危机，而精神危机首先表现为家庭瓦解和破碎。……精神危机首先感染的是最初的精神核心；如果出现精神动摇或弱化现象，首先发生在家庭传统和家庭生活中。一旦家庭的精神核心不稳定，家庭在所有人际关系和组织机构中的作用便开始弱化和退化：病变的细胞造就病态的机体。”[3]伊·伊里因的这一观点在20世纪70年代中后期苏联乡村小说，尤其是瓦·别洛夫创作的家庭主题小说中得到最佳诠释。

家庭是最小的社会形式，是血缘性质的社会形式，是族亲社群的基本元素，因而家庭关系的变化折射出社会生态演变过程。20世纪80年代中期瓦·别洛夫接受记者采访时被问到什么令作为作家和公民的他最为痛心。瓦·别洛夫回答道：“与当代家庭相关的一切。”[4]读者不难发现，他创作的小

---

① ［德］马克斯·舍勒．价值的颠覆［M］．刘小枫，编；罗悌伦，等，译．北京：生活·读书·新知三联书店，1997：155.

② Ильин И А. Россия. Путь к возрождению［M］. Москва：РИПОЛ классик, 2019：136.

③ Ильин И А. Россия. Путь к возрождению［M］. Москва：РИПОЛ классик, 2019：139－140.

④ Недзвецкий В А. “Мысль семейная” в прозе Василия Белова［J］. Русская словесность, 2000(1)：17.

说中家庭关系经历了由和谐到非和谐、由同甘共苦到劳燕分飞的过程，如小说《凡人琐事》中的夫妻恩爱到小说《一切在前方》中的夫妻反目。作家认为："伊万·阿夫利卡诺维奇和卡捷琳娜精神和谐的基础是传统农民家庭。……夫妻生活的意义和目的不是两情相悦，而是延续生命，培养身心健康、道德又乐观的后代。而抚养后代只有在夫妻和睦互助和孜孜不倦劳动的条件下进行。"[①]为了清楚说明自己的家庭观，20 世纪 70 年代中后期，瓦·别洛夫创作了家庭主题系列小说《斯波克医生的教育方法》（«Воспитание по доктору Споку», 1978）。它由四部短篇小说组成：《我的一生》（«Моя жизнь»）、《郊游记》（«Чок-получок»）、《星期天早晨的会面》（«Свидания по утрам»）和《斯波克医生的教育方法》（«Воспитание по доктору Споку»）。这几部小说以第一和第三人称叙事方式讲述康斯坦丁·普拉东诺维奇·佐林（Константин Платонович Зорин）夫妇的家庭生活和情感经历。小说《我的一生》以佐林妻子达尼娅（Таня）的视角讲述自己的人生经历、情感和婚姻生活，小说《郊游记》则以佐林视角审视自己与妻子的婚姻，而小说《星期天早晨的会面》和《斯波克医生的教育方法》则以混合视角讲述当代家庭生活中的夫妻关系，分析导致家庭破碎的原因。这几部小说的叙事内容各有侧重，但合力描绘出当代社会家庭生活中的夫妻关系：缺少信任、理解和宽容，彼此疏离，相互敌对。而这样的关系足以破坏维系家庭完整的爱情与责任。

小说《斯波克医生的教育方法》主要讲述建筑工程师佐林与图书管理员妻子达尼娅之间的紧张关系：达尼娅抱怨佐林大男子主义，不尊重女性，崇拜封建家训；佐林埋怨妻子过分迷恋西方妇女解放思想，追求绝对的自由和独立，不愿承担作为妻子和母亲的责任，对待女儿缺少爱心和耐心。他认为，妻子达尼娅有意逃避自己的亲近，处处与自己作对，时时准备自卫。于是，夫妻常为琐事争吵，彼此疏远。一次激烈争吵后，佐林打了妻子一记耳光，家庭矛盾升级。小说《郊游记》讲述佐林在朋友的鼓动下借郊游以缓和夫妻关系，但事与愿违，佐林夫妻间难得的和睦被三位年轻人破坏。这三位

---

① Недзвецкий В А. "Мысль семейная" в прозе Василия Белова[J]. Русская словесность, 2000(1): 19.

被科学知识和理性思维武装起来的知识分子轻浮浪荡，低俗不堪，毫无责任心。对他们而言，“道德不是根本不存在的东西，就是过了时的陈旧观念”[①]。空虚无聊的年轻姑娘阿尔卡（Алка）怂恿同伴瓦吉姆（Вадим）和巴勒斯（Барс）利用猎枪玩轮盘游戏，这个荒唐的游戏不但令佐林羞愧难当、痛苦不堪又愤怒难忍，也令他看清妻子对自己的蔑视、疏远和愤恨。与三位年轻人相识和交谈后，佐林夫妻之间更加疏远、更加陌生，离婚成为最终结局。小说《星期天早晨的会面》分别以佐林及其前岳母的视角描述周日清晨佐林如何偷偷与自己的女儿廖里卡（Лялька）见面。寄居在女儿屋檐下的母亲回忆自己的家庭生活和夫妻关系，不明白为什么当代女性懒得生孩子，男人会忘记养家糊口的义务。面对女儿再婚后依然不顺利的家庭生活，老母亲不禁自问：“难道我是这样教育她的吗？”[②]小说《我的一生》是对这个问题的部分回答：破碎的家庭和父母责任心不足。为了完成公司要求——写一份用作档案的自传材料——达尼娅回忆自己的经历。战争夺去父亲的生命，自己和母亲与弟弟被疏散到沃洛格达乡下，在那里他们得到玛尼娅（Маня）大婶和古斯佳（Густя）奶奶等人的照顾。母亲独自抚养孩子，她对自己幸福的追求不但没有教会孩子如何爱人，反令女儿陷入无限悲伤和痛苦中。母亲去世后，玛尼娅大婶和古斯佳奶奶收留了达尼娅姐弟。由于没有母亲的教导，进城后的达尼娅分不清爱与性，不但被轻浮浪荡子萨沙（Саша）玩弄，而且背叛丈夫导致家庭破裂。第二次婚姻中达尼娅与丈夫生活平静，但她不愿生养孩子，执意堕胎之后，第二任丈夫离她而去。虽然，中年的达尼娅生活安宁，工资不少，家里设备齐全，但女儿怨恨达尼娅的追求者，在遭到妈妈的打骂后，女儿重复达尼娅儿时的悲伤和痛苦。儿子长大后立刻搬进宿舍，很少回家。

这几部家庭主题系列小说除了表现当代社会的家庭问题，还揭示问题之结症：科技革命和工业化生产改变了人们的生活方式和人际关系，转变了人们的思想观念，破坏了家庭传统。维系家庭完整的爱、信任和责任被遗

---

① ［苏］别洛夫. 郊游记［M］. 潘桂珍，译//邓蜀平 编选. 苏联当代短篇小说（上集）. 北京：外语教学与研究出版社，1981：335.

② ［苏］别洛夫. 星期天早晨的会面［M］. 潘桂珍，译//邓蜀平 编选. 苏联当代短篇小说（上集）. 北京：外语教学与研究出版社，1981：307.

弃,取而代之的是猜忌、推卸责任、争吵和背叛。当年达尼娅离开乡村进城学习时曾暗自发誓:永远不忘玛尼娅大婶和古斯佳奶奶的恩情。但进城后的达尼娅不但忘记了恩人,而且常为自己的乡村生活经历感到自卑。她羞于谈及自己的乡下童年,“在她看来,过去的一切都是落后的,没有文化的,这是她的自卑感”①。达尼娅向往浪漫爱情,崇尚西方文化,生搬硬套地模仿20世纪70年代美国时髦育儿观(斯波克儿科医生的教育方法),结果满足了自己的虚荣心,却牺牲了女儿的健康;达尼娅渴望绝对的自由,坚持妇女要摆脱家庭束缚。由于思想观念不同,佐林夫妻虽然相爱却无法沟通,两人争吵不断,相互指责,彼此埋怨。紧张不和的夫妻关系在某种程度上折射出20世纪70年代末苏联社会生态图景:人际冷漠,彼此疏离。瓦·别洛夫之所以通过描写夫妻关系来揭示苏联社会人与人之间的疏离和冷漠,是因为他明白“家庭破碎会在经济发展、道德体系和人口数量上给国家带来惨重损失”②。20世纪80—90年代的苏联历史证明事实的确如此。

除了夫妻关系,家庭关系还包括父母与子女的关系。维系这种血缘关系的是亲情,而“真正的,血脉相通的亲情是以内心的感情来维系的。亲情感不会只限于表象,它要求亲知亲见”③。这可以解释瓦·拉斯普京在短篇小说《最后期限》中为什么没有描述儿女们记忆中的母亲。安娜的子女们从四面八方匆忙赶回家只是为了例行公事地安葬老人,完成送丧义务。他们不是为了陪伴母亲回忆生命中的一切过往,陪伴老人走完人生的最后一步;不是陪伴母亲一起面对死亡恐惧;不是安慰操劳一生的母亲,让她感受到儿女的温存,帮助她认识并认可自我价值。所以瓦尔瓦拉一进家门就忙着哭丧、熟悉葬礼仪式,柳夏忙着缝制孝服,儿子们则忙着购买葬宴用的烈酒,然后以各种理由偷喝光这些酒水。没有亲情的家庭不过是被责任束缚的陌生人罢了。为了看小女儿塔季扬娜(Татьяна)最后一眼,安娜几次从死神手中逃脱。这没有令儿女们开心,反倒是埋怨母亲没有如期死去。儿子米哈伊

① [苏]别洛夫. 郊游记[M]. 潘桂珍,译//邓蜀平 编选. 苏联当代短篇小说(上集). 北京:外语教学与研究出版社,1981:327.

② Недзвецкий В А, Филиппов В В. Русская «деревенская» проза[M]. 2-е изд. Москва: Издательство Московского государственного университета, 2002: 99.

③ [俄]费奥多罗夫. 共同事业的哲学(一)[M]. 范一,译. 沈阳:辽宁教育出版社,2001:40.

尔与伊利亚喝酒时责怪道:“她这样做没好处。最好她现在就死。这样,对我们好些,对她也好一些。……反正早晚得死。现在正是时候:大家都聚在一起,准备好了。既然都聚在一起了,就应当把事情料理完,免得让我们现眼。”[①]生死之事就这样被简化为日常事务中的一档子事,含辛茹苦抚养子女的母亲在米哈伊尔眼中与他人一般,母亲的死亡也“就是这么一档子事”。令母亲安娜敬畏的柳夏无论言谈举止,还是衣着打扮,都流露出城里人的骄傲。高高在上的她与兄弟姊妹格格不入,她不愿待在家里,不想见任何人,更不想同他们交谈。对于自己的兄弟姊妹,她丝毫感觉不到骨肉之情。为此她生自己的气,也生他们的气,“甚至生妈妈的气,因为她让她白来了——正是因为白来了。谁也不知道,她还得在这里等几天”[②]。一种被耽误的感觉凌驾在一切情感之上,没有骨肉相连的亲情,没有为母亲的生死担忧,一种凉薄之意充斥字里行间。感受到儿女们冷漠中流露出的焦急和埋怨,安娜由焦虑地等待小女儿转化为热切地期待死神。每一次日出日落,每一寸光线移转都是迎接死神的最后期限。期待死神的母亲的唯一希望是能在儿女的眼泪和丧歌中离开无所依恋的尘世。可这个愿望也被柳夏带来的消息击碎了:马上要开船了,下一趟得三天以后。这才是儿女们眼中的最后期限。于是,他们以工作和家庭为由匆匆离开垂死的母亲,丝毫没有顾及她的哭泣和央求:“我要死了,要死了。你们看着吧。就在今儿个。你们稍许儿等等,等等吧。我再也不需要啥了。”[③]薄情寡义的儿女们断然决绝地抛弃绝望的母亲,在话语和欢笑中逃离老屋,奔向即将带他们远离故土的船只。他们的离别如同他们的到来一样都带有明确目的:为母亲送葬而来,为工作和家庭而去。强大、明确的目的性吞噬了骨肉之情。他们中没有一个人是为了母亲、为了亲情、为了感恩而来的。由于缺失了温情和爱意,兄弟姐妹之间彼此冷漠,争吵纠纷不断,也自然会把母亲死前的回光返照坦然地看作是恢复健康,这也是他们逃离的最佳合理借口。因为他们回家是为了奔丧、为了完成子女埋葬父母的义务,既然母亲依然活着,何故留下。这样冰冷的逻

① [苏]拉斯普京. 拉斯普京小说选[M]. 王乃倬,等,译. 北京:外国文学出版社,1982:366.
② [苏]拉斯普京. 拉斯普京小说选[M]. 王乃倬,等,译. 北京:外国文学出版社,1982:374.
③ [苏]拉斯普京. 拉斯普京小说选[M]. 王乃倬,等,译. 北京:外国文学出版社,1982:514.

辑中全然没有对母亲的爱恋和怜惜。全文中没有一个孩子想起或提及母亲含辛茹苦地抚养自己长大成人,倒是一个外人斯捷潘(Степан)在与米哈伊尔和伊利亚喝酒时回忆起母亲保护自己孩子时的勇敢和强悍。没有情感参与的目的性在下一代人,即宁卡(Ника)身上体现得最为现实:为了强迫姑姑柳夏给自己买糖果,这个小女孩没有错过任何恰当的时机,甚至甘愿担上"敲诈勒索"的罪名。为了达到自己的目的可以不择手段是宁卡的性格特征。文本中小女孩宁卡的形象展示了有所求的目的性如何隔断了亲情,如何撕裂了作为人的尊严。而这是作家希望呈现给读者的一种疏离型社会景观。

疏离型社会的出现有诸多原因,其中包括背井离乡的迁徙。安娜的子女们长大成人,远离故土、乡村和母亲,割断与故乡的一切精神联系时,地理空间和心理空间的疏远已经冲淡亲情,血缘关系退位于其他利害关系,如商品货币关系。这个问题在瓦·舒克申的电影剧本《召唤我去远方》(«Позови меня в даль светлую»,1977)中也有反映。如剧中老人纳乌姆(Наум)的孩子们学业有成后纷纷离家,自此杳无音信,留下老人独自在家终日酗酒。乡村小说中讲述被迫迁移的故事时则更多地保留了苏联历史文化记忆,如瓦·舒克申的长篇小说《柳巴温一家》(«Любавины»,1965)、瓦·别洛夫的中篇小说《木匠的故事》和长篇小说《前夕》(«Кануны»,1972—1989)以及瓦·拉斯普京的小说《告别马焦拉》中可以找到解释。由于革命、战争、国内政治运动和工农业生产,20世纪俄罗斯历史上出现过数次国内移民潮:20—30年代农业集体化和消灭富农运动,富农被迫迁徙到边远地区;60—70年代工业化建设过程中乡村居民被迫集体搬迁,乡村青壮劳动力带着对文明的向往涌入城市。背井离乡的个体空间位所在某种程度上会影响个体记忆、家庭记忆和民族记忆的形成和保留,这回答了为什么"忆旧"主题是乡村小说的书写重点。人的社会责任离不开其在社会空间的位所及其与周围环境之间的相互作用关系。离开故土、远离自然的个体很难与传统精神保持恒久的联系。连接人与自然和人与人之间的地缘关系与血缘关系在瓦·拉斯普京作品中被暗喻为连接孩子与母亲之间的"脐带"。一旦这个"脐带"被割裂,如小说《最后期限》中的柳夏和小说《告别马焦拉》中达丽娅的孙子安德烈(Андрей)在抛弃故土、忘却故乡时,连接他们与母亲和自然之间的精神“脐带”已经割裂，个体的世界就分裂成两半。背离故土，背弃传统，个体成为无根的浮萍。由于精神纽带被割裂，个体对祖辈和后代的责任消失了，人与人之间的情义淡薄了，没有了爱、信任和责任，只剩下抢夺利益的物欲和贪婪。

物理空间的迁移导致人与自然间的联系被割裂；生活方式的改变和社会身份的变化导致人与人之间的关系紧张不堪，而这种关系的形成并非无缘无故，对此作家们有自己的理解与解释。瓦·舒克申的短篇小说《倔强汉》(«Крепкий мужик»,1970)和瓦·别洛夫的中篇小说《木匠的故事》中描写人们摧毁教堂和钟楼，这种象征性描写说明存在千年的宗教信仰遭受前所未有的破坏。被连根拔起的、丧失精神家园的人在科技革命和工业现代化过程中表现为无个性的、物性的无意义存在，确切说是“人的物化、人的类化、人的单一化、人的表浅化、意义的丧失、深度的丧失、道德感的丧失、历史感的丧失、交往能力的丧失、爱的能力的丧失、责任心的丧失、同情心的丧失，使人类正在失去生命赖以支撑的内在意义”①。总之，人的精神生态遭到破坏。

第三节 漂浮、游离的自我

瓦·舒克申是最擅长从“我与我”关系层面描写个体精神世界的苏联乡村作家。瓦·拉斯普京这样评价瓦·舒克申的创作：“他的小说鲜有不提及内心世界、精神分裂感，以及渴望找回肯定人物生命价值与揭示生命意义的东西。”②他笔下的人物，尤其是“怪人”的举止与社会行为规范格格不入，这类人物不但具有明显的自我意识，而且常以自我心灵对话的方式思考人生，思考“我”与他人的异同，以及“我”的使命和意义，因此常陷于莫名的不安与焦虑中。他们当中有的人行为矛盾，令人难以捉摸，如小说《跳舞的湿婆》(«Танцующий Шива»,1972)中的阿尔卡沙·基宾(Аркаша Кебин)；有的人行为不合逻辑，不合常理，如小说《斯焦普卡》(«Степка»,1964)中的斯焦

① 鲁枢元. 精神守望[M]. 2版. 上海：东方出版中心，2004：304.

② Распутин В Г. В поисках берега[M]. Иркутск: Издатель Сапронов, 2007: 315.

帕(Степан)[1];有的人惴惴不安,努力寻找填补内心、安顿心灵的东西,如小说《我信》(«Верую»,1971)中的马克西姆(Максим)和小说《红莓》(«Калина Красная»,1973)中的叶戈尔(Егор)。"舒克申的作品表现独特人物,这类人物敢于质疑和挑战习俗。他们游离于社会边缘——抛离故土、脱离族群和背弃传统,涌入城市,接受城市文化,但却未真正融入城市社会。这类人物内心处于冲突状态,行为异于常人,难以理解。"[2]瓦·舒克申的创作表现了当代人心无所系的惶恐和非完整的精神境况,它是现代化后果之一。现代化进程中人与自然、人与他人、人与社群之间的联系被割裂。人主动或被动地剥离开土地、故乡和家园,政治或经济因素造成居民的物理空间迁移;这种迁徙引发基于血缘和亲缘关系的族群变小,乡村社群瓦解,乡村习俗和传统被遗忘,人的精神根基遭到破坏。被城市文明和现代化夹裹着的个体孤零零地面对一切。于是,重返乡村、回归故土、寻找心灵慰藉成为瓦·舒克申笔下人物的一种渴望,如小说《我选择乡村定居》(«Выбираю деревню на жительство»,1973)的主人公尼古拉·库佐夫尼科夫(Николай Кузовников)是一位在城市站稳脚跟的乡下人,上了年纪后每周六去火车站向进城的庄稼汉打听适合定居的村子。其实回乡定居不过是他与庄稼汉搭话聊天的借口,扎进乡下人堆里并与他们交谈成为尼古拉·库佐夫尼科夫的内在需要。小说《同乡》(«Земляки»,1968)中老人阿尼西姆(Анисим)的哥哥格里戈里(Григорий)自小离家后从未回过家乡,但却在死前一周回故乡寻找慰藉。小说《两封信》(«Два письма»,1967)中的主人公尼古拉·伊万内奇(Николай Иваныч)读完大学后留在城市里,成为一名知识分子。一天夜里,他梦回故乡。梦境里的故乡悄无声息,一片死寂。惊醒后的尼古拉·伊万内奇难以入睡,半夜写信给多年未联系的好友伊万·谢梅内奇(Иван Семеныч),邀请他一起回乡。这封信字里行间流露出真诚与关心。白天上班时,尼古拉·伊万内奇一如既往地带着礼节性微笑与同事们打招呼,机械性地处理烦琐又无趣的工作。利用休息时间,他再次写信给伊万,

① 俄语中 Стёпка 是 Стёпан 的爱称。

② Ковтун Н. Богоборцы, фантазеры и трикстеры в поздних рассказах В. М. Шукшина[J]. Литературная учеба, 2011(1): 132.

但是在这封邀请老友结伴回乡的信中，少了真诚、多了世故，少了关心、多了礼节性问候。晚上下班回家后，尼古拉·伊万内奇反复阅读这两封信，最后将它们扔进抽屉里。这两封不会发出的信释放出这样的信息：孤独的个体试图通过回归故土和寻回友谊来修复非完整的精神世界。这种非完整的精神世界是现代化发展奉行剥夺政策的后果之一：从自然界剥夺自然资源，破坏自然，从个体人身上剥夺意志自由，破坏人的完整性。人的身心分裂，精神空间破碎不堪。虽然填之以对上帝的信仰、对理性的信仰和对市场的信仰，但破碎的外部世界，尤其是机器工业生产致使个体处于被割裂状态，而信仰的缺失或频繁更替强化了个体"我"的割裂状态。人的精神世界崩塌，精神家园遭到破坏。生活在20世纪的人们身上具有明显的分裂性。而分裂性指的是"无法沟通，丧失了亲密的人际关系，以及无法去感受生命等"①。分裂性人的主要特征是冷漠，而且"冷漠与分裂性的世界彼此互为因果"②。人与人疏离，人与自我分离。处于断裂、冲突中的"我"产生焦虑和恐惧。这是现代人精神敏感、心理脆弱的主要原因。这也是尼古拉·伊万内奇在不同心境下写完两封风格截然不同的书信，并且将其束之高阁的原因。

在探究个体产生心理问题的根源时，美国存在主义心理学家罗洛·梅③(Rollo May)依据自己长达25年的心理分析治疗经验，提出："一切心理问题，都是文化在社会、历史因素变动上的产物。……我个人认为心理问题乃是生物性、个人性以及历史-社会性三种因素的三种辩证运动方式所形成的。"④可以说，社会历史因素是影响个体心理健康的主要因素之一。美国精神分析心理学家埃里希·弗洛姆⑤(Erich Fromm)也曾说过："我们不能以个人是否'适应'社会为前提来给精神健康下一定义；恰恰相反，我们必须先看社会是否适应人的需要，社会的功能是促进还是障碍精神健康的发展，然后

① [美]罗洛·梅. 爱与意志[M]. 蔡伸章，译. 兰州：甘肃人民出版社，1987：13.

② [美]罗洛·梅. 爱与意志[M]. 蔡伸章，译. 兰州：甘肃人民出版社，1987：35.

③ 罗洛·梅(1909.04—1994.10)美国当代著名人本主义者、存在主义心理学家，著有《爱与意志》《人寻找自己》《焦虑的意义》《论存在》《创造的勇气》等。

④ [美]罗洛·梅. 爱与意志[M]. 蔡伸章，译. 兰州：甘肃人民出版社，1987：29-30.

⑤ 埃里希·弗洛姆(1900.03—1980.03)是20世纪最具影响力的心理学家和哲学家，人本主义精神分析学派创始者，著有《逃避自由》(*Escape from Freedom*，1941)、《为自己的人》(*Man for himself*，1947)、《健全的社会》(*The Sane Society*，1955)。

再根据这一情况来下定义。一个人是否精神健全,从根本讲,并不是个人的私事,而是取决于他所处社会的结构。"①总之,社会、历史和文化的发展变化影响个体的身心状态。随着现代化、工业化和城市化进程不断加速,除了分裂性,空虚和焦虑也是当代人的精神特征。由于生活在一个价值观念变动的过渡时代,社会发展致使熟悉的社会关系消失不见,而且影响他人并接受他人影响的途径也被阻断,因此,空虚与孤独和焦虑成为当代人的主要精神特征。

苏联乡村小说中个体的孤独感与空虚感密切相连,正如瓦·舒克申塑造的人物经常会心绪不安,承受莫名的精神痛苦,即 душа болит。之所以如此,是因为个体无法弄清自己需要什么,也不清楚自己感知到什么。社会创伤性变化,如战争、革命和变革等令个体意识到:传统欲望和传统目标无法带给他方向感和安全感。20 世纪动荡的社会和混乱的外界令个体感到茫然。内在空洞和孤独令人们陷入心理混乱和痛楚中,"不知道该扮演什么角色,该追求和相信什么样的处世原则"②,而这是焦虑的根源。焦虑被罗洛·梅定义为"因为某种价值受到威胁所引发的不安,而这个价值则被个人视为是他存在的根本"③。由于失去方向感和生活驱动力,当代人的现实感完全取决于他人。为了适应理性划一的机械生活标准,人们压抑自我中不适合社会生活标准的部分。面对无法作用的时代和社会,现代人产生内在的空洞感或空虚感,害怕失去维护日常生活和工作的秩序,失去帮助他确定方位或方向感的各种关系,以及可以依傍的他人。由于没有发展足以超越孤独的内在力量、内在方向感和内在资质禀赋,无法以内在力量为基础建立与他人的关系,因此个体会更加孤独、迷茫和无助。于是,为了摆脱孤独,个体努力成为被社会接受和喜爱的人,其代价是放弃证明自己存在意义的权利。在压抑自我、迎合社会的过程中个体人会丧失自我。根据威廉·詹姆斯的自我理论,物质自我中的身体自我与周围世界建立各种关系,并在他人认可

① [美]埃里希·弗洛姆. 精神健康与社会[M]//弗洛伊德,阿德勒,皮亚杰等著. 心灵简史:探寻人的奥秘与人生的意义. 吕陈君 主编. 北京:中国言实出版社,2008:171.

② [美]罗洛·梅. 罗洛·梅文集[M]. 冯川,主编;冯川, 陈刚, 译. 北京:中国言实出版社,1996:474.

③ [美]罗洛·梅. 焦虑的意义[M]. 朱侃如, 译. 桂林:漓江出版社,2016:186.

的情况下形成社会自我,这些感知经验经过经验自我的最高阶段,即精神自我的反思过滤,形成纯粹自我。它包含对思维本身的感觉和对肉体存在的感觉。如果没有同时感知两者的话,则无法实现纯粹自我,即一种主体自我,这是个体统一的内在原则。

一、孤独、焦虑

20 世纪的科技发展、政治运动和经济危机等令个体感到自身微不足道,自我变得无足轻重。在政治经济风暴和激荡的社会运动中,以及科技权威面前,个人变得软弱无力。除了跟随大众、追随习惯势力、服从公众意见和迎合社会期待,个体别无选择。而社会核心价值的丧失,导致人不再从自己的行动本身来判断行动的价值,而是根据这一行动被接受的程度来判断其价值。就这样,个体的自我感、自我价值和自我意义丧失。丧失自我感的个体主动放弃与他人交流,不愿表达自己的情感体验,从而增加孤独感。丧失自我感的个体无法体验与山川草木的联系,不再拥有与动物交感共情的能力。反之亦然,“人一旦丧失了他与自然的联系,他也就丧失了他自己的自我感”①。自我的丧失与焦虑相伴相生。要知道“自我动力的发展是为了保护个人,使其免于焦虑。反之亦然,不断增加的焦虑会降低自我的觉察”②。随着焦虑比例的不断增加,人便逐渐忘记一个事实,即自我是与外在客观世界相连的主体,于是主体性与客体性之间的区分瓦解。这是因为焦虑威胁的是知觉经验的心理结构基础,即自我意识,也是自我得以与客观世界区别隔离的基础。所以焦虑“是一种‘自我消解’(dissolution of the self)的经验”③。自我消解不仅包括肉体死亡,还包括“自我存在所认同的心理或精神意义的失落”④。社会心理学家卡伦·霍妮⑤(Karen Horney)认为:“对一个

---

① [美]罗洛·梅. 罗洛·梅文集[M]. 冯川,主编;冯川, 陈刚, 译. 北京:中国言实出版社,1996:512.

② [美]罗洛·梅. 焦虑的意义[M]. 朱侃如, 译. 桂林:漓江出版社,2016:188.

③ [美]罗洛·梅. 焦虑的意义[M]. 朱侃如, 译. 桂林:漓江出版社,2016:188.

④ [美]罗洛·梅. 焦虑的意义[M]. 朱侃如, 译. 桂林:漓江出版社,2016:188.

⑤ 卡伦·霍妮(一作“霍尼”)(1885.09—1952.12),德裔美国心理学家和精神病学家,最早倡导用社会心理学说明人格的发展,新弗洛伊德主义的主要代表人物,著有《精神分析新法》《自我分析》《我们内心的冲突》和《我们时代的神经症人格》等。

人来说，一切事情中最危险的，莫过于让人们注意自己的自我。而一切危险中最大的危险，就是一个人的自我的丧失。”①

20 世纪俄罗斯人经历的社会身份转换和生活方式转变，引发自我认同障碍。其中包括以生产发展和国家稳定为由的大举迁徙。20 世纪上半叶，富农由土壤肥沃之地被迁徙至极地冻土地带；乡村劳动力被招募去参加水电站、核电站和铁路干线等建设工程。当人离开了自然、土地和熟悉的生活环境而置身于陌生社会环境时，人的内心往往会充斥着孤独和焦虑。而焦虑被卡伦·霍妮定义为“对危险甚至是对假想危险的一种不成比例的过度反应”②。它源自“对被压抑的冲动的恐惧”③。引发焦虑的原因很多，法国著名哲学家米歇尔·福柯在《另类空间》中写道：“我认为造成目前的焦虑的原因，更多地是与空间有关，而不是与时间有关。”④因为“空间是社会和实践的产物，是历史的产物”⑤，人们对组成空间诸要素的分配和占有是其身份与权力的标志。也就是说，人们在空间中的姿态与位置，以及人们与空间的关系都具有象征性。社会秩序令每个人各居其位，一旦非常规化地使用空间，它就会成为改变社会秩序或社会标准的手段。20 世纪苏联历史建构的独特城市与乡村空间，与时间共同构造了社会标准。这一标准迫使人们遵守，并生成社会秩序。它令每个人居其位，谋其生，并形成不同的社会关系。如乡村里人们固守着大地与周围世界建立联系，并根据土地确定自己的认同，形成自己的语言、习俗和传统等。此外，还形成固定有序的时空安排、稳定持续的生活方式、固定不变的心理与经验、固定的价值观和固定的社会关系，而血缘关系、族亲关系和邻里关系在四季劳作和事务处理中构成稳定又团结的社群。在这个社会网络里个体可轻易获得归属感和安全感。这种归属感和安全感源自乡村空间稳定有序的整体性生活。一旦这种整体性遭到破坏，个体走向自我实现的途径就被阻断。

素以揭露社会问题为己任的苏联乡村作家们从不同层面揭示了乡村

---

① ［美］卡伦·霍尼. 我们内心的冲突［M］. 王作虹，译. 北京：北京联合出版公司，2013：133.

② Horney Karen. The neurotic personality of our time［M］. Oxon：Routledge，1999：42.

③ Horney Karen. The neurotic personality of our time［M］. Oxon：Routledge，1999：76.

④ ［法］M. 福柯. 另类空间［J］. 王喆，译. 世界哲学，2006(6)：53.

⑤ 汪民安. 身体、空间与后现代性［M］. 南京：江苏人民出版社，2006：111.

"分离破碎"的境况：天人对立、村社瓦解和自我身心分裂。人割裂与大地之间的联系，背离自然走向所谓现代城市文明；千年农耕文明积累的村社传统文化消逝，村社社群瓦解，乡梓之情淡化。族群分散，家庭规模缩小，血缘族亲之情被功利主义和实用目的主义冲淡。背离土地和丧失传统的个体成为"无根"之人，难以完成自我身份定位。当苏联乡村文明遭受工业化、现代化和城市化碾压，世代依靠土地生活的农民主动或被迫离开熟悉的乡村，进入陌生的城市，习以为常的宁静乡间生活方式被迫中断。陌生的生活环境，对立的城乡文化，以及城市人群的排斥造成身份认同困惑。模糊的社会身份引发个体的无助、不安和恐惧，从而引发焦虑；工业化加速了人的异化，其中人的物化性存在又强化了生命的无意义感，引发自我认同焦虑；物质利益刺激下物欲膨胀，个体财富不均引发普遍求富心理，进而激发社会性焦虑。因为没有归属感，没有"我们"的感觉，会让人产生一种不安全感和忧虑感，这种感觉是"基本焦虑"，这是个体在一个被认为有潜在敌意的世界里感到孤立和无助的感觉。"基本焦虑带来的压力使得个体无法将自己与他人的关系和自己真实的自发性情感联系起来，并迫使他寻找解决这些问题的方法。"[①]自我意识的完整性遭到破坏，个体精神的内在完整性和平衡性遭受损坏。总之，对于生长于土地上的农民来说，数个世纪以来形成的春耕、夏种、秋收和冬藏的四季轮回式劳作方式与日出而作、日落而息、周而复始的日常生活方式，被现代化和城市化摧毁了，农民的稳定社会心理也遭到破坏。在20世纪"50年代特别是60年代里，农民心理的影响在城市里显得特别明显。边缘状态的现象表现在三个方面：经济的、社会的和宗教的"[②]。E. 斯塔里科夫认为："边缘人，直截了当地说，就是'中间状态人'。典型的和标准的边缘人物——这就是从农村来到城市寻找工作的那些人：他们已经不是农民了，但也不是工人；他们已经脱离了农村的亚文化，却还没有熟悉城市的亚文化。"[③]这类"边缘人"陷入孤立感、无意义感和无能感，未来生活的不确

---

① Horney Karen. The neurotic personality of our time[M]. Oxon: Routledge, 1999: 18.

② [俄]亚历山大·佩日科夫."解冻"的赫鲁晓夫[M]. 刘明，等，译. 北京：新华出版社，2006：280.

③ 转引自[俄]亚历山大·佩日科夫."解冻"的赫鲁晓夫[M]. 刘明，等，译. 北京：新华出版社，2006：280.

定性令“边缘人”面对无能为力的生活时承受焦虑不安的精神痛苦。这些在瓦·舒克申的作品中得到了全面又深刻地展现。

俄罗斯学者瓦连京·亚历山德罗维奇·涅兹韦茨基（Валентин Александрович Недзвецкий）和弗拉基米尔·弗拉基米罗维奇·菲利波夫（Владимир Владимирович Филиппов）这样评价舒克申：“作品的主题和各种社会关系的特征都与我们当代人的生活及精神世界的表现相结合。舒克申笔下的很多人物要么是乡下人，要么是城市人，要么是那些进城后却未感觉到自己是城里人的乡下人。”①无论是进城的乡下人还是返乡的城里人，他们都是“一条腿在岸上，另一条腿却在船上”②。瓦·舒克申擅于借助城乡物理空间的隔离和转换来描写人物的焦虑和绝望。作家在居于城乡交界地带的“边缘人”或者往返于城乡之间的人物身上集中表现城乡文化的对立，以及这种对立所折射的社会变迁引发的身份认同危机和个体精神焦虑。瓦·舒克申在小说《妻子送丈夫去巴黎》（«Жена мужа в Париж провожала», 1971）和《狼群》（«Волки», 1966）中描写背井离乡的丈夫寄居在城市里，却无法真正融入城市生活，也未得到社会和家庭的认同与尊重。小说《狼群》讲述打柴路上翁婿二人遭遇狼群，岳父纳乌姆（Наум）丢下女婿伊万（Иван）独自逃命。面对女婿的责问不但不愧疚自责，反而责骂他是坐享其成的无赖，“你是哪里来的无赖，偏偏让我们遇上了！……兔崽子，不识抬举，我们收你这个穷光蛋做女婿”③，“本来穷得丁当响，到我们家来享现成”④。高高在上的优越感和对女婿人格的恶意贬低流露出低俗市井之气，也表现了伊万在家中被忽略和被轻视的地位。究其原因则是他丧失了自我社会身份的标识，只有尴尬的“边缘人”身份。原因背后是作家想表达的被忽略与被轻视的个体精神痛苦，因为“被人忽略、受人白眼则是这些缺乏重要身份标志

---

① Недзвецкий В А, Филиппов В В. Русская «деревенская» проза[М]. 2-е изд. Москва: Издательство Московского государственного университета, 2002: 117.

② Недзвецкий В А, Филиппов В В. Русская «деревенская» проза[М]. 2-е изд. Москва: Издательство Московского государственного университета, 2002: 122.

③ [苏]瓦·舒克申. 狼群[M]. 高中音，译//刘宗次，编. 舒克申短篇小说选. 北京：外国文学出版社，1983：170.

④ [苏]瓦·舒克申. 狼群[M]. 高中音，译//刘宗次，编. 舒克申短篇小说选. 北京：外国文学出版社，1983：172.

的人们在精神层面上所遭受的痛苦”①。正是因为无法承受精神之痛，小说《妻子送丈夫去巴黎》中的丈夫做出自杀选择。小说主人公柯利卡·帕拉托夫（Колька Паратов）退伍复员后来到莫斯科，娶了战友的妹妹瓦利雅（Валя），生养了一个女儿。没有一技之长的柯利卡做起搬运工，每月挣的工资远远少于妻子挣得的钱。妻子对钱财的贪欲令柯利卡痛苦。柯利卡试图劝说妻子别过分贪恋钱物，结果被妻子厉声呵斥：“你住嘴，别给我提你那个农村……不然你就回你那儿去好了，没人稀罕你在这儿。”②这位乡巴佬女婿在丈人和丈母娘眼中不过是可以随时扫地出门的“臭要饭的”。为了女儿，柯利卡忍受妻子的背叛，克制对故乡和母亲的思念，抑制返乡务农，以及驾驶拖拉机、播种机和收割机侍弄土地的梦想。他明白自己过的“不是真正的生活，而是一种十分荒唐、可耻和令人讨厌的日子”③。为了逃避这种日子，满怀乡村梦想的他开始酗酒，与不思进取的人厮混。为了发泄内心的苦痛，他时常在院子里拉起手风琴高唱“妻子送丈夫去巴黎，为他烤好了面包干……可她却暗自悄悄地说：愿魔鬼早点摄去你的灵魂！”④，唱罢还会滑稽地独舞逗乐众人，并以此方式报复妻子。夫妻间彼此记恨、刻薄相待的日子对于柯利卡而言是一种苦刑，而这种苦刑把他变成厌恶自己的酒鬼和神经异常者。一天，妻子当众嘲讽他的乡村梦想，诬陷他是残余富农，并再次恶语相加。失去理智的柯利卡对妻子说：“反正今天我要杀死你。”⑤这句话好像出自他人之口，而且是深思熟虑后说出的。长期压抑的焦虑不安和愤怒仇恨瞬间爆发，柯利卡进厨房取出斧子，沉着冷静地进房间找人，未找到人后把斧子放回原处，在厨房踱步，倒了一杯伏特加后却将酒泼洒在泄水盆里。怒骂妻子及其父母，坐立不安，一时间觉得厨房脏乱便用扫帚扫地。但当他

---

① ［英］阿兰·德波顿．身份的焦虑［M］．陈广兴，南治国，译．上海：上海译文出版社，2007：20．

② ［苏］瓦·舒克申．妻子送丈夫去巴黎［M］．张建华，译//刘宗次，编．舒克申短篇小说选．北京：外国文学出版社，1983：272．

③ ［苏］瓦·舒克申．妻子送丈夫去巴黎［M］．张建华，译//刘宗次，编．舒克申短篇小说选．北京：外国文学出版社，1983：276．

④ ［苏］瓦·舒克申．妻子送丈夫去巴黎［M］．张建华，译//刘宗次，编．舒克申短篇小说选．北京：外国文学出版社，1983：268．

⑤ ［苏］瓦·舒克申．妻子送丈夫去巴黎［M］．张建华，译//刘宗次，编．舒克申短篇小说选．北京：外国文学出版社，1983：278．

暗暗问自己“就这样了结吗？这就是说，妻子把丈夫送去了巴黎？”①的问题一提出，柯利卡便做出自杀之举。柯利卡的自杀看似是偶然性的行为，其实却是必然结果。社会身份模糊不清、未被城市接纳和认同、烦琐的家事耗尽原初的梦想、不幸的家庭生活令柯利卡失去自我，陷入焦虑、孤独和无助之中，他的心灵慢慢枯萎，内在力量逐渐消散。最终在心理失衡情境下，而非精神错乱状态下实施了看似未经慎重思考的自杀之举。

与小说《妻子送丈夫去巴黎》和《狼群》一样，小说《我女婿偷了一车柴》也表现了一种家庭内部的敌意，这种敌意不断恶化家庭关系，令女婿感到孤立、忧伤和惧怕，最后将惧怕和焦虑转化为敌意。因为“焦虑创造出敌意；破坏性则正是这个敌意的显明形式之一”②。破坏性结果的起因皆是琐事。小说《我女婿偷了一车柴》中仅因为一件皮大衣，脾气暴躁的司机维尼亚（Веня）与妻子争吵，岳母把维尼亚告上法庭，沉着又冷漠的检察员判定维尼亚有罪。检察员的无情和定罪的决心令维尼亚害怕，他意识到“人们有时是很可怕的”③。次日，检察员搭维尼亚的顺风车，路上这位聪明又快活的检察员带着些许幸灾乐祸的情绪批评维尼亚：因为喝酒导致家庭破裂和名誉被毁。他的一席话令维尼亚意识到自己完全失去了漂亮的妻子，感到掉入万丈深渊般的害怕。这种惧怕和懊悔不由地转化为敌意，他突然加大油门，丢开方向盘，大喊道：“让我们扑通一声从桥下栽下去怎么样？！”④如果说维尼亚的敌意有缘由的话，那么在短篇小说《蛇毒》（«Змеиный яд»，1964）和《委屈》（«Обида»，1971）中则表现了一种毫无缘由的敌意。这是一种阻碍他人获得快乐、令人不安和委屈的社会内在敌意。它不但平增个体的孤独感与无助感，而且令人焦虑、刺激潜在的怨愤和恨意，无端挑起事端。小说《蛇毒》讲述马克西姆（Максим）为了治疗乡下母亲的腿部神经根炎，跑遍全城买一种叫作蛇毒的药。买药的过程是马克西姆内心失衡与逐渐焦虑不安的

---

① ［苏］瓦·舒克申．妻子送丈夫去巴黎［M］．张建华，译//刘宗次，编．舒克申短篇小说选．北京：外国文学出版社，1983：278－279．

② ［美］罗洛·梅．焦虑的意义［M］．朱侃如，译．桂林：漓江出版社，2016：179．

③ ［苏］瓦·舒克申．我女婿偷了一车柴［M］．裴家勤，译//刘宗次，编．舒克申短篇小说选．北京：外国文学出版社，1983：346．

④ ［苏］瓦·舒克申．我女婿偷了一车柴［M］．裴家勤，译//刘宗次，编．舒克申短篇小说选．北京：外国文学出版社，1983：350．

过程，也是他不断压抑自己、低三下四求人和敌意与恨意泛起的过程。在第一家药店，柜台上的姑娘忙得无暇多说一个字，马克西姆不好意思多问。在第二家药店，瘦女人冷漠地回答了没有和不知道。感受到她的莫名乐趣和惬意时，马克西姆顿时觉得她十分可恶。在第三家药店，卖药小伙子的卖弄和轻慢一下子惹火了马克西姆。在第四家药店，当女店员带着轻率又无所谓的表情回答“没有”时，被激怒的马克西姆想说粗话刺激她。在诊所挂号开处方时，马克西姆哀求挂号的姑娘发个靠前的就诊号，同时也觉察到她脸上的冷笑。在第五家药店，当被告知无货后，他带着怨气离开，去杂技团找同乡帮忙，但他心怀怨恨地对着杂技团人员咆哮，心怀嫉妒地恳求同乡帮忙。离开杂技团后，他再次进第五家药店要求见领导，态度坚决：买不到药，便不走。他眼中含泪地表达了自己的怨恨：“我恨你们这些讨厌的家伙。”① 马克西姆的敌意与恨意不但指向他人，也指向自己：懦弱无能，心口不一，放弃自尊，委屈求人。马克西姆抑制自我情绪和屈膝求人的过程是其自我意识的完整性遭到破坏、心理平衡被打破的过程。与《蛇毒》相比，小说《委屈》侧重于主人公面对他人敌意时的情绪变化。从售货大婶到小组长，再到排队的人群，最后到穿风雨衣的伊戈尔（Игорь），所有人都认定萨什卡（Сашка）就是醉酒大闹商店的人，并以蛮横无理、贬低他人为乐。萨什卡越想解释清楚，则越委屈，最后遭到伊戈尔的儿子暴打，愤怒的萨什卡准备回家取铁锤对付伊戈尔父子。虽然他的怒火在妻子的劝解和哀求下变成了忍气吞声的委曲求全，但这种委屈及其伴生的无助感会发酵，终有一天会转化成焦虑，变成敌意，向四周弥散，增加他人的孤独无助感。要知道“在一个充满敌意的世界中，一种不知不觉地增加、无处不在的孤独和无助感”②才是瓦·舒克申短篇小说的重点描述内容。

瓦·舒克申所表现的精神焦虑与空间关系的极度想象有关，即城乡之间对立关系的极度想象。他在短篇小说《出洋相》（«Срезал»，1970）中扩张性地描写了精神焦虑如何滋生出较量，较量又如何滋生并助长挑衅情绪和

---

① ［苏］瓦·舒克申．蛇毒［M］．韩哲英，译//刘宗次，编．舒克申短篇小说选．北京：外国文学出版社，1983：133.

② Horney Karen. The neurotic personality of our time［M］. Oxon：Routledge，1999：89.

敌意，引发紧张的人际关系。主人公格列布·卡普斯京（Глеб Капустин）等庄稼汉的不平心理产生于城乡经济文化地位上的差距。城乡居民的社会心理不同：城市居民具有优越感，乡村居民对城市居民怀有一定敌意。同时也是为什么庄稼汉们期待着卡普斯京通过无聊的辩论来贬低来自城市的知识分子与军官。伴随着工业化的发展和城市化的推进，农民的群体身份在社会关系体系中越来越被边缘化。为了捍卫农民的群体价值和获得社会认同，主人公把回乡探亲的城里人假想为“论敌”，通过给城里人下马威和令其出洋相的方式来博取村民对自己的认同，同时也满足农村居民试图超越城市居民的虚荣心。

二、不安的心绪、游离的精神

与其他乡村小说家相比，瓦·舒克申擅长塑造古怪独特的人物。这类人物敢于质疑、挑战习俗且游离于社会边缘。他们在社会空间的位所与其物理空间位所相吻合。这类人物多居住在城郊，或虽居于城里却处于尴尬境地：回不去的乡村，融不进的城市。为了各种目的，如《召唤我去远方》中的中学生尤里卡（Юрка）发奋读书，立志考入大城市的医科大学，将来成为像伊万·彼得罗维奇·巴甫洛夫（Иван Петрович Павлов）一样的医生。但更多乡村居民是为了拥有物质和身份而抛离故土，脱离族群。他们涌入城市，背离乡村传统后接受城市文化，但未能真正融入其内。这类人物内心矛盾纠结，行为异于常人，令人难以理解。俄罗斯学者纳塔利娅·科夫通认为这类“人物挑战习以为常的生活，同时渴望与存在妥协、获得内心平衡，但是却错过了机会。被剥夺了传统、族群和信仰的人不得不每时每刻证明自己与所选道路相对应”①。于是，自我定位、自我确立和安置自我的愿望成为这类人物的主要任务，但现实却令他们陷入不可名状的焦虑中。如瓦·舒克申在短篇小说《周日的忧伤》（«Воскресная тоска»，1962）中提到难以言表的忧郁烦闷，在小说《我信》中详细描述了一种莫名的烦闷和一种无缘由的焦虑。这种难以解释清楚的内心冲突是20世纪精神危机症候之一，它源自

---

① Ковтун Н. Богоборцы, фантазеры и трикстеры в поздних рассказах В. М. Шукшина[J]. Литературная учеба, 2011(1): 132.

“不知道该扮演什么角色,该追求和相信什么样的处世原则”[1]。无所适从的焦虑是因为信仰缺失,它是小说《我信》的叙事重点。小说主人公马克西姆(Максим)每逢周末都感受到忧愁郁闷,这是一种毫无缘由的焦虑不安,一种足以感到疼痛的内心煎熬。正如马克西姆对妻子所言:“我的身体感受到的心灵之疼。……但却永远无法解释清楚。”[2]对此妻子无法理解,大家都在娱乐消遣,但马克西姆却无缘由地焦躁不安。他人的热闹和妻子的嘲讽令马克西姆烦恼不已,令他恼怒的则是自己无缘故的心焦不安。“马克西姆忧郁难过时,既不思考哲理问题,也不需要向他人请教,只是感到疼痛和愤怒。但他不会迁怒于人,既不想滋事打架,也不想上吊自杀。”[3]一天,他带着疑问找到在邻居家治病的神父。这位酗酒的神父否认上帝的存在,但肯定神的存在。“这位神被称为生活。我信这位神。这是一位严峻又强大的神。他兼具善恶,其实,这就是天堂。干吗,我们决定善应该战胜恶? 为什么?”[4]神父建议“信仰生活吧。既不知道一切会如何结束,也不知道所有人都赶往何处。但是最令我感兴趣的是,我与所有人一起奔跑,如果侥幸或许会超越某些人……邪恶吗? 那就邪恶吧。如果在这场伟大的竞争中胆敢有人对我暗中使坏,我会奋起甩他一个大耳光。绝没有什么转右脸的忍耐之说。上去打他一耳光,就结了。——马克西姆又问:如果这个人拳头很硬呢? 神父回答说:这就意味着我命该如此——跟随其后跑。马克西姆追问:可我们到底奔向何处? ——去向不明。对你而言去哪儿有区别吗? 所有人都奔同一方向,无论善人还是恶人”[5]。原来神父信奉的不过是从众原理和自然法则。最后神父习惯性高喊:“我信奉航空,信奉农业机械化,信奉科技革命! ……我相信,所有人会汇聚在臭气难闻的城市! 相信,人们会闷死在城市里,会再次奔向清新自然的田野。……我相信,獾脂,相信公牛角,相信静止的车辕! 相信肉欲和柔软的肉体。”[6]神父的言行中无不流露出矛盾:身为神职人

---

① [美]罗洛·梅. 罗洛·梅文集[M]. 冯川,主编;冯川, 陈刚,译. 北京:中国言实出版社,1996:474.

② Шукшин В. Малое собрание сочинений[M]. СПб.:Азбука, 2017: 482.

③ Шукшин В. Малое собрание сочинений[M]. СПб.:Азбука, 2017: 483.

④ Шукшин В. Малое собрание сочинений[M]. СПб.:Азбука, 2017: 486.

⑤ Шукшин В. Малое собрание сочинений[M]. СПб.:Азбука, 2017: 487.

⑥ Шукшин В. Малое собрание сочинений[M]. СПб.:Азбука, 2017: 489.

员却否认上帝的存在;信仰生活,却拒绝以善抗恶;坚持"以牙还牙",却会屈从强者;信仰纯粹精神,却也信奉肉体。神父的矛盾标志着主导精神缺失的全信时代。一个什么都信的时代难免会出现马克西姆这样焦虑不安的人,难免不出现拒绝上帝和信奉自然法则的神父。这位陷于矛盾中的神父嘴里喊着:"哎,如今的我变得如此不坚定,同时用拳头捶打桌面,放声痛哭,摇晃着长满浓发的大脑袋。"[①]酒后吐真言的特定情形暴露了神父的心理状态。人的心理状态受自身存在和社会存在状况的影响,其中社会存在中的文化模式对人精神状态的影响较大。如埃里希·弗洛姆所言,"人几乎可以适应任何一种文化模式,但只要这些文化模式与其本性相矛盾的话,他就会出现精神失调和情感困惑,这最终迫使他改变状况,因为人无法改变自己的本性"[②]。这是为什么瓦·舒克申塑造很多情感细腻丰富、内心躁动不安、行为不合逻辑的人物。如小说《斯焦普卡》中的斯焦帕竟然会在差 3 个月刑满释放的情况下越狱回家。小说《无指人》(«Беспалый»,1972)中的主人公谢尔盖(Сергей)迷恋、宠爱妻子。当发现她背叛自己后,谢尔盖操斧追杀,妻子仓皇逃走,他却用斧头剁下自己的两根手指。小说《私生子》(«Сураз»,1970)中的斯比尔卡(Спирька)是一位长相俊美、心地善良的司机。他爱上有夫之妇并大胆追求,全然没有羞愧避人之意。在被情敌抓住并暴打之后,内心顿时充满羞辱、痛苦和仇恨,于是半夜持枪入室准备射杀情敌,结果却在一片哭喊声中离开,最后在坟地里开枪自杀。这些充分解释了埃里希·弗洛姆的观点——"行为是个人性格中种种冲突倾向的各自力量进行较量的结果"[③]。这些人物身上的怪异之举是其性格矛盾冲突的结果,而个体矛盾性格的产生除了个人因素之外,更多是源于社会因素。

卡伦·霍妮认为,"现代社会,由于工业文明的发展,人已成为机器的一部分,再加上现代社会各种价值观念纷陈纠结,互相冲突矛盾,人在这种矛盾的文化情境中,迷失自己,丧失了对自我的了解、认知能力,不再能体验自

① Шукшин В. Малое собрание сочинений[M]. СПб.:Азбука, 2017: 488.

② Fromm E. Man for himself: An inquiry into the psychology of ethics[M]. New York:Open Road Integrated Media, 2013: 22.

③ [美]埃里希·弗洛姆. 人心:善恶天性[M]. 向恩,译. 2 版. 北京:世界图书出版公司, 2019:163.

己的真实自我及真正的认同，而产生一种虚假的自我及伪幻的认同。人不再能感受到外在世界的刺激，感受内在心灵的跃动，甚至变得麻木不仁，凡事只能说‘你’或‘他’，而不再能肯定‘我’的存在、我的重要。这种自我的疏离可说是现代人的通病，是导向精神分裂的主因”①。对立矛盾的文化冲突中，丧失自我认同，人与自我的分离和个体之间的对立在乡村小说中都有所表现，而且主要以瓦·舒克申的作品为主。20世纪后半叶苏联发生的历史变革令思想敏锐的瓦·舒克申预感到社会陷入了困境，经济危机、自然生态危机和精神危机交织缠绕在一起。瓦·舒克申“像索尔仁尼琴一样，也不接受社会谎言和专制国家类型，批判所有反民间道德的现象。不同于索尔仁尼琴，舒克申很少涉及政治生活”②，他专注于表现人的精神状况和个性危机。瓦·舒克申的作品中充斥着对个体和人类苦难历程的怜惜与对未来命运的忧虑。每部作品都在讲述善恶之争，描述传统保卫战，以及精神净化。为此，瓦·舒克申塑造“怪人”形象。“怪人”来自乡村，本性质朴，在他的奇怪可笑之举中可见民间智慧和俄罗斯心灵。“怪人”不断求索自身存在的意义，心系国家社稷且被各种社会问题所折磨。如短篇小说《肖像素描》（«Штрихи к портрету»，1973）中的主人公克尼亚泽夫（Князев③）关心国家权力体系构建问题，而他本人则是一位被家庭和社会忽视的电视维修工。这类人喜爱沉思，行为异于他人，与周围环境格格不入。如短篇小说《我信》中的马克西姆、《侧面和正面》（«В профиль и анфас»，1967）中的伊万（Иван）经常思考哲理性问题：为什么工作？为什么活着？《怪人》（«Чудик»，1967）中的瓦西里（Василий）、《不受管束的阿廖沙》中的阿廖沙（Алеша）、《思索》（«Думы»，1967）中的科尔卡·马拉什金（Колька Малашкин）和马特维·梁赞采夫（Матвей Рязанцев）的行为异于其他人。小说《思索》中的傻大个科尔卡每天夜里一边在村中游荡，一边拉着手风琴放声高歌，惊扰四邻难以入睡。农庄主席马特维每日夜里都说“明天就开除他”，但却静坐在椅子上一边吸着莫合烟，一边侧耳聆听，回忆往日生活，反

---

① ［美］卡伦·霍妮. 焦虑的现代人［M］. 叶颂寿，译. 上海：上海译文出版社，2013：237.

② Недзвецкий В А，Филиппов В В. Русская «деревенская» проза［М］. 2-е изд. М.：Издательство Московского государственного университета，2002：116.

③ Князев 的词根是 Князь（“大公”“王侯”的意思）。

思自己的人生：服从习惯，被动安排，思索死亡与爱情。科尔卡的手风琴令马特维的心绪难安，但马特维却慢慢地开始期待科尔卡的琴声。因为他意识到：难以安静的心绪是生活中不可或缺的部分。这种令人难安的心绪标志着马特维的自我意识被唤醒。科尔卡婚后不再扰民，可马特维却夜夜无法入眠，每日夜里坐在屋前台阶处吸烟，感受吓人的寂静。

瓦·舒克申笔下的这些“怪人”身上保留着优良的品质，如善良诚实、信任他人、具有良知且善于内省等，这些品质利于人在单纯的利他性行为中获得自我认同，保证自我意识的完整性，甚至是自我意识的觉醒。自我意识被美国存在主义心理学家罗洛·梅定义为一种人类特有的能力，即个体“从外部审视自己和自己的处境，并通过可能性评价引导自我的一种能力”[①]。简单说是人凭借自身的体验和觉知来反省自身的能力。为了获得对自我的意识，个体必须回到人生之初，重新体验自身的感受。小说《思索》就描述了服从习惯和顺从安排的马特维的自我意识如何无意间被唤醒；讲述个体如何体验自我，并借助被唤醒的自我意识反思人生，思考生死与爱情，把自我置于自然循环与人类生命长河中认识世界、顿悟生死，在回忆中完成自己的同一性体验。夜里科尔卡手风琴伴奏的歌声将马特维带回过去，令他回忆起儿时赤脚走在草丛中露水打湿双脚的感觉，以及看见身后绿色足迹的好奇。这种被遗忘的觉知体验和有关弟弟夭折的回忆令他“突然想到死亡：很快便了结了。没有恐惧，没有疼痛，但却莫名惊讶：所有人都将会如此，这一点可以理解，你会被抬走，然后埋入地下。但难理解的是：怎会如此？那么设想一下就明白了：太阳会东升，便会西落，而且总是东升西落。村子里会出现你未曾认识的人们”[②]。于是，他不再惧怕死亡。马特维的自我意识帮助他在自我与世界间建立联系，同时实现自我的同一性。这个过程即是法国哲学家米歇尔·福柯所说的“自我关注”。个体借助审察自我、调整自我、改变和融合自我来认识自我、反思自我、改变自我以及重构自我。关注自我其实是一种表达对自己、世界和世间一切事物态度的生存方式，是一种构建性的

① May R, Angel E, Ellenberger H. Existence: A new dimension in Psychiatry and Psychology[M]. New York: Basic Books, 1958: 74.

② Шукшин Василий. Миль пардон, мадам! [M]. Москва: Вагриус, 2005: 374.

社会实践，身为伦理主体的“自我”在改变的同时也塑造了适应性生存方式。“关注自我”是一种“修身立德”的生存状态，是一种基于反思和审察的适时调整状态，这种状态督促自我实践，创造建构自我的条件，完成自我解释，创建实现愿望的条件。自我建构是基于主体求真的实践性活动，否则是自我治疗。瓦·舒克申在短篇小说《对不起，太太！》(«Миль пардон, мадам!», 1968)中塑造了一名乡村神枪手布罗尼卡·普普科夫(Бронька Пупков)。他编造自己受命暗杀希特勒的故事，以此作为聊资与城里来的狩猎者沟通交流，并通过多次重复故事来安慰自己——醉酒时的大意导致枪走火而打断自己的食指与中指。

埃里希·弗洛姆认为当代社会道德问题的根源是人们对自己漠然。“我们已意识不到个体的重要性和独特性，我们将自己视为商品，我们的力量已经远离我们。我们成为用品，我们的邻居也已经成为用品。其结果是我们感到无能为力，并鄙视自己的软弱。因为我们不再相信自己的力量，我们不相信他人，不相信自己，也不再相信自己的创造力。我们没有道义上的良知，因为我们不敢相信自己的判断。我们是一群相信自己所走的道路定会通向目标的人，那是因为我们看见人人都走在这条道路之上。黑暗中我们坚定自己的勇气，因为听到人人都在吹口哨，正如我们所做的那样。”① 瓦·舒克申通过文学形象揭示这个问题时，也尝试提供解决问题的方案：回归乡村，回归自我。回归方案集中体现在小说《红莓》中。小说主人公叶戈尔·普罗库金(Егор Прокудин)虽然是小偷，但其自我定位却是热爱自然的农民：“我本来就是农民啊！生来就是。……我爱大自然。”②虽然自幼因战乱流浪于城乡之间，混迹贼匪之中，但他对自然、土地和乡村的热爱，对母亲的爱怜，以及对他人的本能性亲近赋予其内在力量，令他忠诚于自我，成为坚强、可靠且敢于追求幸福和快乐的人。虽然有机会为场长开小车，但叶戈尔拒绝了。因为他觉得不痛快，不想违心地说话做事，不想变成马屁精。他遵从自己心愿，时刻展示真实的自我，无论是他在贼窝里与柳霞(Люся)共舞

① Fromm E. Man for himself: An inquiry into the psychology of ethics[M]. New York: Open Road Integrated Media, 2013: 248.

② [苏]瓦·舒克申. 当代苏联中篇小说选辑·红莓[M]. 韦范序，译. 上海：上海译文出版社，1987:4.

时的坦荡真诚,得知危险后自告奋勇引开巡逻警察时的侠肝义胆,还是他向柳芭(Люба)承诺过上好日子时的责任担当,不同时刻的自然之举中表现了真实的叶戈尔。在光明村做地道的庄稼汉,他享受创造性劳动带来的自由快乐,聆听生命复苏的声音,“有力的、内在的声音……回忆自己那遥远的农村,河岸上的白桦树林,还有那条河”①。叶戈尔有能力表达自己的真实情感和思想,这令柳芭及其家人看到他身上蕴藏的诗人天赋和农民天性,发现其坚强不屈和真诚坦率的个性。很快这个家庭的所有成员不问过往地接纳了叶戈尔。流浪半生渴望回归土地、回归家庭的叶戈尔在对柳芭的爱情中找到安心之所。当主人公找到安置身心之地,并通过劳作融入社会时,却被昔日同伙夺去生命。这个悲剧性结局是瓦·舒克申提出的另一个问题:个体的自我修复、自我实现和自我成长离不开良好的社会氛围,因为“只要有机会,个体会发展真实自我所具备的独特生命力:令自己的情感、愿望和兴趣变得清晰又深刻;发展自己的能力,增强自己的意志力;发掘可能具有的特殊能力或天赋;培养表现自己的能力,以自然情感与他人沟通的能力,从而走向自我实现。……但需要温暖的氛围给他安全感,令他内心自由,让他有自我感,拥有自己想法并能清楚表达自己的真实情感。他需要别人的善意帮助,需要别人引导和鼓励自己成为一个成熟又充实的人。需要与他人之间保持合理又健康的摩擦。如果一个人能在爱和摩擦中与他人一起成长的话,他会按照真实的自我顺利地成长”②。但很多时候,社会环境无法为个体自我的健康成长提供必要的条件,尤其是在社会变革时期。

---

① [苏]瓦·舒克申.当代苏联中篇小说选辑·红莓[M].韦范序,译.上海:上海译文出版社,1987:89-90.

② Horney Karen. The neurotic personality of our time[M]. Oxon:Routledge, 1999: 17.

第四章　无根、无家、无“我”的生态性反思

20世纪80年代后期的苏联社会陷入困境，面对无法改变的社会现实，敏锐的乡村作家创作了带有末日色彩的系列小说，如维·阿斯塔菲耶夫创作的中篇小说《悲哀的侦探》、短篇小说《柳达奇卡》和特写小说《世界末日》，瓦·拉斯普京创作的中篇小说《火灾》，以及瓦·别洛夫创作的长篇小说《一切在前方》。其中小说《悲哀的侦探》《火灾》《一切在前方》被俄罗斯文学界称作末世论小说。学者们认为这几部小说的核心思想是“罪与罚”，指的不是人子与上帝之间的因果关系，而是人与自然和宇宙之间的因果关系。俄罗斯宗教哲学家尼·费奥多罗夫认为，具有思想和拥有理性的人是超越自然之物，因而人也就具有改造的能力，同时肩负改造自然的使命。同时他也指出人类理想的实现受到自然和宇宙演化的制约，因为“人在宇宙进化之中，故人的价值不可能是绝对自足的，人的道德也要依赖于自然”[①]。当目睹了19世纪末科技工业文明的惊人后果之后，这位哲学家曾警告世人：由于“人已尽其所能地作了一切恶，无论对自然（因掠夺而使自然荒芜和枯竭），还是对他人（发明杀人武器和彼此消灭的手段）。土地贫瘠，森林消失，气象恶化，表现为洪水和干旱——这一切都证明将有一天会‘大难临头’。……世界走向末日，而人甚至以自己的活动促进了末日的接近，因为剥削性而非建设性的文明只能导致加速末日来临的后果”[②]。哲学家的警告成为苏

---

① 徐凤林. 复活事业的哲学：费奥多罗夫哲学思想研究［M］. 哈尔滨：黑龙江大学出版社，2010：71.

② Федоров Н Ф. Философия общего дела. Ⅰ［M］. Верный，1906：3. 转引自徐凤林. 复活事业的哲学：费奥多罗夫哲学思想研究［M］. 哈尔滨：黑龙江大学出版社，2010：159.

联乡村作家的创作主题。

从苏联乡村小说生态主题,即个体"我"与自然、社会和自身之间的关系演变来看,20 世纪 80 年代末期的苏联乡村小说是生态危机主题的延续。20 世纪 70 年代中期创作的生态预警小说并未引起苏联政府的关注,失望的乡村作家采用突出政论性和隐喻性的小说警示世人:威胁个体和人类生存、招致末世之灾的力量藏于人自身。以主宰者自居的人必定要承受高速发展招致的末世毁灭:赖以生存的家园被毁,庇护心灵的家庭破碎,个体社会身份模糊,个体自我意识丧失。20 世纪 80 年代晚期创作的苏联乡村小说主要描述个体的生存状态:无根、无家与无自我。这种状态导致与世界建立各种关系的个体毁灭或丧失自我意识。因为个体消亡和主体性的丧失,俄罗斯后现代主义文学把世界描述为虚空,重塑个体和重建世界成为 20 世纪 90 年代以后俄罗斯新现实主义文学的书写重点。

第一节　消失的土地,毁灭的家园

20 世纪 70 年代中期之后,苏联乡村小说家开始描写人类赖以生存的自然遭到摧毁,如瓦·拉斯普京的中篇小说《告别马焦拉》。20 世纪 80 年代后期创作的乡村小说,如瓦·拉斯普京的中篇小说《火灾》、维·阿斯塔菲耶夫的特写小说《世界末日》和中篇小说《悲哀的侦探》描述人类安身立命的土地被淹没、庇护身心的家园被焚毁。支撑人存在的土地和家庭遭到前所未有的破坏,失去庇护的人漫无目的地流浪在广袤大地之上。大地(земля)作为俄罗斯文化概念总是与家园、故土相关,"整个大地就是我们共同的家园"①,故土不仅指故乡的大地和自然资源,还有生活在这片土地上的乡亲、乡音和乡俗规约等。这些是个体"我"与周围世界建立各种关系的必要元素:自然资源为个体"我"的生存提供物质保障,自然秩序是个体"我"生产与生活遵守的规则,乡俗规约是个体"我"维系人际关系的纽带,乡音乡愁中包含着个体"我"的精神寄托。总之,大地和故土上建立的关系和运行的秩序是人存

① Степанов Ю С. Константы: Словарь русской культуры[M]. M.: Академический проект, 2004: 170.

在的保证，所以19世纪“根基派”思想家们坚持“土地就是一切”[①]。苏联、俄罗斯著名语言学家、符号学家尤里·谢尔盖耶维奇·斯捷潘诺夫（Юрий Сергеевич Степанов）在《俄罗斯文化概念恒量词典》中把“家园”（дом）与“安适”（уют）并置，因为“俄语中安适这个概念包含语义和心理面的意义，即‘自己的，自己家的感觉’和找到自己，在家般的”[②]，此外，уют 的同根词——“古俄语中动词 ютить，‘即是提供栖身之所，划出僻静角落的’意思”[③]。作为文化概念，“安适”与“家园”紧密相连。没有了“家园”，人便无处安放身心，个体“我”成为无所依靠的存在。瓦·拉斯普京在小说《火灾》中描述大火烧毁家园，小说最后场景是孤独怅然的主人公伊万·彼得罗维奇（Иван Петрович）“从很远的地方看见了自己：在春之大地上走着一个小小的，迷失了路途的人，千方百计想找到自己的家”[④]。这个家是能栖身安心的居所。小说主人公伊万不断思考导致生活混乱无序和善恶不清的原因之后，得出这样一个结论：“为了使一个人在生活中能有一种不错的自我感觉，这个人就应该安居在家。是的，要安居在家。这是第一层意思，就是在家安居，不是临时住宿，是内心的安顿，有自身的内务管理，那里的一切都有确定不易、早就安排停当的位置和职司。其次，安居在家是指在农舍里，在住宅里，从那里一方面是去上工干活，另一方面是进入自身的天地。第三层意思这家就是指故乡故土。”[⑤]家园是个体“我”安顿身心，并与他人/社会和自然建立联系的基石。20世纪80年代中后期的乡村小说侧重于表现安顿自我的居所毁于水火，抚慰内心的家庭毁于猜忌，意识存在的自我毁于模糊。可以说这个时期的乡村小说以自我为中心从外向内地描绘了个体消亡。

---

① 费·陀思妥耶夫斯基. 作家日记[M]. 张羽，译//陈燊，主编. 陀思妥耶夫斯基全集. 石家庄：河北教育出版社，2009：409.

② Степанов Ю С. Константы: Словарь русской культуры[M]. М.: Академический проект, 2004: 827.

③ Степанов Ю С. Константы: Словарь русской культуры[M]. М.: Академический проект, 2004: 826.

④ ［苏］瓦·拉斯普京. 失火记[J]. 夏仲翼，译. 外国文艺，1987（4）：77.（注：《失火记》即为《火灾》）

⑤ ［苏］瓦·拉斯普京. 失火记[J]. 夏仲翼，译. 外国文艺，1987（4）：67.

一、洪水淹没的村庄

俄罗斯文化概念中的"火与水不是物质世界的物体，而是文化世界的现象，火与水应该被视为'概念'"①，这两个概念分别包含"生命之火"（живая огонь）与"死亡之火"（мертвая огонь）、"生命之水"（живая вода）与"死亡之水"（мертвая вода）。这两类"火与水，同人一样，从天空向大地流溢的水和火是创造和造福，反之，由大地流溢出的水与火则不能造福而是为害，即产生负面作用"②。这种关于水和火的文化概念帮助读者更好地解读瓦·拉斯普京的作品。他在两部小说《告别马焦拉》和《火灾》中分别描绘了对古老乡村和宿营式村镇的水淹火焚。无论是从作家创作历程还是从故事内容上讲，小说《火灾》是对小说《告别马焦拉》的续写，是生态主题的延续。创作于20世纪70年代中后期的《告别马焦拉》是一部生态预警小说，描述末日即临时的凌乱，而《火灾》则是生态末日小说，描述末日降临时的绝望；由于社会环境和创作自由度不同，作家在小说《告别马焦拉》中运用文学性语言描述洪水淹没村庄求发展的社会现实，并以河面上的浓雾和迷航的人们暗喻失去根基的人会如浮萍般漂浮不定，等待他们的将是未知的命运。在小说《火灾》中作家运用政论性语言叙述迁至松木林镇的乡村居民的无望生活。两部小说间的关联性体现在故事层面，如果说《告别马焦拉》描述拥有三百年历史的马焦拉村被洪水淹没的过程，那么《火灾》则是讲述古老乡村叶高洛夫卡（Егоровка）的村民们被迫迁离定居松木林新镇后的命运：迷失本性，丧失自我和前途无望的存在。

无论是马焦拉村，还是叶高洛夫卡村都拥有三百多年历史。沧桑岁月里这些古老乡村曾向来往商人和囚犯提供了栖身之地和饱腹之物，它们不但见证了古时哥萨克人的建设性行为，也见证了高尔察克匪帮与苏联红军间的鏖战。熬过火灾、饥荒、战乱等各种劫难后的古老乡村却遭到高速发展的机器文明碾压，沦为追求高速发展的牺牲品，永远沉没于水底。良田、祖

① Степанов Ю С. Константы：Словарь русской культуры[M]. М.：Академический проект，2004：295.

② Степанов Ю С. Константы：Словарь русской культуры[M]. М.：Академический проект，2004：300.

屋、墓地和有灵性的树王与岛主被洪水吞没。这些标识个体“我”时空位所的事物遭到摧毁，个体“我”仿佛被抛离时空之外，“我与所有事物”与“我与所有我们创造的物质价值”之间的关联被割断，个体“我”成为莫名的存在。祖辈耕耘过的良田沃土消失在水面之下，无法提供赖以生存的土地；埋葬祖先的墓地被水淹没，连接当下与过往的精神之根被割断；记忆往昔和预见未来的树王与岛主葬身水底，人的回溯之路和未来之路皆被断绝。这也是为什么《火灾》的主人公伊万经常陷入痛苦的沉思中，不断叩问：“我们的路在哪里呢？”[①]因为“人们曾经靠以为生的田野和草地随着水电站的建设早已淹成一片汪洋”[②]。提供栖身之所的大地、故土，以及大地之上的一切都消失在无情的水火之中。水与火兼具造福与为害之力，但短视的人却选择了洪水的吞没之力。瓦·拉斯普京在小说《告别马焦拉》中描述滋养大地万物的“生命之水”如何让位于为害四方的“死亡之水”。小说开篇的第一个场景便描写了生机盎然的春天，解冻的安加拉河水喧闹地急速而下，浩荡的河水横溢两岸，滋养着马焦拉岛上的万物。春雨中的树木和沼泽中的青蛙无不表达着对生活的爱恋，但马焦拉村却因人去屋空而寂寥破败，维持村子生机和活力的是一些留守老人。春日的阳光、回春的大地、温暖的空气、悦目的绿树青草、清脆欢唱的安加拉河，一切如约而至的美好暗示着自古以来便遵循的永恒秩序，但这种秩序被搬迁的慌乱打破，并随着被淹没的古老村落永远消失。马焦拉岛上一切守序且渴望生活的草木、鱼虫、鸟兽和岛主及树王因人类社会的发展需要而被迫接受永沉水底的命运。虽然苟延残喘的老人们努力保卫村子，拼命守卫墓地，但终究敌不过执行行政命令的外乡人。数百年来无声守护小岛和村庄的草木山石永远沉没水底，固定小岛的树王和守护岛上生灵的岛主也难逃劫难，深夜迷雾中岛主凄厉尖锐的嚎叫声划破沉寂，但这告别声很快被湍急的河水冲走。被迫搬离小岛的人成为失去根基且无精神守护者的“外来人”，他们行踪飘零，孑然一身，他们中的很多人漠然处世，逐渐变得“既不愿接受他人对自己的帮助，也绝不予人以助力”[③]。

① ［苏］瓦·拉斯普京．失火记[J]．夏仲翼，译．外国文艺，1987(4)：22.
② ［苏］瓦·拉斯普京．失火记[J]．夏仲翼，译．外国文艺，1987(4)：15.
③ ［苏］瓦·拉斯普京．失火记[J]．夏仲翼，译．外国文艺，1987(4)：31.

这些人虽然了无牵挂，但却心力交瘁地煎熬度日，因为他们不知“所为何事？去向何方？”①

二、大火吞噬的家园

洪水和烈火作为末日象征符号出现在瓦·拉斯普京的生态小说《告别马焦拉》和《火灾》中。小说《告别马焦拉》详细描述了火焰吞噬彼得鲁哈(Петруха)家祖屋的场景：烈火吞没屋内一切，墙壁、屋顶和穿堂间，火舌高蹿出屋，烈焰遮蔽夜空，照亮四周有着同样命运的木屋，也照亮安加拉河水面；“生命之火”被“死亡之火”取代，烈火中俄式炉炕碎裂成片，火焰顺着板墙向院子蔓延。留下来的全村老少都嫌弃地远离点火烧屋的彼得鲁哈，同情地看着纵火犯的母亲卡捷琳娜号啕大哭且不停地向祖屋弯腰谢罪。人们魔怔般呆立凝视烈火，无人上前救火，但每个人却为自己根本不想救火而难受不安，虽然人们知道被烧毁是每间木屋的命运，也知道没有必要救火。因为摧毁一切的“死亡之火”源自人之手，由内部向外燃烧。就这样，未受阻挠的烈火从彼得鲁哈家开始向远处蔓延，很快磨坊被点燃，燃烧着的磨坊“传出恐怖的、发自内心的嗥叫声。高处的火焰被风吹折撕断，一团团浓烟飘向远方”②。没多久，树王被淋上汽油后点燃，马焦拉岛的松林也被点燃，浓烟弥漫在安加拉河上空、连成一片。天地间的万物遮蔽在烈焰浓烟中。为了刻画人类的短视、愚昧和无理性，瓦·拉斯普京塑造了彼得鲁哈和外乡人。为了搞到买酒钱，彼得鲁哈亲手点燃自家祖屋，并去邻村点燃他人的祖屋；为了完成任务，外乡人点燃磨坊、树王和松林。固守岛屿和村庄的树王与松林最终被“死亡之火”吞噬，“在那片松林燃烧的地方，烈火在黄昏中闪光夺目而噼啪作响”③。从遮风避雨的祖屋，到加工食物的磨坊，再到提供生产资源的松林，火焰吞噬的是人赖以存在的基础。这样的描述顺序是对人祸所致的生态末日进行了形象又富有哲理性的艺术阐释。

小说《告别马焦拉》描述人为了发展而亲手点燃自己的栖身地：祖屋、马

① [苏]瓦·拉斯普京. 失火记[J]. 夏仲翼，译. 外国文艺，1987(4)：31－32.

② [苏]拉斯普京. 拉斯普京小说选[M]. 王乃倬，等，译. 北京：外国文学出版社，1982：181.

③ [苏]拉斯普京. 拉斯普京小说选[M]. 王乃倬，等，译. 北京：外国文学出版社，1982：215.

焦拉村和马焦拉岛。未受阻的，确切地说，被纵容的烈火有计划按步骤地由里向外肆意燃烧，村民们只是难过不安地观看冲天火焰。小说《火灾》中描述的烈火却是从外向内燃烧，源自Г形仓库拐角处的莫名火焰，闪着忽明忽暗的火光从一旁燎起。火借风势瞬间直蹿而上，转而迅速向左右两个方向蔓延，食品仓库和工业品仓库很快陷入火海。“火是顺着屋顶走的，这速度之快，爆裂声音之响，就好像那儿有人从上面往下在撒火药。”[①]此处，莫名燃起的、像从上撒了火药的大火暗指《旧约》中被天火焚毁的罪恶之城——所多玛与蛾摩拉。这种互文性描写表达了惩罚意味。惊恐的人们奔向火场，既有可靠的自己人，如伊万·彼得罗维奇、阿莲娜（Алена）、阿方尼亚·勃朗尼科夫（Афоня Бронников）、谢苗（Симен）和米沙·哈姆卜（Миша Хампо）大叔，也有趁火打劫的“无赖汉”萨什卡（Сашка）、索尼亚（Соня）和顺手牵羊的独臂萨维里（Савелий）。密集人群中找不出能汇聚所有人力量的核心人物，尽管作业区主任鲍里斯·季莫菲伊奇（Борис Тимофеич）在现场，但他却无法控制混乱局面。这种在场性缺席暗喻官方权力面对失序和混乱时的无能为力。无序和混乱吸引了远近的无赖汉，他们组成团伙且肆意妄为。面对这股力量，失去了根基、没有精神守护且冷漠自顾的人们唯有远而避之。当储存食物和促进发展的仓库着火时，奋力救火的人们与趁火抢劫的无赖汉纷纷冲进火海。在混乱的火场，保护公共财产的米沙·哈姆卜大叔与趁火打劫的索尼亚相遇，最终代表善的米沙·哈姆卜大叔与代表恶的索尼亚同时葬身火海。善恶皆亡的结局是对人之末途的预言，因为赖以生存和发展的土地与家园全毁于人自己之手。无论是永久居住的马焦拉村或叶高洛夫卡村，还是临时栖身的宿营式小镇都遭遇水淹火焚的命运。

小说《告别马焦拉》描述了古老乡村和文化传统的覆灭过程，表现了维系农耕文明的旧秩序如何被打破。小说《火灾》描述了宿营式新镇的混乱无序，表现了科技理性引领下高速发展的代价：善恶不清，社会失序，自我无处安顿。即便如此，“必须生活下去……不管怎样得生活下去……生活下去是必须的”[②]成为伊万的存在目标。他认为“人的生活中有四个支撑点：家庭住

---

① ［苏］瓦·拉斯普京. 失火记［J］. 夏仲翼，译. 外国文艺，1987(4)：8.
② ［苏］瓦·拉斯普京. 失火记［J］. 夏仲翼，译. 外国文艺，1987(4)：75.

所,工作,你与之共度节日和常日的人们,还有你家所在的这块土地"[1]。这四个支点不过是建立在土地之上的各种关系:亲缘关系、社会关系与生产关系。它们在个体"我"与周围世界进行能量信息交换过程中形成和发展。这些关系形成以自我为中心的同心圈,最近的一圈是亲缘关系,是家庭。它是个体"我"最初体验爱与亲的地方,也是支撑个体"我"生活的动力。即使故土和祖屋荡然无存,伊万依然抱着活下去的信心,而支撑他的是家庭,确切说是心灵相通、彼此融合的夫妻关系。三十年的婚姻生活令"他们在很多方面已经是我中有你,你中有我"[2]。这种彼此相融、心灵相通的亲密和精神上的共同体带给伊万宁静平和的心态和生活下去的决心。

瓦·拉斯普京寄希望于家庭,瓦·别洛夫和维·阿斯塔菲耶夫则描述了这份希望的破灭。维·阿斯塔菲耶夫的政论小说《悲哀的侦探》中的主人公索什宁(Сошнин)经历并思考所谓"家庭之谜"后,得出这样的结论:"凡是家庭纷纷解体的王朝、社会、帝国,它们的内部就不可能团结一致,恶必然会战胜善,土地必然会裂开,吞没这群已没有理由称为人的大杂烩。"[3]这群"大杂烩"没有能力通过源自内心的仁爱形成关心、责任心和尊重来认识世界,并与周围世界建立协同合作的创造性关系。导致个体丧失爱的能力的主要原因是家庭破碎,"家庭被视为正常生活方式的生产基础和道德基石"[4]。

第二节　破碎的家庭

如果说瓦·拉斯普京的中篇小说《火灾》的主人公伊万意识到了活下去的必要性,那么维·阿斯塔菲耶夫的中篇小说《悲哀的侦探》中的主人公索什宁思考的是:在人间怎样活下去?尤其是没有工作、没有家庭的孤单个

---

① ［苏］瓦·拉斯普京. 失火记［J］. 夏仲翼,译. 外国文艺,1987(4):65.

② ［苏］瓦·拉斯普京. 失火记［J］. 夏仲翼,译. 外国文艺,1987(4):55.

③ ［苏］维·阿斯塔菲耶夫. 忧郁的侦探［M］. 许贤绪,译//［苏］阿斯塔菲耶夫等著. 忧郁的侦探:当代苏联小说选. 许贤绪,等,译. 上海:上海译文出版社,1988:410.（注:《忧郁的侦探》即为《悲哀的侦探》）

④ Громыко М М. Мир русской деревни［M］. Москва: Молодая гвардия, 1991: 170.

体。由于表现了20世纪80年代末城市"大杂烩"的生活状态，小说《悲哀的侦探》遭到美国斯拉夫学者戴明·布朗的严厉批评："这部小说实际上谩骂其同胞的道德缺陷。"[①]对于素以反映现实问题为己任的作家而言，这样的评价有失偏颇。面对当时的社会现状，失望的维·阿斯塔菲耶夫真实地描述了20世纪80年代末苏联社会的混乱无序和大厦将倾的征兆。苏联大厦的分崩离析始于最小社群单位——家庭。如果说20世纪70年代瓦·别洛夫创作的家庭主题小说重在表现当代人的精神危机，那么他在20世纪80年代末创作的长篇小说《一切在前方》则重点表现家庭破碎及其后果。与瓦·别洛夫一样，维·阿斯塔菲耶夫在中篇小说《悲哀的侦探》中也重点表现人赖以依存的最重要和最神圣联盟，即家庭的瓦解，而这种瓦解是病态社会机体的病灶源之一。因为作为最小的社会单位，家庭的完整与破碎不但影响家庭中每位成员的命运，而且还关乎社会稳定与否。家庭的破碎和覆灭在瓦·别洛夫和维·阿斯塔菲耶夫看来是社会分崩离析的征兆。

小说《悲哀的侦探》向读者展现了混乱失序的社会图景：无论城市还是乡村，到处都充斥着冷漠、暴戾、颓废和非正义。为了充分表现这一切，作家塑造了具有文学气质的侦察员索什宁。他以老侦察员视角观察社会生活中的恶行和善举，同时以作家的身份思考造成社会善恶难分的民族文化因素。他眼中的世界分为犯罪世界和非犯罪世界。犯罪世界的罪犯中既有轻视践踏他人生命、当街刺杀行人的"好汉"，也有受了屈辱后报复性杀害无辜年轻孕妇的所谓"弱者"，盛怒下的受害者变为施害者，还有盗车肇事连夺五条人命的昔日救火英雄。非犯罪世界中的人是日常生活中忙忙碌碌的普通人。这些人当中有一对恩爱夫妻竟然为了获取知识而连续多日躲在图书馆里，此举导致他们最小的孩子独自在家饿死，也有禁不起诱惑的人误入歧途，成为莉娜(Лина)阿姨那样善良无知的罪犯。面对这些令人难以理解的行为，作家透过索什宁的眼睛和心灵进行观察与思考：何以为人？人该怎样生活？作家通过故事告诉读者：人应该是有理性的"一种意识到自我存在的生

① Brown Deming. The last years of Soviet Russian Literature: Prose fiction 1975 - 1991[M]. Cambridge: Cambridge University Press, 1993: 88.

命”①。人的自我存在意识离不开社会关系。每个个体“我”在社会关系中都有属于自己的位所或位点，根据自己的位点，个体“我”与他人之间进行信息传递与情感交流，在“我与你”和“我与我们”层面上建立各种关系。错综复杂的社会关系中每个个体“我”既受他人影响也不同程度地影响他人。若仅从这一点考虑个体对社会稳定的作用，可以说无论是在家庭还是在其他社群中，每个成年人都不同程度地发挥着建构或破坏作用。个体与周围的关系如乌尔里克·奈塞尔的生态认知理论和赫伯特·赫尔曼斯的对话自我理论所阐述，其实是不同层次的个体自我与周围世界进行信息交换和功能转换。感知空间位所的生态自我和参与社会人际交流的人际自我形成于婴儿时期，连同个体回忆孩童经历的扩展自我与其童年经历的无法与人分享的私密自我最终形成自我概念。在此基础上，个体依据各种关系完成自我定位，同时在认识世界、了解和改造世界的过程中与周围世界产生各种关系，并在“人－社会－自然”系统中发挥着阻碍或促进作用，或者说，作恶或为善。每个作恶或行善的成人背后都有其原生家庭的影子，因为“决定一个人能成为何种人的东西早在其童年时期，而且被其童年所决定”②。作为人生第一所学校的家庭有责任教会孩子学会信任、爱怜，具有责任心和利他性意识，要知道“对于儿童而言，家庭是首个源自彼此相爱和自愿帮扶的‘我们’，家中奉行‘我为人人和人人为我’的法则”③。而这一法则是人类社会彼此守护、绵延不断的首要定律。但现实却是这一定律逐渐退出当代人的认知领域，因为庇护孩童身心、保其健康和教其为人的家庭已经瓦解破碎。

一、猜忌的后果

家庭始于婚姻并建立在婚姻基础上，父母在慎重选择后组成了家庭，但家庭中的孩子却被动地接受原生家庭赋予自己的一切。就此而言，守护家庭和教育子女是每对夫妻对自己、孩子和社会应该履行的必要责任。伊·伊里因指出，“家庭的使命是赋予孩子一生中最主要和最本质的东西”④。这

---

① ［美］艾·弗洛姆. 爱的艺术［M］. 李健鸣，译. 上海：上海译文出版社，2008：7.

② Ильин И А. Россия. Путь к возрождению［M］. Москва：РИПОЛ классик，2019：135.

③ Ильин И А. Россия. Путь к возрождению［M］. Москва：РИПОЛ классик，2019：147.

④ Ильин И А. Россия. Путь к возрождению［M］. Москва：РИПОЛ классик，2019：146.

种被称为生命本质的东西是爱,因为爱和为了爱,人会选择忍耐、承受痛苦、甘于奉献和牺牲。这种利他的给予是一种创造性行为,因为它可以唤起被给予者的回应或者同样洋溢着生命力的给予。于是“在给的行为中诞生了新的东西,给和得的人都感谢这种新的力量”①。所以人们常说,基于爱情、忠贞和责任的婚姻才有能力营造充满爱意和自由的家庭氛围,才能教会孩子爱人和被爱,感受幸福,并在信任和尊重中养成自尊和自律的意识,最终成长为精神完整无损且有能力教育下一代的人。仅有爱情而没有忠贞和责任的婚姻不会持久,彼此忠贞既是真诚待己,也是夫妻应尽的责任,而忠贞的基础是彼此信任。夫妻之间或人与人之间要想保持相互信任的关系,首先要摒弃猜忌。

维·阿斯塔菲耶夫的中篇小说《悲哀的侦探》和瓦·别洛夫的长篇小说《一切在前方》不仅全面描述了以家庭为单位的微型社会的瓦解过程,而且探究了引发这一结果的原因:猜忌。引发猜忌的却是人与人之间的不信任。如果缺乏彼此信任,任何联盟都难以存在,其中包括被称作神圣联盟的家庭。家庭的核心关系是夫妻关系,较之家庭中其他亲缘关系,如父母子女关系和兄弟姐妹关系,夫妻是没有血缘关系的亲人。没有血缘维系的夫妻如果彼此疏远、缺乏信任,那么猜忌便是自然而然的事情。猜忌、争吵、埋怨、厌恶、怨恨和仇视逐渐成为家庭生活中的两性战争。由不信任滋生出的猜忌、敌视和憎恨足以摧毁最小社群单位——家庭。同样描述家庭中夫妻关系的破裂,但瓦·别洛夫在对比斯拉夫文化家庭观与西方文化家庭观的框架下展开叙述。小说《一切在前方》的女主人公柳芭(Люба)与丈夫梅德韦杰夫(Медведев)离婚不是因为丈夫失职入狱,而是因为彼此猜忌。柳芭的巴黎之行是引发家庭破裂的祸端,祸事的起因是两个无聊者之间的打赌。柳芭的中学同学布里什(Бриш)与记者阿尔卡奇(Аркадий)打赌看记者能否成功勾引众人眼中的贤妻良母柳芭,赌注是一瓶“白马”牌威士忌。这两个登徒子之间的谈话恰巧被梅德韦杰夫的朋友伊万诺夫(Иванов)无意间听到了。自此,已离婚的“渴望正义的”伊万诺夫开始留心观察柳芭的举动,甚至采取跟踪行为。回国后犹豫不定的伊万诺夫最终把这件事告诉了自己的

① [美]艾·弗洛姆. 爱的艺术[M]. 李健鸣,译. 上海:上海译文出版社,2008:23.

前任小舅子斯拉瓦(Слава)。从此,这个不道德的打赌便开始发挥其破坏作用。梅德韦杰夫从未询问妻子的巴黎之行,但“一个接一个的怀疑开始出现在梅德韦杰夫的头脑中。……可能出于对他或众人的畏惧,她装作忠贞的妻子和善良的母亲。其实她淫荡又平庸……难道她不也是像大多数女性一样吗?梅德韦杰夫不由自主地想怒吼,因为痛苦或如梦般萦绕于心的疑惑”①。这种疑惑和猜疑在日常生活中不断加强,成为随时点燃家庭纷争的炸药包。一日,这对曾经相互信任的夫妻竟然因为给丈母娘打电话的琐事而产生关于真诚的争执。柳芭责问道:“基玛,你到底想怎样?”丈夫回答道:“不过是真诚罢了。”妻子说:“我对你是绝对的真诚。”丈夫反驳道:“不对。你不真诚。在我看来。”妻子再次责问道:“到底为什么你要折磨我?”丈夫抱怨地说:“对不起,我并不想让你委屈。但我不再相信你,见鬼去吧!我知道你向我隐瞒了什么。难道不是这样的吗?那么请告诉我,难道不是这样吗?……柳芭!看着我的眼睛!可能我不对?请说!我对还是不对?”“别冲我喊叫!——她的双眸一闪,但不是泪光,而是某种完全异样的目光。”②这组对话从“我与你”层面展示缺少信任的夫妻间非成功的沟通。梅德韦杰夫夫妻之间原本推心置腹的坦诚沟通被猜测、怀疑和争吵取代。最终,由于伊万诺夫这类“热心人”的关注,曾经彼此相爱的夫妻劳燕分飞。

与瓦·别洛夫相比,维·阿斯塔菲耶夫在中篇小说《悲哀的侦探》中详细地描述了猜忌如何发挥其破坏性作用。主人公索什宁的妻子列尔卡(Лерка)是他从地痞流氓手中搭救出来的受害者。一日,衣着时尚又爱搔首弄姿的列尔卡在公交车站遭到几个流氓围堵,流氓们企图在大庭广众之下强暴她。候车的众人中却无人伸出援手,恰巧路过的索什宁救下无助的姑娘。虽然婚后两人在教育女儿斯维特卡(Светка)方面存有分歧,但这并未影响到夫妻关系,直到被称作“垃圾桶”的女流浪汉对索什宁采取报复行动。这位被索什宁送去醒酒所的女流浪汉径直走到挽臂而行的索什宁夫妇面前,一边向列尔卡喷吐带着烟味的酒气,一边对着索什宁说:“你把我忘……忘啦!完全忘啦!把我换成这个骚娘们啦!你们男人都是负心人,阴险的

① Белов В. Все впереди[J]. Роман-газета, 1987(6): 31.

② Белов В. Все впереди[J]. Роман-газета, 1987(6): 31.

负心人！”①当看见列尔卡从丈夫手臂中挣脱出手又掩面而逃时，“垃圾桶”追上去补送一句：“他经常到砖瓦厂去找穆西卡！……你当心……心……心！他会给你带来奖品。”②就是这么一位因酗酒失去一切且存心报复所有人的“孤独生物”成功离间了索什宁夫妻。没有任何质疑，理智健全的列尔卡选择相信全城人嫌弃的“垃圾桶”的胡言乱语，自傲的男子汉索什宁也未做丝毫解释，两人回家之后大打出手。日常生活中猜忌导致的裂隙越来越大，夫妻之间经常彼此挖苦、讽刺、咒骂，相互仇恨，动辄因琐事闹分居。“索什宁夫妻最近的一次分裂就是为了它”③——庞大老旧又结实笨重的衣柜。“垃圾桶”的谎言之所以能轻而易举地令列尔卡猜忌丈夫，是因为列尔卡成长在一个以猜忌和冷战为主的家庭。索什宁的岳父马克尔·吉洪诺维奇（Маркел Тихонович）是一个立有战功、善良勤劳却温顺少言的老人，由于无法忍受空话连篇、做事忙乱、爱抽烟、好咒骂的妻子，曾一度离家出走并投奔年轻时的相好。自此，耿耿于怀的妻子便时刻监视防范，四处散布有关自己丈夫的谣言，而岳父为了孩子不与她争论，却也不再关爱她。缺少爱情和理性的婚姻中这对老夫妻间没有最起码的信任和尊重，妻子的猜忌和丈夫的冷暴力形成斗争型的家庭氛围，最终老太婆的“神经在对付社会主义敌人和对付我的战斗中出了毛病”④，而在这种家庭氛围中长大的列尔卡也因为猜忌令自己的婚姻走向瓦解破碎的边缘。

二、分崩离析

为了表现家庭完整对其成员的重要性，维·阿斯塔菲耶夫在小说《悲哀的侦探》中以各种方式表达自己的观点：婚姻家庭生活关乎每位成员的人生轨迹。借助插叙和补叙，作家展现索什宁岳父母的失败婚姻和卓伊卡

---

① ［苏］维·阿斯塔菲耶夫. 忧郁的侦探［M］. 许贤绪，译//［苏］阿斯塔菲耶夫等著. 忧郁的侦探：当代苏联小说选. 许贤绪，等，译. 上海：上海译文出版社，1988：341.

② ［苏］维·阿斯塔菲耶夫. 忧郁的侦探［M］. 许贤绪，译//［苏］阿斯塔菲耶夫等著. 忧郁的侦探：当代苏联小说选. 许贤绪，等，译. 上海：上海译文出版社，1988：341.

③ ［苏］维·阿斯塔菲耶夫. 忧郁的侦探［M］. 许贤绪，译//［苏］阿斯塔菲耶夫等著. 忧郁的侦探：当代苏联小说选. 许贤绪，等，译. 上海：上海译文出版社，1988：327.

④ ［苏］维·阿斯塔菲耶夫. 忧郁的侦探［M］. 许贤绪，译//［苏］阿斯塔菲耶夫等著. 忧郁的侦探：当代苏联小说选. 许贤绪，等，译. 上海：上海译文出版社，1988：373.

（Зойка）奶奶的轻率婚姻分别对列尔卡和卓伊卡孙女的影响。文本中多处以索什宁的视角描述家庭矛盾对其生活的影响。“在家庭联盟破裂一昼夜后，钟的摆锤就顶住木板，没有了声音，七号四室变得静悄悄的，时间停止了。”①暗喻性文字创造了更广阔的解读空间。索什宁家的古老钟表象征着家族代际的传承，标识每个家庭在时间轴上的位置和作用。由于夫妻关系破裂，索什宁的家庭即将解体，从家族谱系中消失，难留痕迹。家庭中夫妻关系破裂，生活丧失了活力，停滞不前。男主人陷入无限孤独和苦闷中。多次爆发闪电般吵闹后，列尔卡带着女儿住进单位的公寓。索什宁享受到难得的自在，享受安宁和写作自由，可以在家中为所欲为，但其代价是独自品尝孤独，承受思念和责任的双重折磨。他不禁感慨：“女人！妻子！十字架。”②逐渐索什宁明白：男人与女人的结合不仅是为了传宗接代，还是为了创造善与美，为了“互相帮助并帮助他们生活其间的社会，在于完善自身，在心和心之间互相输送各自的血液以及和血液在一起的所有美好的东西”③。这种彼此互助、造福社会、创造美好的前提是夫妻恩爱，家庭和睦。当互相猜忌、彼此仇恨的夫妻把家庭推向瓦解破碎境地时，互助中的自我完善和创造美好的期望转化为伤害，而孩子是直接受害者。“我与你”层面的夫妻关系是“我与我们”层面家庭关系的核心，涉及的是家庭责任等伦理道德问题，但家庭伦理问题的承担者却是家庭关系中最需要保护的孩子。孩子被迫接受父母关系不良造成的后果，接受无法理解和难以承受的一切。这是瓦·别洛夫和维·阿斯塔菲耶夫在自己的作品中强调的重点。

瓦·别洛夫的小说《一切在前方》中男女主人公梅德韦杰夫与柳芭关系破裂时，六岁的女儿薇拉（Вера）不但感受到家中反常的冷战氛围，而且亲眼看见了母亲与其暗恋者斯拉瓦·祖耶夫（Слава Зуев）在家门口接吻。她的一声“妈妈”，令“祖耶夫如同被电击般地迅速离开柳芭。小姑娘在门旁一动

---

① ［苏］维·阿斯塔菲耶夫. 忧郁的侦探［M］. 许贤绪，译//［苏］阿斯塔菲耶夫等著. 忧郁的侦探：当代苏联小说选. 许贤绪，等，译. 上海：上海译文出版社，1988：407.

② ［苏］维·阿斯塔菲耶夫. 忧郁的侦探［M］. 许贤绪，译//［苏］阿斯塔菲耶夫等著. 忧郁的侦探：当代苏联小说选. 许贤绪，等，译. 上海：上海译文出版社，1988：328.

③ ［苏］维·阿斯塔菲耶夫. 忧郁的侦探［M］. 许贤绪，译//［苏］阿斯塔菲耶夫等著. 忧郁的侦探：当代苏联小说选. 许贤绪，等，译. 上海：上海译文出版社，1988：410.

不动，僵硬地、不自然地站着。那双孩童特有的明亮纯洁的双眼里集聚多少幼小心灵无法理解和难以承受的痛苦”①。十年后，当梅德韦杰夫出现在女儿薇拉面前时，“她没有认出爸爸。凭借理智她未认出他，但她那颗跳动的心和身上流淌的血液却知道，他不是外人。——爸爸，是你吗？她低声问道。她的脸颤了一下，露出笑颜，很快变成哭脸，正是这种儿时哭泣时扭曲变形的脸令梅德韦杰夫痛心不已”②。但很快梅德韦杰夫“从她的脸上，感觉到女儿孩子般的信任开始消失，蓝色的双眸中流露出成人的精明。薇拉戒备起来，也紧张起来”③。长久的分离令父女彼此感到陌生，虽然两人血脉相连。薇拉自幼独自承受家庭变故带来的骨肉分离之苦，而人世间最大的痛苦莫过于独自承受骨肉分离之痛，尤其对幼小无助的孩子而言，这种心灵创伤会影响未来生活。

维·阿斯塔菲耶夫的小说《悲哀的侦探》中男主人公索什宁把家庭称作“小船”，它需要夫妻同舟共济，因为这条船上还有其他船员，一旦小船倾覆，受害最深的是孩子。索什宁岳父母的婚姻出现危机时，无人照顾的列尔卡身上长了瘰疬，俗称老鼠疮。列尔卡身上的鼠疮治愈了，但其内心对幸福婚姻的质疑却成了痼疾。这部小说中还讲述一对夫妻在打架后双双离家，把不满三岁的孩子遗忘在家中。一星期后，人们破门而入时发现孩子靠吃地板缝里的污泥和蟑螂维持生命。被救后的孩子营养不良，患有佝偻，智力落后，且永久保留了抓捕蟑螂的习惯性动作——“他还是一直在抓捕着不知什么东西”④。出于求生本能的抓捕或捞取性行为会随主体自身境遇的变化而变化，有时会产生危害作用。儿时遭受源自父母的伤害，从未感受到爱的温暖，缺少教育监管的孩子会长成“汉子不像汉子，孩子不像孩子，从脸上看去像老头子，从身材看却像孩子”⑤。这是病态社会的畸形儿，未发育全的孩童之身竟然容纳、承载着老人般的沧桑。这种隐喻手法表现了当代社会个体

---

① Белов В. Все впереди[J]. Роман-газета, 1987(6): 37.

② Белов В. Все впереди[J]. Роман-газета, 1987(6): 50.

③ Белов В. Все впереди[J]. Роман-газета, 1987(6): 50.

④ [苏]维·阿斯塔菲耶夫. 忧郁的侦探[M]. 许贤绪，译//[苏]阿斯塔菲耶夫等著. 忧郁的侦探：当代苏联小说选. 许贤绪，等，译. 上海：上海译文出版社，1988：367.

⑤ [苏]维·阿斯塔菲耶夫. 忧郁的侦探[M]. 许贤绪，译//[苏]阿斯塔菲耶夫等著. 忧郁的侦探：当代苏联小说选. 许贤绪，等，译. 上海：上海译文出版社，1988：302.

身心分裂与精神颓废，而这是个体毁灭的信号。

第三节　毁灭的个体

"人－社会－自然"生态系统中每个个体的生态自我都具有空间性、历史性和社会性，且与周围世界不断地进行信息传导或功能转换。这是生命运动本质的体现，也是主体间的共在方式。体现这种共在方式的是主体间联通与相互作用，这需要个体具有自我身份（self-identity）意识和自我位置（self-position）意识。而自我身份与自我位置意识的形成离不开物理空间的稳定日常生活和社会空间的有序社群生活。本书采用英国哲学家杰拉德·德兰蒂（Gerard Delanty）提出的社群概念①。社群是指在空间地点、文化传统、风俗习惯、价值伦理上有接近性、统一性且基于团结、信任、自主交往的有内聚力的整体。在物理空间的家园被毁、原有的社群关系瓦解、个体被抛入陌生混乱的社会空间里的情况下，个体很难在漂泊不定的生活中形成自我位置意识，难以确定自我身份，也很难形成良好的自我感觉。因为此时缺少安身之所、立命之位和安心之处。正如瓦·拉斯普京在小说《火灾》中借主人公伊万之口表达的安居之意，即"为了使一个人在生活中能有一种不错的自我感觉，这个人就应该安居在家。……这是第一层意思，就是在家安居，不是临时住宿，是内心的安顿，有自身的内务管理，那里的一切都有确定不易、早就安排停当的位置和职司。其次，安居在家是指在农舍里，在住宅里，从那里一方面是去上工干活，另一方面是进入自身的天地。第三层意思这家就是指故乡故土"②。这段话勾勒出不同空间维度的个体生态自我：首先，从心理空间维度上看，个体内心安顿的基础是稳定的家庭生活，而且需要夫妻各司其职；其次，从社会空间维度上看，稳定有序的家庭生活一方面促使个体参加社会劳动，另一方面帮助个体寻找到自我价值；最后，从物理空间维度上看，建于故土上的家园是个体的身心庇护所。居于这三个维度

---

① ［英］杰拉德·德兰蒂．现代性与后现代性：知识、权力与自我［M］．李瑞华，译．北京：商务印书馆，2012：160.

② ［苏］瓦·拉斯普京．失火记［J］．夏仲翼，译．外国文艺，1987(4)：67.

中心的个体生态自我与周围世界形成内外互指关系：安身方可立命，尽责方可安心，心安则可安家。这种以个体生态自我为中心且始于安身、终于安家的内外互指关系，却因为高速发展变化的世界而断裂。消失的家园和破碎的家庭阻碍个体“我”确立自我位置、确定自我身份，甚至导致自我意识的丧失。

1997 年，瓦·拉斯普京在政论文《二十一世纪还有多少年?》(«Сколько будет лет в XXI веке?»)中这样写道：“破坏自然之举导致人的身心皆损，道德沦丧。”[①]这一观点贯穿苏联乡村小说家的不同创作阶段，尤其是 20 世纪 70 年代中后期生态预警小说的创作。20 世纪 80 年代后期为了表现现实生活，瓦·拉斯普京、维·阿斯塔菲耶夫和瓦·别洛夫创作了政论性小说，一方面描述失序的社会和消亡的个体，另一方面分析造成此状况的原因。这种创作宗旨指导下的苏联乡村小说内容发生变化。首先，故事发生地由乡村转向城镇或城郊；其次，人物不再是乡村居民，而是城镇居民或搬至城镇的迁徙居民。20 世纪 70 年代生态小说中那些背离家园的人物演化成居无定所、无以为家、心无所系的“外乡人”(чужие)。这类人物是后期苏联乡村小说的重点描写对象。他们要么被塑造成无赖汉、流浪汉或流氓，如瓦·拉斯普京的中篇小说《火灾》中的萨什卡和索尼亚，要么被塑造成被欺凌者或被侮辱者，如维·阿斯塔菲耶夫的短篇小说《柳达奇卡》中的柳达(柳达奇卡为柳达的爱称)。智力低下的乡村姑娘柳达进城务工，遭到一群流氓的欺辱，最后不堪忍受的她自缢在废弃公园的树上。两者都是自我毁灭者，前者在精神上杀死自我，后者在肉体上消灭自我。导致个体自我消亡的原因是个体社会身份模糊不清和自我意识(self-consciousness)的丧失。

一、个体社会身份模糊

苏联乡村小说中的“外乡人”形象多被塑造为失去根基的孤独流浪者。美国心理学家埃里希·弗洛姆谈及人类在友爱与血亲之爱中寻找根性时，曾这样写道：“人之诞生为人，意即人之开始脱离他自然的家，开始断绝与自

---

① Распутин В Г. В поисках берега: повесть, очерки, статьи, выступления, эссе [M]. Иркутск: Издатель Сапронов, 2007: 458.

然的关系；一旦作了这种起始，他就诞生为人。然而，这种关系的断绝，却是惊心动魄的；人如果丧失了他自然的根，那么，他身处何地？他又是谁呢？他无法处于独立无援的状态，没有家，没有根。"[①]为了摆脱这种足以令人发疯的孤独状态，人会在人类社会中重新建立能赋予其根性或归属感的关系，如友爱与血亲关系。其实无论人类还是个体，都面临着自我定位和社会身份确立的问题。个体"我"通过与周围世界建立各种关系来确立自己的身份。其中赋予人归属感的是社群或团体关系，而能标注归属性关系的是"自己的"或"异己的"。俄罗斯著名语言学家、符号学家尤·斯捷潘诺夫在其编撰的《俄罗斯文化概念恒量词典》中从词源和文化角度解释了两个概念："自己的"(свои)和"异己的"(чужие)。关于"异己的"这样写道："同欧洲和印欧文化一样，俄语中的'异己的'在民族、习俗和气质领域与'不是自己的''外人的''遥远的'意思相吻合……然而拉丁语、法语等语言中这个概念与'奇怪'(странность)和'不同寻常'(необычность)的定义相关……'异己的'词义指出其古老的概念成分'没有、不知道自己的祖先'，'чуж-чуженин和 чужень'——'举目无亲的孤儿'。"[②]这种文化概念所解释的"外乡人"或"外来人"是苏联乡村小说家们塑造的主要人物形象，如瓦·舒克申在短篇小说《过客》(«Залетный»，1970)中塑造的萨尼亚(Саня)，瓦·拉斯普京在中篇小说《告别马焦拉》中塑造的老鲍戈杜尔(Богодул)。两者都是从外地迁入的、独居的、静候人生大限的"外乡人"。在多数村民眼中他们是难以接受的异类：萨尼亚酗酒，鲍戈杜尔骂娘。萨尼亚年轻时争强好胜、不顾一切出人头地，却在人生最后时光选择栖居茨冈人的破旧小屋里静等死神。走乡串镇的货郎鲍戈杜尔辗转流浪一生，最终选择居住在马焦拉村的破旧工棚里等待自己的大限。无论村民如何嫌弃、排挤他们，两位"外乡人"都能安心度日。因为在与死亡相伴的疾病和衰老面前，人会本能地逃向具有治愈能力的自然和大地，逃回最接近自然和大地的人群聚集处，即乡村，并且最大限度地接近土地和人群，努力寻回自己的自然根性，放弃先前的社会身

① [美]弗洛姆. 理性的挣扎[M]. 陈璃华，译. 台北：志文出版社，1975：59.

② Степанов Ю С. Константы: Словарь русской культуры [М]. Москва: Академический проект, 2004: 139.

份，试图重新确立社会身份。他渴望生活在平静守序的乡村里，如古老的马焦拉村或其他古老乡村，在永恒不变的四季循环中按照日出而耕、日落而息的方式生活劳作，在简单的生活和繁重的劳动中与他人建立互帮互助的社会关系，并通过遵守乡俗规约来维系和增强和睦的社会关系。固定守恒的时空中形成的简单生活方式和友好社会关系有助于个体在熟悉、稳定的社会生活中明确其社会身份，但这只是“外乡人”的美好愿望。

除了以精雕细描法塑造典型人物，瓦·拉斯普京还通过群体描述法塑造了另一种“外乡人”形象。在小说《告别马焦拉》中这些“外乡人”拆毁墓地，烧毁“树王”，点燃老屋。这些破坏、毁灭古老乡村的“外乡人”中既有嗜酒如命的泼皮无赖，他们同无耻又无能的彼得鲁哈一样，为了酒钱而烧毁邻村房屋家舍，也有一些并非无用堕落之辈，他们会为被毁的事物叹息惋惜，但却不会放弃点火烧屋的“义务”。这类“外乡人”在小说《火灾》中演化为行踪不定、挥霍钱财、孑然一身、简以奉己的怪人。他们淡漠一切，既不求人也不帮人，却“一副心力交疲的样子，好像过日子是在受罪似的……这些人心里究竟在想些什么，这些人的内心向着谁——全都一无所知”①，他们不习惯驻留，总为某种模糊且恍然的感觉催促着、牵引着。而彼得鲁哈之类的“外乡人”则沦为无知觉的物性存在，“丝毫不在乎生活得怎样和生活在哪里”②。这两种不习惯驻留和不在乎栖息地的“外乡人”既不知道也不想知道自己的所来之地和最终的所往之处。他们无法与他人建立关系和融入社会生活。因为没有标明社会身份的固定工作和家庭，他们又仿佛是迷失在浓雾中的孩子。正如瓦·拉斯普京在小说《告别马焦拉》结尾处关于迷途的描写：深夜，迷航小艇上的彼得鲁哈带着醉意在迷雾中高喊“妈……啊……马焦拉……啊”，但这喊声很快被浓雾吞没，驶出迷航的希望破灭了。这个场景描写隐喻背井离乡且割裂与故土和家园精神联系的个体很难在流转不定的生活中完成自我定位和确定社会身份。

个体社会身份的变化受社会变迁和空间迁徙的影响。瓦·拉斯普京在小说《告别马焦拉》中描述马焦拉村民穿梭于安加拉河两岸的马焦拉村和新

---

① [苏]瓦·拉斯普京. 失火记[J]. 夏仲翼，译. 外国文艺，1987(4)：31－32.

② [苏]瓦·拉斯普京. 失火记[J]. 夏仲翼，译. 外国文艺，1987(4)：31.

镇之间,很长一段时间过着"脚踏两只船"的生活,弄不清楚家到底在何处?自己到底属于哪儿?自己是集体农庄庄员,还是国营农场社员?当个体的身心分属于不同空间时会产生时空错乱感,甚至会造成意识混乱。女主人公达丽雅的儿子巴维尔(Павел)每次乘船回马焦拉村,"时间之幕总是那么愿意在他身后闭合起来:似乎并不存在什么新镇,尽管他刚刚乘船离开那儿来到这儿,似乎他并没有离开马焦拉村到任何地方去过"①。回到新镇后,巴维尔感到自己是一名房客而不是主人。无须挑水劈柴的日子看似轻松,但他"不知怎的感到自己身子轻飘飘的,不安稳,不牢靠"②,感到自己随时会被大风掀起吹走,他不禁自叹自问:"到那时看你去找自己在哪儿吧……这是你不是你?"③这种忧虑和困惑源自生活不稳定和自我定位不清。分属不同空间的身心干扰自我认知与自我认同,而这又影响自我社会身份的确立。巴维尔的空间归属感是对其原有社会身份的强化,在从集体农庄生产队长到国营农场车库主任、再到机修队队长的身份转换过程中,巴维尔经历生产方式带来的变化。农庄生产遵循春耕、夏耘、秋收和冬藏的生产规律,但农场生产毫无规律可言,大小领导的命令主观又随意,而且经常朝令夕改,"这不是在工作,而是叫人不知所措"④。社会变迁或新生活招致的不知所措的混乱令巴维尔感到难以适应,他经常爆发间歇性糊涂,"一糊涂,他就管不住自己了,就任自己放纵起来,而且为时甚久;他到过什么地方,飞到哪儿去了,做过什么事——一概不记得。接着猛醒过来,头脑就清醒些……持续一个星期或两个星期,有时更久些,就又糊涂起来,就又像夜游症患者似的,陷入一种精神失常、身不由己的状态:活动是活动,但已经失去知觉,只是凭着惯性了"⑤。当人成为惯性运动的主体,不能感知自我存在时,也就只能习惯性地接受一切:善举、恶行和善恶难分的行径,无论对自己还是对他人都漠然处之。这份漠然阻断善举与善意的传递,助燃为恶的火焰。这是维·阿斯塔菲耶夫作品中的主要思想。

---

① [苏]拉斯普京. 拉斯普京小说选[M]. 王乃倬,等,译. 北京:外国文学出版社,1982:94.
② [苏]拉斯普京. 拉斯普京小说选[M]. 王乃倬,等,译. 北京:外国文学出版社,1982:98.
③ [苏]拉斯普京. 拉斯普京小说选[M]. 王乃倬,等,译. 北京:外国文学出版社,1982:98.
④ [苏]拉斯普京. 拉斯普京小说选[M]. 王乃倬,等,译. 北京:外国文学出版社,1982:93.
⑤ [苏]拉斯普京. 拉斯普京小说选[M]. 王乃倬,等,译. 北京:外国文学出版社,1982:251.

混乱无序的社会生活和冷漠的人际关系不利于个体社会身份的确立，甚至可以夺去个体生命。这解释了为什么20世纪80年代后期创作的乡村小说主要讲述工业新镇混乱无序的居民生活或进城谋生的乡村个体命运。维·阿斯塔菲耶夫在小说《悲哀的侦探》和《柳达奇卡》中描述了乡村姑娘进城的故事。小说《悲哀的侦探》中朴实愚笨的芭莎进城求学不成，遭到老师和同学的无情戏弄。小说《柳达奇卡》的女主人公柳达进城谋生，由于智力低下没能学会理发，沦为无期限学徒和理发店老板家的免费女佣。下班回家路过公园时遭到以斯列卡奇（Стрекач）为首的流氓轮奸，可悲的是四周居民无人回应她的呼救。受辱怀孕后的柳达逃回家，但临产的妈妈无暇顾及也不愿意听她倾诉。无处安身的柳达再次回到城里，但以斯列卡奇为首的流氓无赖不断骚扰她。最后不堪忍受的柳达抱着杀死恶人的念头奔回家，却用一根绳自缢在废弃公园的树桠上。城市社会的冷漠和混乱中断了芭莎的大学生身份，破坏了柳达理发师学徒的社会身份确立。不仅如此，城市空间的混乱无序和冷漠人际助长暴虐和恶行，抑制公正和善举，威胁个体人身安全，甚至令执法者质疑自己的社会身份。中篇小说《悲哀的侦探》中四个醉汉在光天化日之下强暴了六旬老妇格拉妮娅（Граня）姨妈，男主人公索什宁抓住罪犯并将其绳之以法，结果受害者格拉妮娅姨妈却同情罪犯，暗自埋怨索什宁；刑满释放的流氓文卡·福明（Венька Фомин）回村后欺凌孤苦伶仃的老太太们，但当他再次站在审判台上时，却成了被欺凌者同情的对象。这一切令身为警察的索什宁质疑自己的行为，他放弃与罪恶做斗争的幼年志向，提前退休并专心文学创作，试图探究民族性格之谜。索什宁的社会身份由正面对抗恶行的警察转变为探究恶之本质的作家，而且是尚未被文学界认可与接受的文学创作者。文本中索什宁社会身份的转换从“我与我们”层面揭示个体与社会间的相互关系。个体的麻木冷漠与善恶不明会助纣为虐，阻碍建立公正、有序的社会；混乱无序的社会足以挫败个体除恶扬善的决心，破坏其社会身份的确立，以及基于此身份履行社会职责和维护社会稳定的义务。维·阿斯塔菲耶夫试图通过索什宁的故事，阐述这样的社会生态观：心智健全的个体在“人－社会－自然”系统中应该基于自身“生态位”与周围世界建立关系，营造良好的社会氛围，维护有序的社会环境。服从良知、坚定信仰、捍卫正义、追求真理的个体与周围他人建立良好人际关系，共同捍卫从善弃恶的社会氛围,维护社会秩序。反之,混乱颠倒,是非不明,丧失良知、理性和责任的社会威胁个体社会身份确立,甚至影响自我认知和自我建构。对此,瓦·拉斯普京在中篇小说《火灾》中进行了很好的诠释。

小说《火灾》中的松木林新镇被描述成混乱颠倒和无法预测的不稳定之地,莫名的大火烧毁了存放着生活和生产物资的仓库,混乱的火灾现场令人们惊慌失措或野蛮粗暴,纷纷失去本性。以萨什卡为首的"外来的"无赖们冲入火场趁乱打劫,而所谓的"自己人"也趁火打劫,独臂萨维里不但把仓库里的面粉背回家,还恶狠狠地威胁伊万别多管闲事。最后,抢劫财物、代表邪恶的索尼亚与保护公有财产、代表良善的米沙·哈姆卜大叔都死于这场灾难。这令伊万怀疑自己的信念,年过半百的他陷入迷茫和混乱中。善恶难辨的现实扰乱了伊万的内心,动摇其坚守真理与捍卫正义的信念,令其内心世界逐渐瓦解。"他那倾注了多少心血的内心世界竟突然发难,起而抗命了? ……他的内心不是简单地不同意他的做法,而是起而抱怨,拒绝理解他了。他那样的生活正与内心南辕北辙。"①伊万一生力求问心无愧地凭良心生活,总是用公正、有益和共同幸福来衡量自己的行为,但周围世界的混乱无序和善恶难辨令他丧失自信,甚至怀疑自己是否应该追求真理。他需要重新认识自我和世界,最终伊万意识到:"周围世界颠倒混乱,这是一回事,如果你内心颠倒混乱,那就完全是另一回事了。"②个体内心混乱既是对世界的一种反应,也是价值观被颠覆和自我意识弥散丧失的表现。为了表现伊万混乱的自我意识,作家把故事场景设置在救火现场,通过插入闪回、内心独白、叙事者与伊万的政论性评价等手段,营造伊万的思想意识同火灾现场的混乱相得益彰的效果。人群惊慌错乱、混乱无序的救火现场陪衬出伊万脑海中的各种闪回,烘托出其纷乱无章的思绪和诸多质疑,营造出主人公自我意识混乱的效果,从而更好地表现了人与自我的疏离分裂。

二、个体自我意识的丧失

心理学认为自我意识是指个体对其存在的意识,对自身及其与世界关

---

① [苏]瓦·拉斯普京. 失火记[J]. 夏仲翼,译. 外国文艺,1987(4):41.
② [苏]瓦·拉斯普京. 失火记[J]. 夏仲翼,译. 外国文艺,1987(4):39.

系的意识。它由三部分组成：自我认知、人－我关系认知，自我情感和自我意向/自我控制。自我意识确立两种关系：个体“我”与自己、与他人之间的关系。这些关系的形成基于个体“我”的感知、体验和回应。根据俄罗斯文艺理论家尤·博列夫提出的八层作用模式，即人与外部环境相互作用模式。其中第一层“我与我”展示自我界限、“我”与他人的异同和“我”的使命时体现了人的自我意识。第二层“我与你”，即人与他人的沟通中形成亲密和睦抑或疏离对抗的人际关系。当个体处于混乱无序的社会、陷于彼此疏离的人际关系时所有能帮助个体标识自我的坐标，如故乡、家庭和族群等纷纷解构，个体身心分裂，情感钝化，失去方向感，迷失自我，丧失自我意识。表现后苏联生活中个体自我意识的丧失是20世纪80年代末苏联乡村小说创作的主要宗旨之一。瓦·拉斯普京和维·阿斯塔菲耶夫在《告别马焦拉》《火灾》《悲哀的侦探》《柳达奇卡》中塑造了一群“无根之人”。他们背离故土家园，背弃乡俗规约，遗弃乡村文化，割断与大地自然之间的精神联系，放弃关于村社和族群的记忆。这些无根之人没有自我意识，丧失自我，沦落为一种物性存在。如瓦·拉斯普京的小说《告别马焦拉》中的彼得鲁哈与《火灾》中的索尼亚和萨什卡，维·阿斯塔菲耶夫的小说《悲哀的侦探》中的文卡·福明等。文本中这些人物的行为举止全是借助于叙述者或其他人物来描述的，如小说《悲哀的侦探》中男主人公索什宁收到了一份告发信。在这份材料中揭发者清晰地勾勒了文卡·福明的无赖形象，而且文本中除了简短对话之外几乎没有任何词句来表现无根之人文卡·福明的内心世界和喜怒哀乐等精神活动。除了酗酒买醉和不省人事的胡闹，这些人没有任何创造性行为，毫无自尊之心，也毫无自爱和爱人的能力，其精神世界一片死寂。这种无感知、无回应和无创造性的存在方式是自我意识全然丧失的表现。对于个体人而言，没有自我意识的存在是个体精神上的自杀行为。

美国心理学家埃里希·弗洛姆认为个体的自我意识应该源自“一个能爱、能思想之个体的行动”[①]，也就是说自我意识来自个体主动自愿、充满理性和责任的创造性行动。这样的行为可以帮助个体意识到自己的感觉、经验和思想，体现其生命价值，领悟自己的生命目的——展示爱与理性。自我

① ［美］弗洛姆. 理性的挣扎［M］. 陈璃华，译. 台北：志文出版社，1975：110.

意识丧失的最明显表现是个体自主意识被剥夺或为了某种目的而主动放弃,甚至在关乎自己命运的重大事件上都是被动接受的,完全丧失自主选择的权利。维·阿斯塔菲耶夫的小说《悲哀的侦探》中的天生力大且憨厚朴实的芭莎·西拉科娃(Паша Силакова),自幼学习费力,一路追赶同龄学生。仅因为母亲希望她成为一个有学问有地位又有钱的人,头脑迟钝的芭莎被母亲送到师范学院研读俄国古典文学。为了能成为有学问的人,芭莎运用乡下人的人际交往经验和自己勤劳力大的特点,甘愿到讲授古典文学的、有钱有文化却轻视他人的佩斯杰列娃(Пестерева)太太家里无偿做家庭女佣。她从乡下背来土豆、牛奶和牛肉,并以自己的善良好意喂饱那些语文系的贵族们。这些人却肆意讥笑,随意差遣她。在这些所谓的社会精英和城市文化代表眼中芭莎是可以任意捉弄的愚笨的乡下人。为了实现自己与母亲的愿望,芭莎放弃自尊,将自我无限制地屈从于他人。芭莎毫无自主意识的精神缺陷也体现在其随后的人生之路上。为了从城市精英中搭救出可怜的芭莎,索什宁夫妻在院长尼古拉·米哈伊罗维奇(Николай Михайлович)的帮助下将芭莎转入农业职业技术学校。因为有体育特长,芭莎参加了在莫斯科举办的各族人民运动会,短短数日的首都文化便将这位纯朴的乡下姑娘变成了精神兴奋且目空一切的时髦女郎。为了避免芭莎沦落为城市下流坯,索什宁再次搭救芭莎,依然在尼古拉的帮助下将芭莎送至集体农庄,在那里嫁人生子。与芭莎相比,小说《柳达奇卡》中的乡下姑娘柳达被完全塑造为被欺凌者形象。由于父亲酗酒,柳达生下来就是病秧子且智力低下。自小听话、顺从他人意愿的柳达勉强中学毕业,在妈妈的安排下进城市学习理发。由于能力有限,柳达服从老板娘的安排:心甘情愿地做无限期学徒,同时以家仆身份借宿在老板娘家;白天上班时在理发店打杂,下班后回到理发店老板娘家中干家务。对于母亲甩包袱式的安排和老板娘的压榨,柳达只是一味地顺从接受,没有质疑和抗议。当流氓头子斯列卡奇把她扔进灌木丛,将她的头按在地上时,可怜的柳达想呼救,却只发出莫名的声音和尖叫声。遭辱后的柳达浑身泥土,失魂落魄地回到住处后昏倒在房前台阶上。逆来顺受的柳达不知道找警察寻求帮助,而是在怀孕后听从老板娘劝说回到乡下。同样待产的妈妈又将其打发回城。可怜的柳达往返于乡村与城市之间,但从来都不是她自己做出的决定。因为她的自主意识早就丧失在对权威和暴力的服从和屈从中。文本中唯一表现柳达自主意识的行为是她的自杀之举，这样的设计增强了人物的悲剧性，也强调了丧失自我意识的个体不是死于他者的欺凌，便是死于自我毁灭。

社会身份不明、自我意识丧失的个体承受着精神痛苦。引发当代人精神危机的根源是人与自我意识的分裂。但最后推动个体走向自我毁灭的却是道德义务缺失造成的罪恶。谢苗·路德维科维奇·弗兰克（Семен Людвигович Франк）认为，“在内心深处，在生命的第一本原之中，人们不是彼此分离的，而是以自古就有的方式互相联系的；一种共同的存在自发性——善的自发性或恶的自发性——把人们联结起来。每个人都为所有人负责，因为他为大家共同的恶而痛苦，依靠大家共同的善而摆脱痛苦”①。与人的意志、心灵的内在结构相关的罪，表现在人际关系中时便成为道德上的恶，“由于破坏生活，它还是灾难性的恶，是别人不幸的来源。自私、凶狠、仇恨、利己、贪权、残忍——所有这些都在毒化和毁坏人的生活。因此人负有道德责任去反对这些恶的表现，使生活免遭有害的后果……采取一切可能的措施使罪恶的意志不造成危害，是人的道德义务，同恶进行有意识的、外部强制的斗争的意义就在于此”②。维·阿斯塔菲耶夫的短篇小说《柳达奇卡》和中篇小说《悲哀的侦探》、瓦·别洛夫的长篇小说《一切在前方》都描述了人在罪恶面前如何放弃道德义务，其中《柳达奇卡》以上吊自杀来抗拒内心的仇恨和同归于尽的报复心理。流氓的欺辱击碎了柳达对生活的期望，但促使她把细绳挂在杨树疙瘩上的是绝望。周围人以冷漠和廉价的同情取代共同抵抗罪恶的道德责任，以排斥法把需要帮助的人推入绝境。临死前，可怜的柳达放弃仇恨和愤怒，只是请求亲人原谅，然后用那根联系着摇篮与母亲脚踝的绳子自缢。柳达的自杀是毫无顾忌又毫无征兆的自我毁灭，她这种内向的人对自己总是坚决果断，但这种强烈决断的意志是“指向自身内部的，它是绝望的最后呼喊，这种绝望，有时候就以一种自毁性的暴

---

① ［俄］弗兰克. 人与世界的割裂［M］. 方珊，方达琳，王利刚，选编. 济南：山东友谊出版社，2005：255.

② ［俄］弗兰克. 人与世界的割裂［M］. 方珊，方达琳，王利刚，选编. 济南：山东友谊出版社，2005：108.

力形态表现出来”①。这种弱者或失败者自我毁灭的描写也出现在瓦·舒克申的作品中。如小说《私生子》中的英俊浪荡却善良勤劳的斯比尔卡和《妻子送丈夫去巴黎》中快乐的柯利卡,他们在遭受侮辱后都决定实施报复,但最后却突然决断地完成自毁。

20世纪80年代末期创作的乡村小说文本中认识世界并与世界建立联系的个体消亡,以及个体自我意识的丧失不仅表达了乡村作家的失望情绪,还解释了乡村小说创作危机之实质。这为俄罗斯后现代主义文学扫除了障碍,20世纪“90年代中期,后现代主义开始盛行于俄罗斯文坛,一度成为俄罗斯当代文学的大潮之一”②。同时,也为俄罗斯新现实主义的出现埋下伏笔。20世纪90年代中后期,恢复个体的自我感知、修复自我意识与重建世界之完整性成为俄罗斯新现实主义文学的主要任务之一。1996年,俄罗斯作家、文评家亚历山大·鲍里索维奇·戈利德申(Александр Борисович Гольдштейн)在杂志《镜子》(«Зеркало»,1996,№1－2)上发表了《存在的文学》(«Литература существования»)一文,这篇文章被认为是“主观现实主义”(субъективный реализм)文学的宣言。该文学流派中最具代表性的作家当属俄罗斯演员兼作家叶甫盖尼·瓦列里耶维奇·格里什科维茨(Евгений Валерьевич Гришковец),他的作品中故事情节让位于人物的感官体验。21世纪创作的俄罗斯新现实主义作品中有很多作品令人不禁想起苏联乡村小说,甚至可以说是对苏联乡村小说的一种续写或对话。如阿列克谢·尼古拉耶维奇·瓦尔拉莫夫(Алексей Николаевич Варламов)在中篇小说《新生》(«Рождение», 见 «Новый мир»,1995,№7)中尝试修复彼此疏离的人际关系,在长篇小说《沉没的方舟》(«Затонувший ковчег»,1997)中试图借助古老村社制度和东正教来重建世界,即苏联乡村小说中被洪水淹没与大火吞噬的世界。阿·瓦尔拉莫夫在中篇小说《乡间房屋》(«Дом в деревне»,1997)中不但继续乡村题材创作,而且与苏联乡村小说展开对话。如《乡间房屋》提到的四公斤狗鱼令人想起维·拉斯普京创作的长篇小说

① 汪民安. 身体、空间与后现代性[M]. 南京: 江苏人民出版社,2006:49.

② 温玉霞. 解构与重构: 俄罗斯后现代小说的文化对抗策略[M]. 北京: 中国社会科学出版社,2010:29.

《鱼王》;文本中的叙事者“我”提及瓦·别洛夫的木屋。作家本人在一次采访中说道:“我年轻时便熟读维·阿斯塔菲耶夫和瓦·拉斯普京的作品。”① 当代俄罗斯乡村小说家罗曼·瓦列里耶维奇·谢恩钦继续乡村题材创作,其代表作长篇小说《淹没区》的故事原型是现实事件。2005 年俄罗斯政府续建 20 世纪 80 年代废弃的安加拉河上的博古恰内水电站(Богучанская ГЭС)。该作品被俄罗斯文学界视作是对瓦·拉斯普京的代表作《告别马焦拉》的续写,而这种续写是苏联乡村小说艺术生命力常青的明证。

① Варламов А Н. Евгений Попов в беседе с Алексеем Варламовым: обойденных писателей нет[J]. Литературная учеба, 2011(6): 16.

结　　论

苏联乡村小说源自20世纪50年代反映农村现实问题的“奥维奇金”乡村特写,20世纪60年代中期发展为小说创作的主力军,20世纪70年代中期达到创作巅峰,20世纪80年代末陷入创作“低迷期”。回顾其存在的几十年,该流派能在严格的书报审查机制下坚持问题小说创作,不卑不亢又针砭时弊,成为苏联文坛存在时间最长久的、最具争议和最常被政治解读的文学流派,而这些离不开生态主题创作。为了阐述清楚苏联乡村小说的生态主题,本书借用生态学的“生态位”概念和心理学的“自我”概念,以确立关系的个体时空“位所”为切入点,利用俄罗斯美学家尤·博列夫的关系美学、美国心理学家乌尔里克·奈塞尔的“自我认知”论和荷兰心理学家赫伯特·赫尔曼斯的“对话自我”论,架构基于个体“我”的同心关系圈。按照这个关系圈,在我国生态哲学家余谋昌和生态美学家曾繁仁、鲁枢元提出的自然生态、社会生态和精神生态框架中,从生态理想、生态危机和生态性反思三个层面分析苏联乡村小说文本,论述以维·阿斯塔菲耶夫、瓦·拉斯普京、瓦·舒克申和瓦·别洛夫为代表的乡村作家们继承19世纪“根基派”哲学思想和俄罗斯文学传统:关注普通人命运、反思现实、思考人的价值和存在意义,通过生态主题创作勇敢地反映现实问题,温和地揭露各种社会弊端,反思城市文明和社会现代化进程的代价,探究个体和人类的存在方式与存在价值。

20世纪60年代,为了反思现实和规避社会主义现实主义创作原则,维·阿斯塔菲耶夫、瓦·拉斯普京、瓦·舒克申和瓦·别洛夫等作家响应“写真实”和“关注普通人”命运的倡议,继承俄罗斯19世纪“根基派”思想家提出的“世界是有机整体”说与回归土地的文化思想,通过“思旧怀乡”的方式追忆乡村文明,描绘生态理想图景,即人与自然和谐共生,人与社会和睦共处,人与自我和解共存。维·阿斯塔菲耶夫的小说《最后的问候》(第一部）、《俄罗斯菜园颂》和《鱼王》与瓦·别洛夫的小说《凡人琐事》和《木匠的故事》构建了理想生态社会。这些作品的主人公远离城市文明，身居密林深处或久居偏远之地，但他们身心合一、有灵性地生活着。这些个体"我"通过遵循自然规律与乡俗规约，凭借创造性劳动和仁义善举建立并维持与自身、他人和自然万物之间的可持续发展的平衡关系，实现个体"我"与自然和谐、与他人和睦、与自我和解。作为"三和"关系主体的个体"我"基于自身的时空位所与自然、他人和自我之间不断交换信息、交流情感，彼此作用，同生共存。实现三和境界的主体是具有共同体意识、内心平和与心怀仁爱的个体。这个个体"我"以尊重和保护生命为己任，并最大限度地促进生命生长和发育，与自然形成和谐共生的关系。在辛勤劳作、举善施仁和护佑他者的行为中建立牢固的社会关系：亲密的家庭关系、互助的家族关系和友好的社群关系等。这些关系折射出苏联乡村小说家为世人描绘的生态理想：天人合一，社群和谐，身心同一。这个突出"完整和谐"的理想世界是个体基于自身的社会"生态位"在与自然、他人和自我交换信息、交流情感过程中形成的共生共存关系。乡村作家以描写乡村日常生活和普通人的琐事抗拒有关生产建设的恢宏叙事。以回溯往昔之美好的方式来抗拒面向未来的乌托邦书写，并揭露苏联乡村的现实问题。

当回归土地、自然和乡村，追溯童年记忆，追忆乡村文明成为乡村小说的创作模式时，艺术创新成为乡村作家必须解决的任务。20 世纪 70 年代，西方生态思潮在苏联传播后与俄罗斯本土文化相结合，推动了"贝加尔湖"环保运动。在这种语境下为了瓦解工业文明的救赎希望，消解现代科学技术的神话，抗拒人类"中心主义"，乡村小说家创作生态预警小说，如维·阿斯塔菲耶夫的小说《鱼王》、瓦·拉斯普京的小说《告别马焦拉》、瓦·舒克申的短篇小说，以及瓦·别洛夫创作的家庭系列小说。乡村作家从不同角度描述科技革命和工业化发展引发的疏离性、分裂性和对立性，即掠夺式发展工业使人类发展与自然供给相对立，城市化加速了人与人之间的疏离、人与社会的对抗，以及人与自我的疏离和分裂。个体"我"与世界的关系从理想的"三和"滑向天人对立、社群瓦解和自我身心分裂。当个体"我"割裂自身与大地之间的联系，背离乡村、故土和自然，走向所谓的现代城市文明时，数千年农耕文明积累的传统乡村文化也消逝了。根植于土地和自然的精神文化遭到破坏时,村社社群不断缩小、瓦解:族群分散和家庭缩小,亲缘关系被商品交易和契约关系取代,功利主义和实用主义成为确定人际关系的标准。背离故土,遗忘传统,"无根"个体的社会身份模糊不清,定位自我身份时困惑迷茫。个体"我"身心分离,身无所居,心无所系。个体"我"的生活本身降格为一种焦虑性存在。总之,20 世纪 70 年代中期后的乡村作家在自己创作的生态预警小说中描绘了"三失"图景,即自然生态失衡、社会生态失序和精神生态失常。通过生态预警小说创作,乡村作家们呼吁人们思考科技革命和工业现代化时代个体"我"与世界和自我的关系,努力说服人们相信:世界万物相互依存,宇宙是一个无穷尽的互相派生的原因和结果链。对于物质利润的无止境追求与地球生态系统可承受度之间存在无法避免的冲突,野蛮现代化和掠夺式发展的代价是牺牲人类赖以生存的自然和社会可持续发展的机会,而个体会遭受身心分裂与精神游离之痛。

苏联乡村作家创作的生态预警小说虽然得到官方认可,但并没有产生作家们期待的预警效果。破坏自然生态的基础性建设连续不断,被破坏的社会生态和精神生态未能得到有效修复。1986 年切尔诺贝利核电站泄漏事件令乡村作家预感到苏联岌岌可危,于是创作了带有末世色彩的作品,如维·阿斯塔菲耶夫的小说《悲哀的侦探》和《柳达奇卡》,瓦·拉斯普京的小说《火灾》和瓦·别洛夫的《一切在前方》等。这些作品描述了土地消失、最小社群单位(即家庭)的破碎和个体的消亡,并以此告诫世人:人毁于自身。安身立命的家园被毁,庇护心灵的家庭破碎,社会身份模糊,个体无法借助于自我身份的确立来认识、关注和实现自我,个体的主体性与自我意识逐渐丧失。因此,20 世纪 90 年代,世界在俄罗斯后现代主义文学中被描述为虚空,而在恢复个体自我意识与重建世界的过程中形成了俄罗斯新现实主义文学。这说明苏联乡村小说创作是当代俄罗斯文学中不可或缺的重要环节。

苏联乡村小说在当代俄罗斯文学中的地位离不开其生态主题创作,因为生态主题创作令苏联乡村作家们既回避了不利因素,也反映了现实、揭露了社会问题,同时确立了该流派在当代俄罗斯文坛中的承上启下地位。苏联乡村小说继承了俄罗斯 19 世纪经典文学的人民性与现实性传统,以生态乌托邦小说、生态预警小说和生态末世论小说形式反映现实问题。作家们表达了对于个体和人类生存的忧虑，同时也为世人勾勒出美好的生态社会图景，提供了建构“共生、共处和共存”理想社会的途径。以维·阿斯塔菲耶夫、瓦·拉斯普京、瓦·舒克申和瓦·别洛夫为代表的乡村作家汲取俄罗斯传统文化和哲学思想中的精髓，借助俄罗斯生态智慧中宇宙生命共同体的平等共存与共同发展观，从认识论与道德伦理上颠覆人类中心论、突出生态整体观，强调个体“我”与他人、他物间的构成性关系，为伦理道德和审美价值体系提供重构模式。这赋予苏联乡村小说独特的审美体系和价值体系，它吸引着尝试摆脱生态危机的21世纪读者，其中包括笔者。21世纪文化语境与生态主题之间的逻辑内涵，虽然在本书中有所涉及，但尚未深入挖掘。这是督促笔者继续研究的实际问题，而此问题的解决离不开突出建构性的后现代范式，即以生态思维方式审视现实生活，结合21世纪文化语境，运用生态批评理论发掘当代俄罗斯新现实主义小说中的个体自我修复和民族精神重构。

参考文献

中文译作与著作

[1]维克托·阿斯塔菲耶夫. 鱼王[M]. 夏仲翼,等,译. 桂林:广西师范大学出版社,2017.

[2]维·阿斯塔菲耶夫. 阿斯塔菲耶夫散文选[M]. 陈淑贤,张大本,译. 天津:百花文艺出版社,1995.

[3]维·阿斯塔菲耶夫,等. 忧郁的侦探:当代苏联小说选[M]. 许贤绪,等,译. 上海:上海译文出版社,1988.

[4]维·阿斯塔菲耶夫. 世界末日[M]. 白嗣宏,译//阿勃拉莫夫,等. 骨肉情——苏联当代中短篇小说选. 粟周熊,等,译. 北京:人民文学出版社,1988.

[5]包亚明. 后大都市与文化研究[M]. 上海:上海教育出版社,2005.

[6]北京大学俄语系俄罗斯苏联文学研究室. 西方论苏联当代文学[M]. 北京:北京大学出版社,1982.

[7]北京大学俄语系俄罗斯苏联文学研究室. 关于《解冻》及其思潮[M]. 北京: 北京大学出版社,1982.

[8]斯蒂芬·贝斯特,道格拉斯·科尔纳. 后现代转向[M]. 陈刚,等,译. 南京:南京大学出版社,2005.

[9]波列伏依. 论报纸的特写[M]. 郑泽生,毛信仁,译. 上海:新文艺出版社,1954.

[10]劳伦斯·布伊尔. 环境批评的未来:环境危机与文学想象[M]. 刘蓓,译. 北京:北京大学出版社,2010.

[11]曹靖华. 俄苏文学史(第三卷)[M]. 郑州:河南教育出版社,1993.

[12]陈新宇. 俄罗斯当代乡土小说研究[M]. 杭州:浙江大学出版社,2017.

[13]陈泽环. 敬畏生命:阿尔贝特·施韦泽的哲学和伦理思想研究[M]. 上海:上海人民出版社,2013.
[14]党圣元,刘瑞弘. 生态批评与生态美学[M]. 北京:中国社会科学出版社,2011.
[15]阿兰·德波顿. 身份的焦虑[M]. 陈广兴,南治国,译. 上海:上海译文出版社,2007.
[16]杰拉德·德兰蒂. 现代性与后现代性:知识、权力与自我[M]. 李瑞华,译. 北京:商务印书馆,2012.
[17]邓蜀平. 苏联当代短篇小说[M]. 北京:外语教学与研究出版社,1981.
[18]方勇. 庄子[M]. 2 版. 北京:中华书局,2015.
[19]费奥多罗夫. 共同事业的哲学[M]. 范一,译. 沈阳:辽宁教育出版社,2001.
[20]弗兰克. 人与世界的割裂[M]. 方珊,方达琳,王利刚,选编. 济南:山东友谊出版社,2005.
[21]埃里希·弗洛姆. 人心:善恶天性[M]. 向恩,译. 2 版. 北京:世界图书出版公司,2019.
[22]埃里希·弗洛姆. 精神健康与社会[M]//弗洛伊德,阿德勒,皮亚杰,等. 心灵简史:探寻人的奥秘与人生的意义. 吕陈君,主编. 北京:中国言实出版社,2008:168-174.
[23]艾·弗洛姆. 爱的艺术[M]. 李健鸣,译. 上海:上海译文出版社,2008.
[24]弗洛姆. 理性的挣扎[M]. 陈璃华,译. 台北:志文出版社,1975.
[25]大卫·格里芬. 后现代精神[M]. 王成兵,译. 北京:中央编译出版社,1998.
[26]怀特海. 科学与哲学论文集[M]. 王啓超,徐治立,等,译. 北京:首都师范大学出版社,2017.
[27]霍尔巴赫. 自然的体系(全两卷)[M]. 管士滨,译. 北京:商务印书馆,2009.
[28]卡伦·霍尼. 我们内心的冲突[M]. 王作虹,译. 北京:北京联合出版公司,2013.
[29]卡伦·霍妮. 焦虑的现代人[M]. 叶颂寿,译. 上海:上海译文出版

社,2013.

[30]恩斯特·卡西尔. 人论[M]. 甘阳,译. 上海:上海译文出版社,1985.

[31]蕾切尔·卡逊. 寂静的春天[M]. 吕瑞兰,译. 北京:科学出版社,1979.

[32]史蒂文·康纳. 后现代主义文化——当代理论导引[M]. 严忠志,译. 北京:商务印书馆,2002.

[33]米兰·昆德拉. 小说的艺术[M]. 董强,译. 上海:上海译文出版社,2004.

[34]拉斯普京. 拉斯普京小说选[M]. 王乃倬,等,译. 北京:外国文学出版社,1982.

[35]雅克·朗西埃. 文学的政治[M]. 张新木,译. 南京:南京大学出版社,2014.

[36]李明滨,李毓榛. 苏联当代文学概观[M]. 北京:北京大学出版社,1988.

[37]梁坤. 末世与救赎:20世纪俄罗斯文学主题的宗教文化阐释[M]. 北京:中国人民大学出版社,2007.

[38]梁士楚,李铭红. 生态学[M]. 武汉:华中科技大学出版社,2015.

[39]林精华. 想象俄罗斯[M]. 北京:人民文学出版社,2003.

[40]刘小枫. 诗化哲学[M]. 上海:华东师范大学出版社,2011.

[41]卢梭. 一个孤独的散步者的梦[M]. 李平沤,译. 北京:商务印书馆,2012.

[42]卢梭. 爱弥儿[M]. 李平沤,译. 北京:商务印书馆,2011.

[43]陆南泉,姜长斌,徐葵,等. 苏联兴亡史论[M]. 北京:人民出版社,2002.

[44]鲁枢元. 生态批评的空间[M]. 上海:华东师范大学出版社,2006.

[45]鲁枢元. 精神守望[M]. 2版. 上海:东方出版中心,2004.

[46]鲁枢元. 生态文艺学[M]. 西安:陕西人民教育出版社,2000.

[47]吕文浩. 中国近代思想家文库·费孝通卷[M]. 北京:中国人民大学出版社,2015.

[48]霍尔姆斯·罗尔斯顿 Ⅲ. 哲学走向荒野[M]. 刘耳,叶平,译. 长春:吉林人民出版社,2000.

[49]理查德·罗蒂. 哲学、文学和政治[M]. 黄宗英,等,译. 上海:上海译文出版社,2009.

[50]H. O. 洛斯基. 俄国哲学史[M]. 贾泽林,等,译. 杭州:浙江人民出版社,1999.

[51]赫伯特·马尔库塞. 单向度的人:发达工业社会意识形态研究[M]. 刘继,译. 上海:上海译文出版社,2006.

[52]赫伯特·马尔库塞. 审美之维[M]. 李小兵,译. 桂林:广西师范大学出版社,2001.

[53]马兆俐. 罗尔斯顿生态哲学思想探究[M]. 沈阳:东北大学出版社,2009.

[54]罗洛·梅. 爱与意志[M]. 蔡伸章,译. 兰州:甘肃人民出版社,1987.

[55]罗洛·梅. 焦虑的意义[M]. 朱侃如,译. 桂林:漓江出版社,2016.

[56]罗洛·梅. 罗洛·梅文集[M]. 冯川,陈刚,译. 北京:中国言实出版社,1996.

[57]莫里斯·梅洛-庞蒂. 符号[M]. 姜志辉,译. 北京:商务印书馆,2003.

[58]米歇尔·梅耶. 论问题学:哲学、科学和语言[M]. 史忠义,译. 北京:中国社会科学出版社,2014.

[59]华西里·诺维科夫. 现阶段的苏联文学[M]. 北京大学俄语系俄罗斯苏联文学研究室,译. 北京:中国社会科学出版社,1981.

[60]亚历山大·佩日科夫. "解冻"的赫鲁晓夫[M]. 刘明,等,译. 北京:新华出版社, 2006.

[61]钱俊生,余谋昌. 生态哲学[M]. 北京:中共中央党校出版社,2004.

[62]马克斯·舍勒. 价值的颠覆[M]. 刘小枫,编;罗悌伦,等,译. 北京:生活·读书·新知三联书店,1997.

[63]石南征. 苏联经典散文[M]. 上海:上海文艺出版社,2005.

[64]阿尔贝特·史怀泽. 敬畏生命[M]. 汉斯·瓦尔特·贝尔,编;陈泽环,译. 上海:上海社会科学院出版社,1992.

[65]瓦·舒克申. 舒克申短篇小说选[M]. 刘宗次,选编. 北京:外国文学出版社,1983.

[66]瓦·舒克申. 当代苏联中篇小说选辑·红莓[M]. 韦范序,译. 上海:

上海译文出版社,1987.
[67]谭得伶. 谭得伶自选集[M]. 上海:上海人民出版社,2007.
[68]谭得伶,吴泽霖,等. 解冻文学和回归文学[M]. 北京:北京师范大学出版社,2001.
[69]汤一介. 我的哲学之路[M]. 北京:新华出版社,2006.
[70]唐代兴. 生境伦理的心理学原理[M]. 上海:上海三联书店,2013.
[71]费·陀思妥耶夫斯基. 作家日记[M]. 张羽,译//陈燊,主编. 陀思妥耶夫斯基全集. 石家庄:河北教育出版社,2009.
[72]王诺. 生态与心态:当代欧美文学研究[M]. 南京:南京大学出版社,2007.
[73]汪民安. 身体、空间与后现代性[M]. 南京:江苏人民出版社,2006.
[74]王诺. 欧美生态文学[M]. 北京:北京大学出版社,2003.
[75]王雨辰. 生态批判与绿色乌托邦:生态学马克思主义理论研究[M]. 北京:人民出版社,2009.
[76]王岳川. 后现代主义文化研究[M]. 北京:北京大学出版社,1992.
[77]约埃尔·魏因斯海默. 哲学诠释学与文学理论[M]. 郑鹏,译. 北京:中国人民大学出版社,2011.
[78]温玉霞. 解构与重构:俄罗斯后现代小说的文化对抗策略[M]. 北京:中国社会科学出版社,2010.
[79]吴元迈,邓蜀平. 五、六十年代的苏联文学[M]. 北京:外语教学与研究出版社,1984.
[80]谢皮洛娃. 文艺学概论[M]. 罗叶,等,译. 北京:人民文学出版社,1958:158.
[81]徐凤林. 俄国哲学[M]. 北京:商务印书馆,2013.
[82]徐凤林. 复活事业的哲学:费奥多罗夫哲学思想研究[M]. 哈尔滨:黑龙江大学出版社,2010.
[83]杨俊光. 惠学锥指:惠施及其思想[M]. 南京:南京大学出版社,1991.
[84]叶维廉. 道家美学与西方文化[M]. 北京:北京大学出版社,2002.
[85]余谋昌. 生态哲学[M]. 西安:陕西人民教育出版社,2000.
[86]曾繁仁. 生态美学导论[M]. 北京:商务印书馆,2010.

[87]曾繁仁. 生态存在论美学论稿[M]. 长春:吉林人民出版社,2003.
[88]曾繁仁,谭好哲. 生态美学的理论建构[M]. 北京:人民出版社,2016.
[89]张百春. 当代东正教神学思想[M]. 上海:上海三联书店,2006.
[90]张昊琦. 俄罗斯精神[M]. 北京:当代世界出版社,2008.
[91]中国社会科学院外国文学研究所苏联文学研究室. 苏联文学纪事(1953—1976年)[M]. 北京:生活·读书·新知三联书店,1979.
[92]朱立元. 艺术美学辞典[M]. 上海:上海辞书出版社,2012.

中文论文与译文

[93]巴赫金. 巴赫金文论两篇[J]. 刘宁,译. 世界文学,1995(5):210-212.
[94]瓦·别洛夫. 凡人琐事——一个家庭的往事[J]. 范国恩,贺宜,译. 世界文学,1982(2):75-203.
[95]陈熙汉. 七十年代苏联文学中的青年道德题材[J]. 扬州师院学报(社会科学版),1988(1):65-70.
[96]陈新宇. "деревенская проза"概念辨析[J]. 俄罗斯文艺,2015(4):25-29.
[97]陈新宇. 二十世纪俄罗斯乡土小说的第三次浪潮[J]. 外国文学动态,2013(1):8-10.
[98]M. 福柯. 另类空间[J]. 王喆,译. 世界哲学,2006(6):52-57.
[99]甘雨泽. 当代苏联作家与道德题材[J]. 文艺评论,1984(1):85-90.
[100]韩捷进. 当代苏联文学的"天人合一"[J]. 海南师范学院学报(社会科学版),2004(3):47-50.
[101]何云波. 文学:人与土地——对前苏联文学中乡土意识的文化考察[J]. 外国文学评论,1993(1):86-93.
[102]何云波,张铁夫. 寻根,回到人本身——对当代苏联文学"寻根热"的思考[J]. 外国文学研究,1989(3):50-56.
[103]侯玮红. 文学在苏联解体中的作用再反思[J]. 社会科学家,2016(12):133-136.
[104]侯玮红. 乡村梦醒,路在何方?——当代俄罗斯"乡村散文"探析[J]. 俄罗斯文艺,2015(4):4-9.
[105]侯玮红. 启蒙与当代俄罗斯"乡村散文"[J]. 学习与探索,2014(10):

125 – 128.
[106]侯玮红. 当代俄罗斯的“乡村散文”[N]. 光明日报,2013 – 08 – 26(12).
[107]姜磊. 苏联生态文艺思潮研究——兼论阿斯塔菲耶夫的生态伦理道德观[J]. 东北亚外语研究,2015(3):64 – 68.
[108]瓦·拉斯普京. 失火记[J]. 夏仲翼,译. 外国文艺,1987(4):3 – 77.
[109]梁坤. 俄罗斯宇宙论——现代生态世界观的思想根源[J]. 俄罗斯文艺,2009(4):3 – 9.
[110]梁坤. 当代俄语生态文学中的弥赛亚意识[J]. 外国文学研究,2004(4):79 – 87.
[111]梁坤. 当代俄语生态哲学与生态文学中的末世论倾向[J]. 外国文学评论,2003(3):44 – 51.
[112]林精华. 观念主义:苏联后现代主义文学的诗学[J]. 国外文学,2012(4):21 – 29.
[113]林精华. 苏俄后现代主义:消解现代性在俄国变体形式的另类叙事[J]. 社会科学战线,2010(5):156 – 167.
[114]林精华. 苏联后现代主义文学起源和发展考[J]. 外国文学评论,2011(1):163 – 178.
[115]林精华. 合法的另类文学:后苏联的后现代主义文学构成问题[J]. 俄罗斯文艺,2010(4):54 – 65.
[116]林明虎. 苏联当代农村文学一瞥(上、下)[J]. 文艺评论,1987(1):112 – 116; 1987(2):111 – 115.
[117]刘亚丁. 人和大自然——前苏联文学的母题之一[J]. 四川大学学报(哲学社会科学版),1994(3):49 – 55.
[118]刘亚丁. 1985:警钟为何而鸣——对几部苏联作品的沉思[J]. 四川外语学院学报,1995(3):7 – 12.
[119]叶·康·涅隆斯卡娅. 苏联当代文学中的生态平衡题材[J]. 陈雪清,译. 求是学刊,1988(4):63 – 66.
[120]欧阳康. 建设性的后现代主义与全球化——访美国后现代思想家小约翰·科布[J]. 世界哲学,2002(3):69 – 75.

[121]潘桂珍. 当代苏联文学中的道德探索[J]. 社会科学战线,1985(4):100-107.
[122]裴家勤. 当代苏联小说中的人与自然主题[J]. 小说评论,1989(3):84-89.
[123]施渭澄,刘灼. 苏联当代乡村散文[J]. 江西师范大学学报(哲学社会科学版),1987(3):44-49.
[124]史忠义,向征. 简析问题学哲学及梅耶和贝西埃的文艺思想[J]. 江西社会科学,2016(8):77-83.
[125]孙婷. 苏联乡村小说中的西伯利亚异质空间——以阿斯塔菲耶夫、拉斯普京和舒克申作品为例[J]. 俄罗斯文艺,2019(1):24-34.
[126]王诺,宋丽丽,韦清琦. 生态批评三人谈[J]. 三峡大学学报(人文社会科学版),2006(3):17-21.
[127]Л. 韦利切克. 苏联农村散文简介[J]. 罗宁,编译. 苏联文学联刊,1991(5):88-93.
[128]吴萍. 大自然的呼唤——前苏联生态文学管窥[J]. 国外社会科学,1998(5):79-84.
[129]吴嘉佑. 苏联文学的道德探索历程[J]. 外国文学评论,2001(3):75-81.
[130]许贤绪. 当代苏联生态文学[J]. 中国俄语教学,1987(1):55-58.
[131]许贤绪. 苏联当代农村文学中的吃饭问题和道德问题[J]. 苏联问题参考资料,1983(4):7-12.
[132]维·叶罗菲耶夫. 悼亡苏维埃文学. 王宗琥,译[J]. 世界文学,2010(4):62-72.
[133]余一中. 20 世纪 80—90 年代俄罗斯文学中的"世纪末"意识[J]. 南京大学学报(哲学·人文科学·社会科学),2002(3):209-218.
[134]玉清. "生态学与和平"国际理论讨论会[J]. 国外社会科学,1987(6):78.
[135]曾繁仁. 生态美学:后现代语境下崭新的生态存在论美学观[J]. 陕西师范大学学报(哲学社会科学版),2002(3):5-16.
[136]张捷. 改革时期的苏联小说[J]. 国外社会科学,1989(1):14-22.

[137]张建华. 当代苏联小说悲剧意识的嬗变[J]. 苏联文学,1988(2):87 - 94.

[138]周忠和. 新思维与苏联文学一瞥[J]. 郑州大学学报(哲学社会科学版),1988(4):101 - 106.

外文著作

[139]АСТАФЬЕВ В П. Обертон[М]. М.: Эксмо, 2004.

[140]АСТАФЬЕВ В П. Собрание сочинений в 15 томах. Том 4[М]. Красноярск: Офсет, 1997.

[141]АСТАФЬЕВ В П. Собрание сочинений в 15 томах. Том 12[М]. Красноярск: Офсет, 1998.

[142]БЕЛАЯ Г А. Художественный мир современной прозы[М]. М.: Наука, 1983.

[143]БЕЛАЯ Г А, БОЧАРОВ А Г, ОСКОЦКИЙ В Д, и др. Современная русская советская литература в 2 ч. Ч. 2: Темы. Проблемы. Стиль[М]. М.: Просвещение, 1987.

[144]БЕЛОВ В И. Повести[М]. М.: Детская литература, 2015.

[145]БОЛЬШАКОВА А Ю. Русская деревенская проза XX века: Код прочтения[М]. Шумен(Болгария): Аксиос, 2002.

[146]БОЛЬШАКОВА А Ю. Нация и менталитет: феномен «деревенской прозы» XX века[М]. М.: Комитет по телекоммуникациям и средствам масс. информ. Правительства Москвы, 2000.

[147]БОРЕВ Ю Б. Эстетика[М]. М.: Высшая школа, 2002.

[148]БОРЕВ Ю Б, ГЕЙ Н К, МИХАЙЛОВ А В, и др. Теория литературы в 4-х томах. Том 4: Литературный процесс[М]. М.: ИМЛИ РАН, 2001.

[149]ГРОМЫКО М М. Мир русской деревни[М]. М.: Молодая гвардия, 1991.

[150]ИЛЬИН И А. Россия. Путь к возрождению[М]. М.: РИПОЛ классик, 2019.

[151]ИЛЬИН И А. Религиозный смысл философии[М]. М.:

Издательство АСТ, 2003.
[152] КОВТУН Н В. Русские писатели XX века от Бунина до Шукшина [М]. М.: ФЛИНТА, 2012.
[153] КОВТУН Н В. Деревенская проза в зеркале утопии [М]. 2-е изд. М.: ФЛИНТА, 2014.
[154] ЛЕЙДЕРМАН Н Л, ЛИПОВЕЦКИЙ М Н. Современная русская литература: 1950 – 1990-е годы [М]. М.: Издательский центр «Академия», 2003.
[155] ЛИХАЧЕВ Д С. Избранные труды по русской и мировой культуре [М]. 2-е изд. СПб.: СПбГУП, 2015.
[156] ЛИХАЧЕВ Д С. Русская культура [М]. М.: Искусство, 2000.
[157] ЛОССКИЙ Н О. Ценность и бытие [М]. Париж: YMCA-PRESS, 1931.
[158] ЛОТМАН Ю М. Статьи по семиотике и топологии культуры [М]. Таллин: Александра, 1992.
[159] ЛОТМАН Ю М. Культура и взрыв [М]. М.: Гнозис, 1992.
[160] ЛОТМАН Ю М. Статьи по семиотике культуры и искусства [М] // Предисл. С. М. Даниэля, сост. Р. Г. Григорьева. СПб.: Академический проект, 2002.
[161] МАНЬКОВСКАЯ Н Б. Эстетика постмодернизма [М]. СПб.: Алетейя, 2000.
[162] МАНЬКОВСКАЯ Н Б. Париж со змеями (Введение в эстетику постмодернизма) [М]. М.: ИФ РАН, 1995.
[163] МАРТАЗАНОВ А М. Идеология и художественный мир «деревенской прозы» (В. Распутин, В. Белов, В. Астафьев, Б. Можаев) [М]. Санкт-Петербург, 2007.
[164] НЕДЗВЕЦКИЙ В А, ФИЛИППОВ В В. Русская «деревенская» проза [М]. 2-е изд. М.: Издательство МГУ, 2002.
[165] НИВА Ж. К вопросу о "новом почвенничестве": моральный и религиозный подтексты "Царя-рыбы" Виктора Астафьева [М] //

Одна или две русских литературы?. Лазанна: L'AGE D'HOMME, 1981.
[166] НИКОЛЮКИН А Н. Литературная энциклопедия терминов и понятий[М]. М.: НПК «Интелвак», 2001.
[167] ПАРТЭ КАТЛИН. Русская деревенская проза: светлое прошлое [М]. Томск: Издательство Томского университета, 2004.
[168] ПЕТЕЛИН В В. История русской литературы второй половины XX века. Том Ⅱ. 1953 – 1993. В авторской редакции [М]. Москва: Центрполиграф, 2013.
[169] ПЫЖИКОВ А В. Хрущевская «Оттепель» 1953 – 1964 гг. [М]. Москва: ОЛМА-ПРЕСС, 2002.
[170] РАЗУВАЛОВА А И. Писатели-«деревенщики»: литература и консервативная идеология 1970-х годов [М]. М.: Новое литературное обозрение, 2015.
[171] РАСПУТИН В Г. В поисках берега: повесть, очерки, статьи, выступления, эссе[М]. Иркутск: Издатель Сапронов, 2007.
[172] СМИРНОВА А И. Русская натурфилософская проза второй половины XX века[М]. М.: Наука, 2009.
[173] СТЕПАНОВ Ю С. Константы: Словарь русской культуры[М]. М.: Академический проект, 2004.
[174] СТРАХОВ Н Н. Мир как целое: Черты из науки о природе[М]. СПб.: Тип. К. Замысловского, 1872.
[175] ТИЩЕНКО И А. Экология природы как духовно-нравственная категория и ее художественное осмысление в отечественной прозе [М]. Майкоп: Издательство МГТУ, 2006.
[176] ШУКШИН В М. Малое собрание сочинений [М]. СПб.: Азбука, 2017.
[177] ШУКШИН В М. Миль пардон, мадам! [М]. М.: Вагриус, 2005.
[178] ЭПШТЕЙН М Н. Все эссе[М]. Екатеринбург: У-Фактория, 2005.
[179] ЭПШТЕЙН М Н. Постмодерн в русской литературе [М]. М.:

Высшая школа, 2005.

[180]ЯНИЦКИЙ О Н. Экологическое мышление эпохи «великого передела»[M]. М.: Российская политическая энциклопедия, 2008.

[181]BROWN D. Soviet Russian literature since Stalin[M]. Cambridge: Cambridge University Press, 1978.

[182]BROWN D. The last years of Soviet Russian literature: Prose fiction 1975 - 1991[M]. Cambridge: Cambridge University Press, 1993.

[183]BRUDNY YITZHAK M. Reinventing Russia: Russian nationalism and the Soviet state, 1953 - 1991 [M]. Cambridge, Mass: Harvard University press,1998.

[184]CODE L. Ecological thinking: The politics of epistemic location[M]. New York: Oxford university press, 2006.

[185]CLARK K. The Soviet Novel: History as ritual[M]. Chicago: The University of Chicago press, 1981.

[186]ENRIGHT R D, NORTH J. Exploring forgiveness[M]. Wisconsin: The university of Wisconsin Press, 1998.

[187]FROMM E. Man for himself: An inquiry into the psychology of ethics. [M]. New York: Open Road Integrated Media, 2013.

[188]JAMES WILLIAM. The principles of psychology[M]. New York: Dover Publications, 1950.

[189]MAY R, ANGEL E, ELLENBERGER H F. Existence: A new dimension in Psychiatry and Psychology[M]. New York:Basic Books, 1958.

[190]HERMANS HUBERT J M. Society in the Self[M]. New York: Oxford University Press, 2018.

[191]HORNEY K. The neurotic personality of our time[M]. Oxon: Routledge, 1999.

[192]PARTHE KATHLEEN F. Russia's dangerous texts: Politics between the lines[M]. New Haven: Yale University Press, 2004.

[193]PARTHE KATHLEEN F. Russian village prose: The radiant past[M]. Princeton: Princeton university press,1992.

[194] WOODYATT L, WORTHINGTON E, WENZEL M, et al. Handbook of the psychology of self-forgiveness[M]. Switzerland, Cham: Springer nature, 2017.

[195] VAN LIER LEO. The ecology and semiotics of language Learning: A sociocultural perspective [M]. New York: Kluwer Academic Publishers, 2004.

外文论文

[196] АТЯКШЕВ М В, ПОПКОВА Н В. Философская экология [J]. Вопросы философии, 2012(4): 174 – 176.

[197] БАЧИНИН В А. "человек-паук" и "человек-зверь": две ипостаси "естественного человека"[J]. Человек, 2001(4): 49 – 66.

[198] БЕЛАЯ Г А. Вечное и преходящее: человек и природа в интерпретации современной прозы[J]. Литературное обозрение, 1979(2): 11 – 16.

[199] БЕЛАЯ Г А. Всечеловеческое бытие: Материалы международного «круглого стола»[J]. Вопросы литературы, 1981(3): 49 – 50.

[200] БЕЛОВ В И. Все впереди[J]. Роман-газета, 1987(6): 2 – 45.

[201] БОЛЬШАКОВА А Ю. Феномен деревенской прозы[J]. Русская словесность, 1999(3): 15 – 19.

[202] БОЛЬШАКОВА А Ю. Русская деревенская проза в новом осмыслении[J]. Литературная учеба, 2001(4): 45 – 47.

[203] ВАРЛАМОВ А Н. Евгений Попов в беседе с Алексеем Варламовым: обойденных писателей нет[J]. Литературная учеба, 2011(6): 6 – 26.

[204] ВЕБЕР А Б. Человечество и экологический императив[J]. Свободная мысль, 2009(9): 77 – 92.

[205] ВИЛЬЧЕК Л Ш. Вниз по течению деревенской прозы[J]. Вопросы литературы, 1985(6): 34 – 72.

[206] ГРЕЧИШКИНА С В. Развитие поэзии о природе в США: становление экопоэзии[J]. Вестник Томского государственного

университета, 2017(419): 32 – 44.

[207] ГРЕЧИШКИНА С В. К вопросу исследования современной литературы о природе: аспекты изучения эколитературы [J]. Вестник Томского государственного университета, 2014 (387): 8 – 14.

[208] ЕРШОВ Л Ф. Виктор Астафьев и лирико-философская проза[J]. Русская литература, 1984(1): 75 – 89.

[209] ЖУКОВ И. Царь-рыба: человек и природа — тема произведения В. Астафьева[C]//Жуков И. Доверие к жизни. Москва: Молодая гвардия, 1980: 109 – 113.

[210] ЖУРОВ А. Василий Белов: опыт разлома[J]. Новый мир, 2013 (9): 179 – 190.

[211] ЗАБОЛОЦКИЙ А. Вослед Василию Ивановичу Белову[J]. Наш современник, 2013(12): 184 – 188.

[212] КАНТОРОВИЧ В. Делать правду (Валентин Овечкин и современный очерк) [J]. Вопросы литературы, 1974 (6): 151 – 172.

[213] КАРПЕНКО В А. Экологические проблемы и нравственные конфликты в современной советской романистике [C]// Пархоменко М Н. Формирование нравственного идеала личности в современной советской литературе. Москва: АОН, 1979: 79 – 111.

[214] КАРПЕНКО В А. Природа и нравственность в современной советской романистике[C]//Проблемы нравственного воспитания личности в современной советской литературе. Москва: Мысль, 1979: 98 – 123.

[215] КОВТУН Н В. Русский постмодернизм[Z]//Сковородникова А П. Эффективное речевое общение (Базовые компетенции): Словарь-справочник. Красноярск: Издательство Сибирского федерального университета, 2014: 565 – 566.

[216] КОВТУН Н В. Патриархальный миф в традиционалистской прозе

рубежа XX – XXI веков[J]. Сибирский филологический журнал, 2013(1): 77 – 87.

[217] КОВТУН Н В. Богоборцы, фантазеры и трикстеры в поздних рассказах В. М. Шукшина [J]. Литературная учеба, 2011 (1): 132 – 154.

[218] КРАВЧЕНКО Ю М, ПЕРЕСУНЬКО Т К. Удары экологического колокола: Об отношении человека к природе в произведениях В. Астафьева, В. Распутина и Ч. Айтматова [C]//Время и люди. Киев: Лыбидь, 1990: 114 – 140.

[219] КУКУЕВА Г В. Приметы постмодернистского письма в текстах малой прозы середины XX века (на материале рассказов В. М. Шукшина) [J]. Филолого-коммуникативные исследования (ежегодник), 2015(2): 243 – 247.

[220] КУКУЕВА Г В, МАРЬИНА О В. Композиционно-речевая структура текстов малой прозы В. М. Шукшина в аспекте тенденций постмодернизма [J]. Вестник новосибирского государственного университета. Серия: история и филология, 2008(2): 33 – 36.

[221] ЛЕБЕДЕВА С Н. Мировоззренческие истоки творчества В. Г. Распутина[J]. Русская словесность, 2001(4): 33 – 40.

[222] МАТВЕЕВА Н С. Издание экологической литературы неправительственными природоохранными организациями Сибири (на примере МБОО «Сибэкоцентр»)[J]. Вестник Новосибирского государственного университета. Серия: история и филология, 2009 (1): 201 – 204.

[223] МИХАЙЛОВ К А. Без утопий[N]. Новая газета, 2008 – 11 – 23. № 255. С. 9.

[224] НЕДЗВЕЦКИЙ В А. "Мысль семейная" в прозе Василия Белова[J]. Русская словесность, 2000(1): 17 – 25.

[225] ПЕРЦОВСКИЙ В С. Природа и совесть [J]. Литературное обозрение, 1986(3): 37 – 43.

[226] ПИСКУНОВА С, ПИСКУНОВ В. В пространствах новых... Миры и антимиры натурфилософской прозы [J]. Литературное обозрение, 1986(11): 13–19; 1986(12): 7–14.

[227] РОМАНОВ Б. Экологические движения в России: история и современность[J]. Свободная мысль, 2008(8): 29–38.

[228] САРТАЕВА Р С, НЫСАНБАЕВ А Н, САГИКЫЗЫ А. Экология человека в структуре современного научного познания[J]. Вопросы философии, 2015(4): 36–47.

[229] СКИФ В. Глеб Пакулов и Виктор Астафьев[J]. Наш современник, 2014(5): 149–155.

[230] СКИФ В. Валентин Распутин[J]. Наш современник, 2015(9): 128–137.

[231] СМИРНОВА А И. Природное пространство в русской литературе XX века: Ландшафт и менталитет[J]. Горизонты цивилизации, 2016(7): 120–135.

[232] СОЛЖЕНИЦЫН А. Слово при вручении премии Солженицына Валентину Распутину 4 мая 2000 [J]. Новый мир, 2000(5): 186–189.

[233] СТАРИКОВА Е. Социологический аспект современной «деревенской прозы»[J]. Вопросы литературы, 1972(7): 11.

[234] СУРОВЦЕВ Ю. Литературный процесс и его периодизация[J]. Вопросы литературы, 1983(10): 113–144.

[235] ТАРКОВСКИЙ М. Речные писатели: Виктор Астафьев и Валентин Распутин[J]. Наш современник, 2015(3): 265–273.

[236] ТИЩЕНКО И А. Природа и проблемы экология как объект художественного осмысления в русской прозе и публицистике XX века и традиции их в Адыгейской литературе [D]. Майкоп: Адыгейский государственный университет, 2007.

[237] ФЕДОРОВ В С. Тема природы и экологии в творчестве В. Астафьева и С. Залыгина [J]. Вестник Ульяновского государственного

технического университета, 2017(2): 36 – 42.

[238] ЭЛЬСБЕРГ Е. Литература – природа – культура[C]//Контекст: литературно-теоретические исследования. Москва: Издательство «Наука», 1973: 260 – 275.

[239] ЭШЕЛЬМАН Р. Эпистемология застоя: О постмодернистской прозе В. Шукшина[J]. Amsterdam vol, Russian Literature, 1994(XXXV): 203 – 226.

[240] ENRIGHT R D. The Human Development Study Group. Counseling within the forgiveness triad: On forgiving, receiving forgiveness, and self-forgiveness[J]. Counseling and Values, 1996(40): 107 – 126.

[241] EVERNDEN NEIL. Beyond ecology: self, place and the pathetic fallacy [M]//Glotfelty Cheryll, Fromm Harold. The ecocriticism reader: Landmarks in literary ecology. Georgia: The University of Georgia press, 1996: 92 – 104.

[242] GILLESPIE DAVID. A Paradise Lost? Siberia and Its Writers, 1960 to 1990[C]//Diment Galya, Siezkine Vuri. Between heaven and hell. The myth of Siberia in Russian Culture. New York: St. Martin's Press, 1993: 255 – 273.

[243] HOSKING G. The twentieth century: in search of new ways, 1953 – 1980 [C]//Moser Charles A. The Cambridge history of Russian literature. Cambridge: Cambridge University Press, 1992: 520 – 594.

[244] NEISSER ULRIC. Five kinds of self-knowledge[J]. Philosophical Psychology, 1988(1): 35 – 59.

附　　录

1. БОЛЬШАКОВА А Ю. Деревня как архетип: От Пушкина до Солженицына [M]. Москва: Комитет Правительства Москвы, 1998; Нация и менталитет: Феномен «деревенской прозы» XX века [M]. Москва: Комитет по телекоммуникациям и средствам масс. информ. Правительства Москвы, 2000; Русская деревенская проза XX века: код прочтения [M]. Шумен: Аксиос, 2002; Судьбы крестьянства в русской литературе [M]. Москва: Российская академия образования, 2002; Крестьянство в русской литературе XVIII – XX вв.: пособие для педагогов [M]. Москва: Российская академия образования, 2004.

2. КОВТУН Н В. Деревенская проза в зеркале утопии [M]. Москва: Издательство ФЛИНТА, 2014; НЕДЗВЕЦКИЙ В А, ФИЛИППОВ В В. Русская «деревенская» проза [M]. Москва: Издательство Московского государственного университета, 2002; ГОНЧАРОВ П А. Творчество В. П. Астафьева в контексте русской прозы 1950 – 1990-х годов [M]. Москва: Высшая школа, 2003; КАЛИМУЛЛИН И И. В. Г. Распутин: поэтика народной философии [M]. Бирск: Бир ГСПА, 2010; ПОПОВА И В. Национально-поэтический контекст прозы В. Распутина 1980 – 1990-х годов [D]. Тамбов: Тамб. гос. ун-т, 2003; СОКОЛОВА Л В. Духовно-нравственные искания писателей-традиционалистов второй половины XX века: В. Шукшин, В. Распутин, В. Белов, В. Астафьев [D]. СПб.: 2005; СОЛОВЬЕВА Е В. Художественное воплощение духовно-религиозной проблематики в произведениях В. Распутина и В. Максимова [D]. Москва: Рос. ун-т дружбы народов, 2005; ГАПОН Е С. Художественная

концепция личности в творчестве В. Г. Распутина 1990-х – 2000-х годов [D]. Армавир: Армавир. гос. пед. ин-т, 2005; МАРТАЗАНОВ А М. Идеология и художественный мир «деревенской прозы» (В. Распутин, В. Белов, В. Астафьев, Б. Можаев) [D]. СПб.: С.-Петерб. гос. ун-т, 2007.

3. БОЛЬШАКОВА А Ю. Нация и менталитет: Феномен «деревенской прозы» XX века [M]. Москва: Комитет по телекоммуникациям и средствам масс. информ. Правительства Москвы, 2000; БОЛЬШАКОВА А Ю. Русская деревенская проза XX века: код прочтения [M]. Шумен: Аксиос, 2002; БОЛЬШАКОВА А Ю. Судьбы крестьянства в русской литературе [M]. Москва: Российская академия образования, 2002; БОЛЬШАКОВА А Ю. Крестьянство в русской литературе XVIII – XX вв.: пособие для педагогов [M]. Москва: Российская академия образования, 2004; НЕДЗВЕЦКИЙ В А, ФИЛИППОВ В В. Русская «деревенская» проза [M]. Москва: Издательство Московского государственного университета, 2002; НОВОЖЕЕВА И В. Концепция человека в деревенской прозе [M]. Брянск: [б. и], 2009; КОВТУН Н В. Деревенская проза в зеркале утопии [M]. Новосибирск: Издательство Сибирского отделения РАН, 2009; РАЗУВАЛОВА А И. Писатели-«деревенщики»: литература и консервативная идеология 1970-х годов [M]. Москва: Новое литературное обозрение, 2015; КУЛЯПИН А И. Семиотика художественного пространства В. М. Шукшина [M]. Барнаул: АлтГПУ, 2016.

4. СТЕПАНОВА В А. Дуализм как формула мировоззрения В. Распутина: Художественная система выражения [D]. Красноярск: Красноярский государственный педагогический университет им. В. П. Астафьева, 2016; КОЗИНА Т Н. Христианские архетипы в русской ментальности (на материале художественно-литературной практики рубежа 1990 – 2000-х годов) [D]. Саранск: Мордовский государственный университет, 2012; САЛЬНИКОВА Я В. Художественная картина мира в прозе в Белова: пространственно-временные координаты [D]. Воронеж:

Воронежский государственный университет, 2011; МУХТАРОВА Д Р. Традиции Н С. Лескова в творчестве В М. Шукшина (Концепт"Воля") [D]. Тюмень: Тюменский государственный университет, 2009; ХИСАМОВА Г Г. Диалог как компонент художественного текста (на материале художественной прозе В. М. Шукшина) [D]. Уфа: Башкирский государственный университ, 2009; ИГНАТЬЕВА А В. Эволюция образа русской женщины в творчестве В. Г. Распутина [D]. Сургут: Тюменский государственный университет, 2008; ПАДЕРИНА Л Н. Диалектизмы в языке «Царь-рыбы» как особенность идиостиля В. П. Астафьева [D]. Красноярск: Хакасский государственный университет им. Н. Ф. Катанова, 2008; МАРТАЗАНОВ А М. Идеология и художественный мир «деревенской прозы» (В. Распутин, В. Белов, В. Астафьев, Б. Можаев) [D]. Санкт-Петербург: Санкт-Петербургский государственный университет, 2007; НОВОЖЕЕВА И В. Концепция человека в деревенской прозе 1960 – 1980-х годов: по произведениям В. Астафьева, Ф. Абрамова, В. Белова, В. Распутина, В. Шукшина [D]. Орел: Орловский государственный университет, 2007; НОТФУЛЛИНА З Т. Роль "деревенской прозы" в обновленческом движении в татарской литературы 60 – 90-х годов XX века [D]. Казань: 2006; ПЕТУШКОВА Е В. Экологические проблемы в отечественной публицистике второй половины XX века (С. Залыгин, В. Астафьев, В. Распутин) [D]. Тверь: Тверской государственный университет, 2004; АЛИОМАРОВА Г И. Трансформированная фразеология как текстообразующий элемент единого целого (на материале художественной деревенской прозы) [D]. Махачкала: 2003; ЕРШОВА Н В. Трагический герой в творчестве М. А. Шолохова и В. М. Шукшина (по романам «Тихий Дон» и «Я пришел дать вам волю») [D]. Липецк: Институт развития образования Липецкой области, 2002; БОЛЬШАКОВА А Ю. Феномен деревенской прозы, вторая половина XX в. [D]. Москва: Московский государственный университет им. М. В. Ломоносова, 2002; ЛАТЫШЕВ О Ю. Типологические особенности и межнациональные связи русской “деревенской прозы” 1960-х XX века[D]. Майкоп: 2000; ХУТОРЯНСКАЯ А Д. Картина мира в “малой” прозе В. Шукшина[D]. Барнаул: Алтайский государственный педагогический университет, 2000.

5. АНАШКИН Э К. Жить и помнить[J]. Наш современник, 2017(3): 240 – 250; ТАРКОВСКИЙ М А. Речные писатели: Виктор Астафьев и Валентин Распутин[J]. Наш современник, 2015(3): 265 – 273; Заветные мысли[J]. Наш современник, 2015(4): 3 – 11; ГАНИЧЕВ В. «Прости, что слов заветных не хватает...»(на смерть В. Г. Распутина)[J]. Наш современник, 2015(4): 12 – 29; ПАВЛОВ Ю. Александр Солженицын о творчестве Василия Белова[J]. Наш современник, 2015(4): 232 – 242; СКИФ В. Валентин Распутин[J]. Наш современник, 2015(9): 128 – 137; ГОЛУБЕВА Л. Шукшин — Есенин в прозе[J]. Наш современник, 2015(10): 200 – 206; АСТАВЬЕВ В. «Книга почти свободна от сочинительства...»: Письма В. П. Астафьева к Н. И. Суворовой[J]. Наш современник, 2014(5): 142 – 148; ЛИННИК В. Неоконченный диалог с Виктором Астафьевым: встречи и письма[J]. Наш современник, 2014(5): 156 – 174; СКИФ В. Глеб Пакулов и Виктор Астафьев[J]. Наш современник, 2014(5): 149 – 155; ПАВЛОВ Ю. СМИ о смерти Василия Белова[J]. Наш современник, 2013(3): 270 – 275; ЗАБОЛОЦКИЙ А. Вослед Василию Ивановичу Белову[J]. Наш современник, 2013(12): 184 – 188; ЖИТНУХИН А. Лидер. Вступительное слово Валентина Распутина[J]. Наш современник, 2007(11): 224 – 238; СЕМЕНОВА В. Читать Распутина, слушать Россию[J]. Наш современник, 2007(3): 36 – 41.

6. СТЕПАНОВА В В. Духовно-нравственные координаты героя деревенской прозы 70 – 80 гг. XX в.[J]. Научный вестник Кубанского государственного университета Медиакоммуникация, 2016(1): 79 – 81; ШИНОВНИКОВ И П. Трансформация народной смеховой традиции в творчестве В. М. Шукшина[J]. Современное общество: проблемы, идеи,

инновации, 2015(4): 124 – 128; РАЗУВАЛОВА А И. «Долгие 1970-е»: Канонизация русской литературной классики и писатели-«деревенщики» [J]. Сибирский филологический журнал, 2013 (4): 108 – 115; ВОРОБЬЕВА Т А. Русская литература о гибели крестьянской трудовой этики в 60 – 80-е годы XX века[C]//Пятый этаж сборник научных статьей молодых ученых. Барнаул, 2015: 120 – 123; ХОЛОДКОВА Е К. Еда как средство формирования русского национального характера в прозе В. П. Астафьева, В. Г. Распутина и В. П. Екимова 1990-х – начала 2000-х гг. [C]//Судьбы курсив-курсив литературы: К юбилею профессора Нэлли Михайловны Щедриной. Москва: ИИУ МГОУ, 2014: 126 – 134.

7. ПОЭТИКА В Г. Распутина: переживаемое время[J]. Вестник Тверского государственного университета. Серия: филология, 2010(1): 61 – 69; ПОЭТИКА В Г. Распутина: Архетипическая доминанта эпохи [J]. Вестник Тверского государственного университета. Серия: филология, 2009 (2): 90 – 101; БОЛЬШАКОВА А Ю. Нация и менталитет: Феномен деревенской прозы XX века[J]. Филологические науки, 2001 (3): 100 – 104; Русская деревенская проза в новом осмыслении[J]. Литературная учеба, 2001(4): 45 – 47; «Далекая и близкая сказка»(образ детства в творчестве Виктора Астафьева)[J]. Детская литература, 2000(4): 4 – 8; Живи и помни. Очерк о жизни и творчестве В. Распутина[J]. Дидакт, 2000 (4): 72 – 78; Феномен деревенской прозы[J]. Русская словесность, 1993(3): 15 – 19; Русская деревенская проза в Англо-Американском восприятии [J]. Филологические науки, 1995 (3): 13 – 19; Деревня как архетип: От Пушкина до Солженицына [M]. Москва: Комитет Правительства Москвы,1998; Нация и менталитет: Феномен «Деревенской прозы» XX века[M]. Москва: Комитет по телекоммуникациям и средствам масс. информ. Правительства Москвы, 2000; Русская деревенская проза XX века: код прочтения[M]. Шумен: Аксиос, 2002; Судьбы крестьянства в

русской литературе [М]. Москва: Российская академия образования, 2002; Крестьянство в русской литературе XVIII – XX вв.: пособие для педагогов[М]. Москва: Российская академия образования, 2004.

8. НЕВЕРОВИЧ Г А. Хронотоп детства в деревенской прозе [J]. Филологические науки. Вопросы теории и практики, 2016(2): 49 – 51; НЕВЕРОВИЧ Г А. Архетипическая мифологема «свой/чужой/другой» в художественном мире детства деревенской прозы (В. П. Астафьев «Далекая и близкая сказка»)[J]. Филологические науки. Вопросы теории и практики, 2016(4): 33 – 35; КУЛЯПИН А И, ВОРОБЬЕВА Т А. Поэтика хронотопа в прозе В. М. Шукшина и В. И. Белова: хронотоп дома [J]. Педагогическое образование на Алтае, 2016(2): 74 – 77; КОСТОМАРОВА И А. Мифопоэтика или патриархальный миф?: «деревенская» проза в оценке литературоведения начала XXI в. [J]. Апробация, 2014(9): 104 – 106; КОВТУН Н В. Патриархальный миф в традиционалистской прозе рубежа XX – XXI вв. [J]. Личность и культура, 2015(1): 87 – 92.

9. КОВТУН Н В. Природа и религия как основа жизненного уклада в повести В. Астафьева «Стародуб» [J]. Вестник Томского государственного университета. Филология, 2009(1): 71 – 82; КОВТУН Н В. Патриархальный миф в традиционалистской прозе рубежа XX – XXI вв. [J]. Личность и культура, 2015(1): 87 – 92; КОВТУН Н В. Социокультурный миф в современной прозе [М]. Красноярск: Издательство КГТУ, 2002; КОВТУН Н В. Русская литературная утопия второй половины XX века [М]. Томск: Издательство ТГУ, 2005; КОВТУН Н В. «Деревенская проза» в зеркале утопии[М]. Новосибирск: Издательство СО РАН, 2009; КОВТУН Н В. Русская традиционалистская проза: идеология и мифопоэтика [М]. Красноярск: СФУ, 2013; КОВТУН Н В. Русская традиционалистская проза XX – XXI веков: генезис, мифопоэтика, контексты[М]. Москва:Флинта,2017.

10. 博士论文:杨广华. 拉斯普京小说的人物形象研究[D]. 北京:北京

师范大学,2003；王培英. 拉斯普京创作的精神价值取向[D]. 北京：北京师范大学,2006；赵杨. 拉斯普京作品中的乡土意识[D]. 上海：上海外国语大学,2005；梁坤. 末世与救赎:20 世纪俄罗斯文学主题的宗教文化阐释[D]. 北京：中国人民大学,2006；任明丽. 20 世纪末俄罗斯“寻根小说”的宗教旨向[D]. 北京：北京大学,2007。发表在核心期刊上的文章数十篇:孙玉华,王丽丹. 拉斯普京与存在主义[J]. 俄罗斯文艺,2006(4):15 –20；孙玉华,刘宏. 清醒冷峻的现实主义——略论拉斯普京的文学观及其创作思想[J]. 外语与外语教学, 2006(6)：44 –46；王丽丹. 拉斯普京创作中的记忆主题[J]. 外语与外语教学, 2007(3):40 –43；孙玉华. 苦心孤诣的寻根情结——拉斯普京老年妇女形象的文学价值和社会意义[J]. 外语与外语教学,2007(1):31 –34；王丽丹. 拉斯普京的民间叙事[J]. 解放军外国语学院学报,2008(4):108 –112；赵杨. 拉斯普京作品中的乡土意识[J]. 俄罗斯文艺,2007(1):58 –61；赵杨.《伊万的女儿,伊万的母亲》简论——兼评拉斯普京 90 年代以来的创作[J]. 当代外国文学,2006(1):100 –105；赵杨. 拉斯普京作品中的乡土情结与民族意识[J]. 外国文学研究,2007(3):88 –94；张建华. 拉斯普京“寻根小说”的文化取向及价值迷失[J]. 俄罗斯文艺,2008(4):34 –41；杨爱华. 塔马拉・伊万诺夫娜的“双性气质”——从女性主义视角解读《伊万的女儿,伊万的母亲》[J]. 俄罗斯文艺, 2008(4):42 –45；白文昌.《告别马焦拉》的象征与启示[J]. 俄罗斯文艺,2010(1):37 –42。专著：孙玉华,王丽丹,刘宏. 拉斯普京创作研究[M]. 北京：人民文学出版社,2009.

11. 国内研究瓦・拉斯普京的 126 篇学术论文中,与生态主义研究有关的期刊文章有:宋羽竹. 生态女性主义视野下的《伊万的女儿,伊万的母亲》[J]. 东北亚外语研究,2016(4):22 –27;刘琦. 从《火灾》看拉斯普京的道德探索与生态忧思[J]. 牡丹江教育学院学报,2016(3):9 –10；张国侠. 拉斯普京文学创作中的生态观[J]. 绥化学院学报,2017(9):76 –77；张玉娥,赵校民. 拉斯普京的生态伦理观[J]. 齐齐哈尔师范学院学报(哲学社会科学版),1996(1):18 –21；赵杨. 拉斯普京作品中的乡土意识[J]. 俄罗斯文艺,2007(1):58 –61；赵杨. 拉斯普京作品中的乡土情结与民族意识[J]. 外国文学研究,2007(3):88 –94。博士论文共计 4 篇,硕士论文共计 29 篇。

此外,研究维·阿斯塔菲耶夫的期刊论文共计59篇,这59篇中与生态相关的论文有:刘净娟. 人与自然的双声叙述——以阿斯塔菲耶夫的《鱼王》为例[J]. 西伯利亚研究,2017(3):69-73; 姚雅锐. 论阿斯塔菲耶夫与满都麦生态哲学作品中的神话母题[J]. 内蒙古师范大学学报(哲学社会科学版),2016(2):121-125; 孙婷. 敬畏生命,用生命保护生命——维·阿斯塔菲耶夫作品中的生态伦理观[J]. 安康学院学报,2016(3):67-70; 孙婷. 民胞物与,返己敦仁——维·阿斯塔菲耶夫作品中的儒家哲学生态观[J]. 安康学院学报,2016(2):41-45; 姜磊. 苏联生态文艺思潮研究——兼论阿斯塔菲耶夫的生态伦理道德观[J]. 东北亚外语研究,2015(3):64-68; 宋胤男. 阿斯塔菲耶夫生态思想中的宗教意识[J]. 吉林省教育学院学报,2014(8):134-135; 王秀丽. 生态批评:对自然生态意识的呼唤——兼谈阿斯塔菲耶夫的《鱼王》[J]. 铜陵职业技术学院学报,2006(4):56-58; 赵建常. 灵性的自然 和谐的世界——阿斯塔菲耶夫《俄罗斯菜园颂》解读[J]. 名作欣赏,2007(4):131-133; 袁雪生,付淑琴. 追寻人与自然的和谐之美——生态批评视野中的《鱼王》[J]. 江西社会科学,2003(10):42-43; 王培青. 深沉的忧虑 强烈的警告——试析《鱼王》中人与自然关系的主题[J]. 西北师大学报(社会科学版),1991(1):49-53; 王占峰. 乡土自然:诗情画意寓哲理——阿斯塔菲耶夫创作论[J]. 伊犁师范学院学报,2000(3):32-36。博士论文共计1篇,硕士论文共计15篇。研究瓦·舒克申的期刊论文共计46篇,硕士论文共计10篇,没有论文与生态相关。研究瓦·别洛夫的学术论文共计7篇,尚无博士和硕士论文。

后　记

本著作是在笔者博士论文的基础上修改和完善的成果。在本专著付梓出版之际，我首先要感谢恩师温玉霞教授引领我进入学术殿堂。从硕士阶段的手把手教到博士阶段的点拨指导，我的学术成长离不开温老师的无私相助。她生动有趣的授课风采、率直豁达的处事风格、严谨求实的学术态度令我终身受益。在我重返母校读博期间，温老师在生活上关心照顾我，在学业上严格要求、悉心指导。温老师在科研项目申报、论文撰写、毕业论文选题、材料取舍、论文架构等方面给我很多有益的建议。论文初稿完成后，温老师在百忙中多次修改文稿。

其次，我要衷心感谢陕西师范大学博士生导师李西建教授、西安外国语大学博士生导师聂军教授、南健翀教授，感谢他们在我的论文开题过程中提出了许多宝贵意见和有益建议。同时，我要感谢中国社会科学院外国文学研究所博士生导师侯玮红教授和哈尔滨师范大学博士生导师赵晓彬教授在我的论文预答辩过程中为我指点迷津。此外，我还要衷心感谢西安外国语大学为我授过课的孙敦夫教授、姜亚军教授、党争胜教授和吉文凯老师，感谢研究生院、俄语学院和图书馆的各位老师与教辅人员在我求学之路上不吝赐教、倾力相助。

再次，我要感谢我的丈夫、公公和已故的婆婆全力支持我读书求学，也感谢我的女儿与我做伴挑灯夜读，相互鼓励，实现各自的理想。此外，对那些五年来关心我、帮助我的同门师弟学妹，以及亲朋好友们顺致我诚挚的谢意。

最后，我要衷心感谢我的工作单位西安石油大学的领导、同事和学生们。我们外国语学院院长于艳英教授不但支持我读博，而且帮助我寻找相关理论，实现跨学科交叉研究，顺利渡过写作瓶颈期；我的同事们毫无怨言地分担教学任务、减轻我的教学压力，其中罗蝴蝶老师、贾永宁老师、李更伟老师和外籍教师古丽娜拉出入俄罗斯图书馆为我查阅资料，从千里之外的俄罗斯为我背回一包包文献资料；我的学生冯盼盼、李芳、巩述祥、郭纯洁、卢明刚和钱雯琳等人为我背回沉甸甸的书籍资料。这些资料对于我而言是无价的情义和美好的期许。中年读博并非易事，幸运的是一路走来有师长、亲友、同事和学生们鼎力相助。工作、学习和生活中的各种阻碍与困难在亲情、友情和诸多善意中转化为前行的动力，而带着期许的前行何尝不是一种美好！

最后还要感谢黑龙江大学出版社的领导和责任编辑徐晓华，我对他们的热情与严谨的工作态度，以及为本专著出版所付出的辛劳表示敬意。

苏联乡村小说本身是颇具争议的文学流派，本专著的撰写难免有不妥和不周之处，在此恳请专家、学者批评指正。